Knaur.

Über die Autorin:
Cécile Krug ist achtunddreißig Jahre alt. Für *Demain matin si tout va bien* erhielt sie 2004 den Prix Carrefour Savoirs du Premier Roman.

Cécile Krug

Die Sache mit Edgar

Roman

Aus dem Französischen von
Nora Schreiber

Knaur Taschenbuch Verlag

Die französische Originalausgabe erschien 2004 unter dem Titel
Demain matin si tout va bien
bei Éditions Anne Carrière, Paris

Besuchen Sie uns im Internet:
www.knaur.de

Deutsche Erstausgabe März 2007

Redaktion: Katharina Meschkowski
Umschlaggestaltung: ZERO Werbeagentur, München
Umschlagabbildung: Getty Images
Satz: Adobe InDesign im Verlag
Druck und Bindung: Clausen & Bosse, Leck
Printed in Germany
ISBN 978-3-426-63409-7

2 4 5 3 1

Für Euch, »meine Mädels«,
die Ihr Euch auf diesen Seiten
wiedererkennen werdet.
Mit all meiner Liebe

1

Edgar ist sehr gut aussehend. Sehr groß. Sehr gut gekleidet. Sehr gut erzogen. Sehr gebildet. Sehr sexy. Sehr gut gebaut. Sehr gesellig. Nicht zärtlich genug für meinen Geschmack, aber reich. Nicht sehr reich, einfach nur reich. Reicher als ich auf jeden Fall, was kein Maßstab ist. Wenn auch mit einem gewissen Sinn für Humor ausgestattet, ist Edgar jedoch nicht witzig. Ich verheimliche Ihnen nicht, dass es mir lieber gewesen wäre, er hätte als Kind mehr mit Clowns als mit Bankiers Umgang gehabt, aber da sich seine Eltern im fidelen Milieu der Finanz und nicht in dem des Zirkus bewegten, erklärt das eine das andere. Wie dem auch sei, ich finde, dass Edgar so ziemlich alle Qualitäten hat, von denen eine Frau träumen kann. Zusammengefasst: Er ist der Mann, auf den ich seit langem gewartet habe, und das trifft sich eher gut, denn er gehört mir. Abgesehen von all diesen Eigenschaften liebe ich noch viele andere Dinge an ihm. Seine Hände, sein Lächeln, seinen Mund, voll und großzügig, seine Haut, weich und immer warm, seine rechte Augenbraue, die er hebt, wenn er amüsiert oder erstaunt ist, seine tiefe, sinnliche Stimme, seinen Geruch, seine Art sich zu bewegen und zu laufen. Ich liebe ihn, so einfach ist das. Er liebt mich auch – glaube ich zumindest. Sehen Sie, Edgar ist ein bisschen geizig mit Liebesworten. Wenn ich ihm sage: »Ich liebe dich«, habe ich als einzige Antwort Anrecht auf ein »ja, ich weiß« oder »du bist süß«. Niemals auf das »ich dich auch«, nach dem sich jede verliebte Frau sehnt. »Ja, ich weiß« ist frustrierend. Trotzdem gelingt es mir nicht, ihm böse zu sein, denn nach dem, was ich von Antoine weiß, einem seiner Freunde, hat er einiges durchmachen müssen.

Edgar ist sechs Jahre mit einer gewissen Valérie zusammen gewesen, einem uninteressanten Mädchen, das ihm praktisch vor seinen Augen mit der gesamten Pariser High Society Hörner aufgesetzt hat. Meiner Meinung nach hat sie es bei Paris belassen, weil die Vorstädte schlechter zu erreichen sind und man schon verdammt motiviert sein muss, um den Vorortzug zu nehmen für ein nachmittägliches Stelldichein, das sich als verheerend herausstellen kann. Da Liebe ja blind macht, hat Edgar nichts gesehen. Das glaubte zumindest seine Familie. Immer noch besagtem Freund zufolge war er in dieses Mädchen vollkommen vernarrt und wollte es heiraten. Das hat er auch getan. Er hat in großem Pomp geheiratet, in der Kirche. Er mit der traditionellen Pinguin-Verkleidung und sie herausgeputzt wie ein Prollweib mit verfallenen, verstaubten Straußenfedern, die von ihrem Kleid, das die Farbe ranziger Butter hatte, herabhingen. Grotesk! Ich war natürlich nicht dort, aber das haben mir Leute berichtet, die ihr mit

Sicherheit wohl wollten. Nach dem Etepetete-Snob-Cocktail haben sich alle Gäste unterm Zelt versammelt. Nicht zum Campen, wie Sie sich wohl vorstellen können. Antoine hat mir erzählt, dass Edgar nach dem Mikrophon gegriffen und gesagt hat, er habe eine Überraschung für alle. Er hat die Leute gebeten, sich auf ihre Plätze zu setzen, und hat ganz allein auf dem Podium eine Rede abgehalten über die Liebe, die Tugenden der Ehe, die Werte der Familie, die Wichtigkeit von Treue in der Beziehung etc. Er hat seine Tirade damit beendet, dass er alle Gäste bat, gleichzeitig ihre Teller herumzudrehen. Die Überraschung befinde sich darunter. Ob Sie's glauben oder nicht, er hatte unter jeden Teller ein Foto seiner Frau geklebt, den Hintern in der Luft, wie sie sich gerade von seinem besten Freund besteigen lässt, der, nebenbei gesagt, auch sein Trauzeuge war.
Niemand hat jemals erfahren, wie er es geschafft hat, an das Negativ zu kommen, aber alle waren sich einig darüber, dass er seinen Coup lange im Voraus geplant und jemanden ins Vertrauen gezogen haben musste. Es ging sogar das Gerücht um, er habe einen Detektiv engagiert, um seine Dulzinea zu überwachen, die sozusagen eine wichtige Stammkundin der Swingerclubs war, wenn ihr Liebling auf Geschäftsreise war. Antoine zufolge hat jeder nach der Hochzeit seine Version abgegeben, und ein paar Wochen später war die Stadtlegende geboren. Edgar war entweder der verletzte Ehemann, betrogen von einer

zweifelhaften Frau, die der läufigen Hündin näher kam als der eisheiligen Jungfrau, oder aber der hinterhältige Dreckskerl, der ein Herz aus Stein haben musste, um sich zu weigern, diese arme, reuevolle Sünderin erneut in seinem Schoß aufzunehmen. Das arme, arme Mädchen … Dreihundert Personen haben es auf allen vieren auf einem Foto gesehen, mit der Unterhose auf dem Kopf, hängender Zunge und von der Ekstase verzerrtem Gesicht. Wie man eine derartige Erniedrigung erleiden kann, ohne sich fürs Exil zu entscheiden, ist mir schleierhaft. Diese Schnepfe hat es vorgezogen dazubleiben, mit ihrem lächerlichen Kleid und ihrer lächerlichen Frisur, unfähig, etwas anderes zu sagen als ununterbrochen »na, so was, versteh ich nicht«. Es war erbärmlich. Heißt es. Was Jean-Julien, Edgars berühmten Trauzeugen und besten Freund, betrifft, so hat er sich stillschweigend aus dem Staub gemacht, nachdem er eine nagelneue Hose ruiniert hat, indem er vor Scham Pipi reingemacht hat. Bevor überhaupt den Gästen, die noch unter Schock standen, die Vorspeisen serviert wurden, ist auch Edgar von der Bildfläche verschwunden und hat seine Ehe für ungültig erklärt. Er hat seine Ex nie wiedergesehen noch gesprochen; einem Gerücht zufolge verlebt sie wohl alles andere als glückliche Tage auf einem Bauernhof im Cantal, wo sie angeblich Murmeltiere züchtet.

Das alles, um Ihnen zu sagen, dass Edgar bei Frauen ein wenig auf Eiern geht und dass ich verstehe, dass er nicht bereit ist, sich sofort zu binden. Er hat mit mir nie über diese Geschichte gesprochen, und ich bezweifle stark, dass er weiß, dass Antoine eine unerschöpfliche Infoquelle ist, selbst wenn man ihn gar nicht fragt. Nun, in diesem Fall hatte ich gefragt. Das Wichtigste ist, dass ich jetzt da bin und dass ich dafür sorgen werde, dass er all sein Unglück vergisst. Wenn er verstanden haben wird, dass ich eine seltene Perle bin und sein Leben mit mir schön ist und es dazu bestimmt ist, es zu bleiben, dann wird er mir sagen: »Ich liebe dich, Garance«, und nicht mehr »ja, ich weiß« und mir dabei den Kopf streicheln, wie man es bei seinem Labrador tun würde. Wenn er einen hätte.

2

Ich heiße also Garance. Das ist ein Vorname, den ich nur schwer akzeptiert habe. Besonders als ich auf der Eliteschule gelandet bin, wo alle Schüler mich Daktari nannten. Clarence, Garance, das ähnelt sich sehr, da werden Sie mir zustimmen. Zur Entlastung der kleinen Rotznasen muss gesagt werden, dass ich ein recht ungefälliges Äußeres hatte. Klein, wie ein Junge angezogen, sehr kurz frisierte Haare, amüsierte ich mich außerdem ziemlich oft damit, zu schielen. Ich fand das zum Totlachen, besonders da es meine Mutter hysterisch machte.

Sie wiederholte mir jedes Mal, dass meine Augen schließlich wegen des Luftzugs bis zum Ende meines Lebens so bleiben würden. Typisches Beispiel der jämmerlichen Kommentare, die von Generation zu Generation weitergegeben werden. Von derselben Sorte gibt es auch: »Verschlucke nicht deinen Kaugummi, du klebst dir sonst den Hintern zu«, oder »Knabbere nicht an den Fingernägeln, du wirst dir eine Blinddarmentzündung holen«. Ich habe hundertmal meinen Kaugummi verschluckt, ohne mir je irgendwas zu verkleben, aber ich kann sagen, dass, was die bösen Folgen des Luftzugs angeht, meine Mutter sich nicht geirrt hatte: Eines Morgens wachte ich auf mit einem vollkommen verdrehten rechten Auge, das meiner Nase anscheinend ein Geheimnis anvertrauen wollte. Ich habe wirklich angefangen zu schielen und bin bis zu meiner Augenoperation einige Jahre später in diesem Zustand geblieben.

Ich könnte Ihnen auch von meiner Zahnspange berichten, einem Accessoire, das oft untrennbar mit einer Brille verbunden ist, und Ihnen erzählen, dass ich zu Geburtstagsfeiern nur eingeladen wurde, um diese Bande Geisteskranker von bestürzender Boshaftigkeit zum Glucksen zu bringen. Ich habe Stunden mit tränennassen Augen auf einer Bank sitzend damit verbracht, den Sündenbock zu spielen und auf meine Kosten zu lernen, was Ungerechtigkeit bedeutet. Seitdem empfinde ich immer eine spontane, sehr besondere Zärtlichkeit für die kleinen süßen

Fratze mit Brille und vollkommen schiefen Beißerchen. Heute geht alles bestens, danke. Ich bin fünfunddreißig, meine Zähne sind gerade, meine Augen an ihrem von den Lehrbüchern vorgesehenen Platz, und ich trage meinen Vornamen mit Fassung. Edgar mag ihn sehr gern, und da ich Edgar sehr gern mag, bin ich ein Fan von Garance geworden.

Ich muss Ihnen erklären, dass wir seit Donnerstag, den 15. Juli 2003 zusammen sind. Genauer gesagt seit sechs Monaten, sieben Tagen, zwölf Stunden und drei Minuten. Die Sekunden habe ich vergessen. In meinem Alter sind sechs Monate Leben in Zweisamkeit und in Liebe genauso lang wie zwei Jahre Beziehung für eine unreife Göre von zwanzig, die sich noch sucht und die das ganze Leben vor sich hat, um ihre Meinung ebenso oft zu ändern wie sie ihren Verlobten wechselt. In meinem Alter weiß man, was man nicht mehr will. Man investiert, und man spart an im Hinblick auf Längerfristiges. Man plant, man zerbricht sich den Kopf. In meinem Alter sind die Jahre für die, die Kinder haben wollen, gezählt, und wir haben nicht mehr die Zeit, auf das falsche Pferd zu setzen. Oder aber, in Ermangelung des richtigen Pferds, gibt man sich sporadisch auch mal mit einem gut bestückten Esel zufrieden in der Hoffnung, dass er seine Funktion für die Nacht erfüllt: Sex, Sex und noch mal Sex.

Wir haben den 22. Januar 2004. Der Tag fängt gut an. Der Himmel ist sehr blau, es ist kalt, und ich liege gut gelaunt

unter der Daunendecke. Es ist Winter. Von meinem Bett aus kann ich die schneebedeckten Dächer von Paris sehen, und es ist wundervoll. Es muss kurz nach zehn sein, und ich genieße diesen Moment in vollen Zügen. Ich strecke mich aus wie eine junge Katze und schnurre vor Vergnügen. Ich hatte die ganze Nacht lang Sex mit dem Mann, den ich liebe. Mindestens viermal. Nein, stimmt nicht. Nicht viermal. Aber ich hätte gekonnt, wenn ich gewollt hätte. Nur, dass ich zu schnell eingeschlafen bin, um die zweite Runde in Angriff zu nehmen. Ich frage mich immer, wie es Paare anstellen, sich ganze Nächte lang zu amüsieren und das Ganze zwei-, drei- oder fünfmal hintereinander zu wiederholen. Wenn bei mir die Batterie leer ist, gibt es da nichts mehr rauszuholen. Dann muss ich schlafen, Punkt, aus. Ehrlich gesagt, wenn ich nach meinem ersten und letzten Orgasmus der Nacht meinen zwischenbeinigen Umkreis aus seiner postkoitalen Betäubung holen muss, habe ich das unangenehme Gefühl, dass man meine Eingangstür mit einem riesigen, in Glaspapier eingehüllten Presslufthammer aufbricht. Und das ist sehr schmerzhaft.
Ich liege immer noch unter der Daunendecke, aber ich hatte die Zeit, mir einen Kaffee zu machen, wie ich ihn liebe. Wenig Kaffee und viel Wasser. *The American way,* wie man sagt. Für wahre Kaffeeliebhaber vollkommen fad und geschmacklos, aber ich mag ihn so. Ich nehme nie etwas anderes zum Frühstück. Ich habe morgens nie

Hunger. Wenn ich mich allerdings in einem Hotel befinde, bin ich imstande, die Buffettischdecke zu verschlingen. Aber ich schweife ab … Ich sagte Ihnen also, dass ich, seitdem sich die große Liebe in meinem Alltag eingerichtet hat, auf einer kleinen Wolke schwebe, mich in einem ständigen Zustand der Schwerelosigkeit befinde, und ich liebe das.

3

Ich habe meinen Süßen nach mindestens einem Jahr Singledasein kennen gelernt. Ich setze bei diesem Thema eine Parenthese, um dem Ausdruck »Süßer« den ersten Preis der Albernheit zu verleihen. Jedes Mal, wenn ich dieses Wort ausspreche oder höre, habe ich das Gefühl, geistige Rückschritte zu machen.

»Und du, Garance, hast du einen Süßen?«

»Ja, er ißt vier und ißt mit mir im Kindergarten. Sseine Mama, die ißt ßupernett, und ßie lädt mich oft nach Hauße ein, da kann ich dann Würßtchen essen und mit Edgar ßpielen.«

Ein Tipp: Verwenden Sie das Wort »Süßer« oder »Süße« nur, wenn Sie sich an ein zehnjähriges Kind oder an einen Teeanger unter fünfzehn wenden, dem man kurz zuvor den Schädel aufgebohrt hat. Bei allem, was darüber hinausgeht, ist es lächerlich. Parenthese beendet.

Als ich Edgar kennen gelernt habe, war ich allein. Aber denken Sie deswegen nur nicht, dass ich nicht der Fleischeslust gefrönt habe. In einem Jahr bin ich einmal mit zwei Männern nach Hause gekommen. Nicht gleichzeitig – was wie zwei richtige Male zählt. Wenn man den Mangel an Angeboten in Bezug auf die Nachfrage berücksichtigt, ist das schon mal nicht schlecht, auch wenn mein Umfeld das als wenig betrachtet. Wenn man feststellt, dass es ausreicht, sich zu bücken, um einen Mann einzusammeln, der bereit ist, Sie mit seinem Familienschmuck spielen zu lassen für einen heimlichen »One-Night-Stand«, in den er sich gefühlsmäßig nicht einbringt, dann ja, dann ist es wenig. Ich aber habe ein Herz, und ich wollte nicht von Schuldgefühlen heimgesucht werden, weil ich eine von meinesgleichen hintergangen habe, indem ich ihr ihr Betthupferl, ihren Ehemann oder nebenbei den Vater ihrer Kinder entwende. Letzten Endes, nachdem ich die Verheirateten, Verlobten und Gemeinsamlebenden ausgeschlossen hatte, blieb mir nicht mehr viel zu beißen, da sich das Jagdrevier nun beschränkte auf Witwer, die ständig das Fotoalbum ihrer verstorbenen Gattinnen mit sich herumschleppen, auf Geschiedene, die ständig das Fotoalbum ihrer Kinderschar mit sich herumschleppen, wenn es nicht die Kinderschar selbst ist, und auf einige seltene Musterausgaben zweier vom Aussterben bedrohter Spezies:

– Singles unter zwanzig, die sich für alte Jungfern von

fünfunddreißig wegen ihrer Erfahrung in Sachen Sex und ihrer ein wenig hängenden Brüste interessieren, die sie sehr mütterlich und daher erregend finden;
– Singles zwischen fünfzig und sechzig, die sich nicht nur für Barbie-geformte junge Gören interessieren. Junge Gören, die sie wie das siebte Weltwunder betrachten, trotz ihrer Speckröllchen und ihres Ansatzes von Kahlköpfigkeit, da sie die Kinokarten bezahlen und sie anschließend zu McDoof einladen. Dabei erlauben sie ihnen, mit den Fingern zu fressen, um ihnen zu zeigen, dass sie wissen, wie man sich anpasst und jung bleibt, selbst in Anwesenheit der aknegeplagten Freundesclique, die am Tisch rülpst.

Kommen wir auf meine beiden Male in einem Jahr zurück. Profil und Alter meiner Eroberungen könnte ich Ihnen in Anbetracht des Zustandes, in dem ich mich befand, nicht nennen. Ich habe ein großes Problem: Wenn ich ausgehe, trinke ich. Zu viel. Ich trinke im Allgemeinen zu viel, aber wenn ich ausgehe, übertreibe ich es wirklich. Und wenn ich zu viel getrunken habe, vergesse ich völlig, warum da ein nackter Herr in meinem Bett liegt, der darauf besteht, mir Schweinereien ins Ohr zu raunen und seine geifernde Zunge darin zu vergraben, wobei er schnauft wie ein Ferkel. Genau das ist mit meinem ersten Liebhaber passiert, Thomas. Oder Ronaldo. Oder Dingsda, ich weiß es nicht mehr. Ich sehe ihn wieder, wie er mir stolz sein ganz hartes Teil zeigt, das ich anstarrte und mich dabei gefragt habe, wozu »das« wohl gut sein könnte. Da mir nichts Besseres einfiel, habe ich schließlich damit gespielt, indem ich daran zog wie an einem Kaugummi, wobei ich vergaß, dass der Eigentümer dieses Geräts ja am anderen Ende hing. Nicht damit zufrieden, das Martyrium zu erleiden, war der arme Kerl aber auch nicht um 5 Uhr morgens zu mir gekommen, um eine sturzbetrunkene Nina Hagen Liedchen in ein eingebildetes Mikrophon trällern zu sehen. Verärgert verließ er den Ort des Geschehens mit seinem Halbschlaffen unterm Arm, ohne auch nur die Gelegenheit gehabt zu haben, zu beweisen, wozu sie beide denn fähig waren.

Die zweite Geschichte war auch nicht glanzvoller. Auch wenn Alkoholmissbrauch nicht der Hauptgrund für dieses zweite Fiasko ist, so hat er doch stark dazu beigetragen, aus diesem nächsten Abend einen beklagenswert denkwürdigen Moment zu machen. Ohne in die Details zu gehen, habe ich eine Nacht verbracht, die der sehr ähnlich war, die ich Ihnen gerade beschrieben habe. Null Libido. Im Morgengrauen, nachdem ich ungefähr siebzehn Minuten gedöst hatte, bin ich noch schwankend aufgestanden, wobei ich vor dem Verschwinden einen Blitzhalt im Badezimmer machte. Ich wurde plötzlich von einem dringenden Bedürfnis ergriffen. Als meine erste Notdurft verrichtet war, betätigte ich die Toilettenspülung. Einmal, zweimal, dreimal. Nichts. Sie war kaputt und ich in Panik. Eine unter dem Waschbecken ergatterte

Plastiktüte in einer Hand, die Klobürste in der anderen, habe ich, vor Ekel Grimassen schneidend, den appetitlichen Inhalt der Kloschüssel umgefüllt. Ich habe die Tüte verschlossen und auf den Wohnzimmertisch gestellt, während ich mich anzog. Bevor ich unauffällig verschwand, habe ich eine kleine Standardnotiz an meinen platonischen Bettgenossen geschrieben, um ihm für den Abend zu danken, und habe sie ebenfalls auf den Tisch gelegt. Ich habe sanft die Tür zugezogen und fand mich mit dem seltsamen Gefühl im Treppenhaus wieder, etwas vergessen zu haben. Die Tüte! Ich hatte die Tüte vergessen! Ich kann Ihnen gleich sagen, dass ich es nie gewagt habe, ihn zurückzurufen, und dass er sich auch nicht mehr gemeldet hat. Aus diesen Episoden, auf die ich kaum stolz bin, habe ich eine Lehre gezogen. Die wichtigste. Ich muss mit der Sauferei aufhören, das macht mich unreif und … frigide.

Dann ist Edgar aufgetaucht. Ich hatte noch nie von ihm gehört, bevor ich ihn kennen gelernt hatte, und ich war davon überzeugt, dass das mal wieder ein von meiner Mutter gedrehtes Ding war. Verzweifelt darüber, eine Tochter zu haben, die so alt und noch Single war, und da ihr nichts Besseres einfiel, um die bösen Zungen zum Schweigen zu bringen, die dachten, ich sei lesbisch, ist meine Mutter Spezialistin dafür geworden, sich mehr um meine Angelegenheiten als um ihre zu kümmern. Ich könnte ihr eine Medaille für die verpatzten Abendessen verleihen, zu denen ich mich seit nunmehr acht Jahren – Datum, an dem sie beschlossen hatte, mich unter die Haube zu bringen, koste es, was es wolle – regelmäßig mit meiner Trauermiene hinschleifte. Lange Zeit habe ich mich gefragt, ob sie vielleicht die Männer ohne Ehering auf der Straße anhielt, um ihnen von mir zu erzählen und ihnen das Versprechen einer Verabredung zu einem kommenden Fang-Abendessen abzunehmen. Edgar hätte einer von ihnen sein können. Ich bin jedes Mal überwältigt, wenn ich sehe, wie sie selbst nach so vielen Jahren noch in der Lage ist, den Sohn einer Freundin, von dem ich noch nie zuvor gehört hatte, aus dem Hut zu zaubern.

»Weißt du, Schatz, der Sohn meiner Freundin Monique, der in Seoul gelebt hat …«

»Nein, weiß ich nicht.«

»Doch, weißt du. Monique hat einen Sohn, Stanislas, und er lebt in Seoul.«

»Nein, sag ich dir, weiß ich nicht … Ja und?«

»Nun ja, er will dich um jeden Preis kennen lernen. Ich habe ihm von dir erzählt, und ich habe ihm gesagt, dass du seit langem Single bist. Er ist charmant, du wirst sehen.«

»Was werde ich sehen und wozu?«

»Wie, wozu? Um zu reden, um euch zu treffen, damit du neue Leute siehst und eines Tages heiratest! Hör zu, er passt sehr gut zu dir, vertrau mir. Gute Familie, gute

Verhältnisse, schönes Haus. Er beschäftigt sogar eine Putzfrau und eine Köchin in Vollzeit, stell dir das mal vor!«

»…«

»Kurz, er ist der ideale Schwiegersohn. Und darüber hinaus ist er Witwer. Du willst doch nicht, dass die Ex dir auf die Nerven gehen, bei ihm kannst du es da nicht besser treffen. Sie ist nicht weggegangen, sie ist tot.«

»Du bist ungeheuerlich!«

Um Ihnen verständlich zu machen, welche die Geschmäcker Madame Klébergs der Älteren sind, so kann ich Ihnen sagen, dass ich mit so ziemlich allem Umgang hatte, was die Welt zu bieten hat in Sachen Scheuklappendenker, Rüpel oder Schwachköpfe, die Sie mit weit aufgerissenem Mund anstarren, als seien Sie die Verkörperung der Heiligen Jungfrau. Ich bin Single, aber nicht so in Not, dass ich Fliegen fresse. Das allerdings hat sie immer noch nicht anerkannt, so sehr ist sie davon überzeugt, dass ich todunglücklich sein muss, da ich alleine im Leben stehe. Ich habe schon vor einer Ewigkeit aufgehört zu kämpfen und mich zu rechtfertigen, und von nun an weigere ich mich kategorisch, mich zu ihren kleinen Überraschungspartys zu begeben, während ich weiterhin tüchtig eins auf den Deckel bekomme. Das ist wahrscheinlich mein Schicksal als Tochter.

»Was denn? Hast du etwa keine Lust, eine Familie zu gründen? Bist du dir darüber im Klaren, dass ich in deinem Alter bereits meine drei Töchter hatte?«

Die Zeiger drehen sich, die Zeiger drehen sich. Tick tack, tick tack. Wenn man sie so hört, könnte man meinen, mir drohen die Wechseljahre. Meine Mutter ist deprimierend … Doch, doch, deprimierend, wirklich.

4

An jenem berühmten Donnerstag, an dem ich Edgar kennen lernte, empfing Arthur Gäste. Er lügt nie und hat mir geschworen, dass meine Mutter nichts damit zu tun hat. Ich liebe Arthur. Er ist genial. Und treu in der Freundschaft. Ich habe ihn vor über zwölf Jahren kennen gelernt, und seitdem ist er ein Teil meines Lebens. Was ich an ihm mag, ist seine feminine Seite und die Tatsache, dass wir oft dieselben Dinge mögen. Besonders Männer. Arthur hat wenige Tage nach seinem siebzehnten Geburtstag begriffen, dass er homosexuell ist. Mit dem Pizzalieferanten, der ihm jeden Sonntag seine Margherita brachte und bereits Gegenstand seiner Phantasien war, hat er den Schritt gewagt und eine entscheidende Nacht verbracht. Er ist siebenunddreißig und hat seine Wahl niemals bereut.
Ich bin als Letzte zum Abendessen erschienen. Genauer gesagt, ich habe als Letzte die Wohnung betreten, nicht aber das Gebäude. Arthur hatte mich zuvor davon in

Kenntnis gesetzt, dass mir an diesem Abend keiner der Gäste bekannt sein würde. Er wollte, dass ich seine »neuen Freunde« kennen lerne. Zur Information: Da seine »alten Freunde« ebenso wenig heterosexuell waren wie er, konnte ich mir gut vorstellen, dass seine »neuen Freunde« wahrscheinlich ebenfalls Jungs den Mädels vorziehen. Mehr denn je davon überzeugt, dass dieser Abend wohl nicht der Abend werden würde, habe ich mir in Sachen Kleidung und Make-up überhaupt keine Mühe gegeben. Ich habe mich deshalb auch nicht beeilt. Wenn ich vor den anderen ankäme, müsste ich mir nämlich mal wieder Smalltalk mit Unbekannten antun, sobald der Herr des Hauses in der Küche verschwände, um das Essen vorzubereiten. »Wie heißt du? Woher kennst du Arthur? Was machst du beruflich? Magst du Schildkröten? Ja, Regen ist prima, das macht alles sauber. Und wie geht's dir sonst so?«

Ich bin nicht besonders begabt im Animieren einer Diskussion. Aus Schüchternheit wahrscheinlich. Ich war für 21 Uhr bestellt und wäre pünktlich auf die Minute gewesen, wenn ich mich nicht eine knappe halbe Stunde hinter dem Aufzug versteckt hätte, um die Gäste heimlich beobachten zu können, ohne gesehen zu werden. Eine halbe Stunde ist lang, vor allem in der Hocke. So bin ich wie vorhergesehen zu spät gekommen. Als ich mit Arthur am Arm das Wohnzimmer betrat, habe ich mir zunächst die vierzehn Personen angetan mit wiederholtem »Guten

Tag, guten Tag, ich bin Garance, Bussi, Bussi. Nein, nicht Clarence, Garance. Nein, ich saß vorhin nicht hinterm Aufzug.« Dann stand ich plötzlich Edgar gegenüber. Ich fand ihn gar nicht übel. Charmant. Ganz mein Typ. Da Edgar ja aber gekommen war, um einen Freund und keine Freundin zu finden, war jeder Verführungsversuch zwecklos. Und doch hatte er mich in weniger als zwei Minuten verwirrt. So sehr, dass ich mich dabei überraschte, wie ich mir eine Viertelsekunde vorstellte, mein verheerender Charme könnte bei ihm eine Kehrtwendung um 180 Grad bewirken. Wenn ein Mann mir gefällt, egal ob homosexuell oder nicht, verwandle ich mich leider in eine wahre wandelnde Katastrophe. Zunächst bin ich, als wir uns zu Tisch begaben, über den Teppich gestolpert. Schwachköpfigerweise – es gibt kein anderes Wort dafür – habe ich mich an Arthur festhalten wollen, der seinerseits das Tablett mit dem Aperitif trug. Ich werde jetzt nicht ins Detail gehen, aber wir gedachten anschließend gerührt des Kristallservices seiner Mutter, der Portokaraffe, der kleinen kreolischen Würstchen und der Kabeljaubällchen, die sich fröhlich auf dem sauteuren Perserteppich verteilten. Nach dieser Episode hörte Arthur nicht auf, mich mit vorwurfsvollen Augen anzustarren. Ich hatte nicht nur den Aperitif mangels Verpflegung prächtig abgekürzt, sondern es auch geschafft, seinen Teppich und sein Geschirr zu ruinieren. Anschließend ist alles gutgegangen, bis ich die Gebote der guten Erziehung meiner

Mutter vergaß und beschloss, meinen Ellbogen auf den Tisch aufzustützen … den ich verfehlte. Ich habe mir die Nase halb in meinem Teller zertrümmert und fand mich mit dem Kinn im »Braten an hausgemachtem Püree mit Weißtrüffelöl« wieder. Ich habe die folgende halbe Stunde schimpfend und heulend im Schneidersitz auf der Toilette verbracht und versucht, die Reste meines Abendessens aus meinem Dekolleté zu fischen. Arthur ist gekommen, um mir zu helfen, mir Vorhaltungen zu machen und aufzupassen, dass ich ihm nicht seinen Vorrat an Hygienetüchern dezimierte. Ich habe den Moment genutzt und ihn zwischen zwei großen Schluchzern gefragt, ob das mit Edgar so lief, wie er wollte.

»Du bist ja verrückt! Hast du geglaubt, er sei homo? Hast du nicht gesehen, wie er dich anstarrt?«

Nein, das hatte ich nicht gesehen. Ich bin endlich zurückgegangen, um mich wieder an den Tisch zu setzen. Ich roch zwar auf hundert Meter Entfernung nach Roastbeef und Püree, war aber glücklich und bereit, meinen Charme spielen zu lassen. Was ich mit unverhohlenem Vergnügen tat. Von jenen paar kleinen Ungeschicklichkeiten abgesehen, war der Abend ein voller Erfolg. Arthur hatte sich selbst übertroffen. Alle haben viel geredet, viel gelacht und viel getrunken. Ich auch. Ich bin gegen 2 Uhr morgens aufgebrochen, schwankend und hüpfend wie ein junges Hündchen, dem man Socken über jede Pfote gezogen hat. Viel hätte nicht gefehlt und ich hätte auf der

Türschwelle eine Reihe Luftsprünge vollführt. Edgar liebte Frauen, und ich liebte Männer! Ich bin nach Hause gegangen – allein, aber mit seiner Nummer in meiner Hosentasche und meiner in der seinen. Er hat mir versprochen, dass er mich sehr bald anrufen würde. Ich hätte gerne die Nacht mit ihm verbracht, aber da ich ihn sehr gern wiedersehen wollte, habe ich es gelassen. Das war gut so, denn ich habe mich die ganze Nacht lang übergeben.

5

Edgar hat mich am nächsten Morgen angerufen. Sein »sehr bald« hätte nicht schneller sein können! Ich hatte eine unruhige Nacht verbracht, da ich mich praktisch alle vierzig Minuten vom Bett ins Badezimmer geschleift hatte. In den paar seltenen Ruhepausen, in denen sich mein Magen einmal nicht umdrehte, hatte ich mehr als heiße Träume von Edgar in vollkommen surrealistischen Stellungen, die selbst die »kamasutrische« Bibel nicht wagen würde zu erörtern. Das Telefon unterbrach das Herannahen meines neunzehnten Orgasmus mittendrin.

»Garance? Guten Morgen, hier ist Edgar. Wecke ich dich?«

»Nein, gar nicht, ich arbeite heute von zu Hause aus. Ich habe mir den Tag freigenommen. Wie geht es dir? Bist du gestern gut nach Hause gekommen?«

Ich kannte ihn nicht gut genug, um ihm zu gestehen, dass ich heute Morgen im Büro angerufen hatte, um zu sagen, dass ich krank sei und tief unter meiner Bettdecke dahinvegetierte, nachdem ich dank seiner Schubkarre, seines Bock-Stoßes oder seines Wunderkreisels die »orgasmischste« Nacht meines Lebens verbracht hatte.

»Ich war kaputt. Wir haben bei Arthur ja auch ganz schön gepichelt. Das Aufstehen fiel mir heute Morgen etwas schwer. Dir nicht?«

»Nein, bei mir ging's, ich bin relativ früh aufgestanden und habe supergut geschlafen.«

»Sag mal, Garance, hast du heute Abend schon was vor? Man hat mir zufällig zwei Karten für eine Aufführung zugeschoben, und es würde mich freuen, mit dir dorthin zu gehen.«

Yes, yes, yes, er lädt mich ein!

»Warte, ich schau mal nach. Ich glaube, ich hab da schon was. Bleib mal dran … Also, äh … Welchen Tag haben wir heute …? Dienstag kann ich nicht, Donnerstag auch nicht, Freitag fahre ich ins Wochenende …«

»Garance? Die Aufführung ist heute Abend.«

»Ach so, heute Abend! Warte, ich schau nach.«

»Es würde mich wirklich freuen, mit dir dorthin zu gehen.«

Ich kam um vor Verlangen ihm zu sagen, dass ich meine Seele verkaufen würde, um mit ihm dorthin zu gehen, aber dazu war ich nicht in der Lage. Edgar hätte mich bitten können, zu einem Konzert der Chorknaben vom Hölzernen Kreuz zu gehen, noch dazu zu Fuß in zu kleinen Schuhen und fünf Stunden von Paris entfernt – ich wäre mit geschlossenen Augen hingegangen, nur um bei ihm zu sein. Allerdings würde ich lieber sterben, als ihm spontan ja zu sagen und ihn in dem Glauben zu lassen, ich stünde jederzeit zu seiner Verfügung, hätte auf seinen Anruf gewartet und mich bereits im Kopf freigemacht, »falls er mich anrufen würde«.

»Okay, ist gut, ich kann. Um wie viel Uhr ist es?«

»Ich komme dich um 20 Uhr abholen, ist dir das recht? Die Aufführung fängt gegen 20 Uhr 30 an.«

»Kein Problem. Rufst du mich an, sobald du unten bist? Bis heute Abend, ich umarme dich.«

Nach der feurigen Nacht, die ich gerade mit ihm verbracht hatte, war »ich umarme dich« ein Minimum.

Sie können sich bestimmt denken, dass ich aus dem Bett gesprungen bin, als hätte ich soeben entdeckt, dass eine Kobramama und ihre Jungen sich dort eingenistet hätten. Es war 13 Uhr. Ich hatte also sieben Stunden vor mir, um mich vorzubereiten. Ausreichend, aber knapp, wenn man sich nicht organisieren und Prioritäten setzen kann. Ich habe mit einem schönen heißen Bad angefangen, sozusagen um meine Gedanken zu ordnen und vor allem um meine Kilos von toten Hautzellen aufzuweichen für Phase II des Notverschönerungsprogramms. Ein kleines sanftes Peeling, ein oder zwei »Strahlende Haut«-Liftingmasken, und dann – hopp – attackierte ich den Damenbart mit der Enthaarungscreme, die Achseln und Beine mit dem Rasierer und machte einen Termin bei der Kosmetikerin für die Haare der Bikinizone. Wie einer meiner Freunde sagt, »lugte« bei mir »das Stroh aus dem Karren hervor«. Der Ausdruck ist nicht besonders schön, aber er ist anschaulich. Nach zweieinhalb Stunden war ich fast fertig und von Micheline und ihrem Wegwerfbiowachs epiliert, das fein nach Wildfeige duftet und man sozusagen nur bei ihr findet. Und da ich schon mal draußen war, bin ich auch gleich zum Friseur gegangen, um heute Abend definitiv unwiderstehlich zu sein.

Seit Ewigkeiten müsste ich wissen, dass man einen Friseur auswählt wie einen Metzger oder einen Bäcker. Sie kaufen Ihren Braten oder Ihr Baguette bei ihm, und wenn es Ihnen gefällt, gehen Sie wieder hin. Durch die privilegierten Bindungen, die Sie als treue Kundin mit ihm unterhalten, kommen Ihnen die besten Produkte, die beste Beratung und die beste Behandlung zugute. Beim Friseur ist es dasselbe. Juanito hat Sie einmal gut geföhnt oder Ihnen einmal gut die Haare geschnitten? Sie sind zufrieden? Na, dann ist es normal, dass Sie dort wieder hingehen. Nur leider ist Juanitos Salon im 15. Arrondissement, direkt neben meinem Büro. Ich bin nicht so verantwortungslos, dass ich das Risiko eingehe, mich von einer Arbeitskollegin beim Föhnen erwischen zu lassen, während ich doch eigentlich sterbenskrank sein sollte. Ich hatte nur noch viereinhalb Stunden, um alles zu schaffen: mich frisieren, mich schminken und mich entscheiden, was ich anziehe. Das war viel zu kurz. Ich habe daher beschlossen, zu einem kleinen Friseur in meinem Viertel zu gehen, nicht weit von mir, im 17. Arrondissement: Hair Satz. Etwa zehn Dämchen, die gut und gerne zwischen siebzig und siebenundneunzig sein mochten und sich die Haare waschen, entfärben, föhnen und frisieren ließen. Ich hatte den Eindruck, aus Versehen die Tür zu einem Reservat kleiner, halbkahlköpfiger Alter aufgestoßen zu haben. Alle hatten nur Augen für mich, und ich dachte schon, ich würde in einem Hexenkessel im Keller enden. Ich bin trotz allem geblieben, weniger aus Überzeugung als mehr aus Wohlerzogenheit, und dachte mir, dass es nichts Gewöhnlicheres gebe als eine einfache Föhnfrisur, und dass selbst Josiane das hinbekommen könnte. Nach gut zehn Minuten Haarwäsche habe ich mich dem Schicksal ausgeliefert.

6

Einen Rat: Gehen Sie niemals zu Josiane. Josiane ist eine ausgezeichnete Geschäftsfrau, aber eine schlechte Frisöse.

Als ich ankam, hatte ich vielleicht stumpfes Haar, aber glatt und lang. Bis mitten auf den Rücken. Praktisch für Pferdeschwänze, Knoten und eine ganze Reihe anderer Frisuren. Ich war brünett mit ein paar vereinzelten grauen Haaren hier und da, aber nichts Dramatisches. Josiane teilte meine Einstellung nicht. Es war dramatisch. Ich denke schon, dass ich eine Persönlichkeit habe, aber ich muss Ihnen sagen, dass es mir sehr schwerfällt, mich von einer guten Verkäuferin nicht einwickeln zu lassen. Ob es sich nun um Kosmetikartikel, Klamotten, unnötige Accessoires oder einen neuen Haarschnitt handelt, ich gebe letztendlich immer nach, weil ich denke, dass die Verkäuferin das alles zu meinem Besten tut. Ich habe nachgegeben.

Fehler. Und zwar ein fataler. Ich bin zwei Stunden später wieder herausgekommen – verzweifelt, traurig, hässlich, wütend und pleite. Meine Haare waren gestuft bis zum Halsansatz und bordeauxrot wie bei drei Vierteln der anwesenden Omis. »Dunkelweinrot«, wie mir die dicke Josiane gesagt hat. In diesem Augenblick hatte ich mehr Lust, ihren Salon in die Luft zu jagen, als mich über die Subtilität einer Rottönung auszulassen.

»Wenn Sie blaue anstatt brauner Augen hätten, würde die Farbe noch mehr leuchten.«

Ach was … Das Föhnen fand schließlich sein Ende in einer entzückenden Oma-Locken-Frisur, nachdem ich, ein kleines Einkaufsnetz über den Lockenwicklern, eine Stunde unter einer Haube damit verbracht hatte, *Ich Gärtnere* von März 1978 zu lesen. Das Ganze für den geringen Preis von neunundneunzig Euro, plus Trinkgeld und einer ernsthaften Lust, mich aus dem Fenster zu stürzen.

»Und, gefällt's Ihnen?«

»Äh … ich liebe es, es ist modern, jung, es steht mir gut, und dieses Bordeauxrot passt zu allem: Schwarz, Beige, Beige, Schwarz. Nein, es ist gut.«

Ich hätte gehen sollen ohne zu bezahlen und darauf wetten, dass keine der kleinen Alten mich hätte im Sprint einholen können.

Ich habe die folgenden zwei Stunden damit verbracht, mich zu verfluchen und Josiane zu verfluchen und mir, über die Badewanne gebeugt und den Duschkopf in der Hand, hundertmal das zu waschen und erneut zu waschen, was mir noch an Haaren geblieben war. Ich war nicht so brünett wie zuvor, aber auf jeden Fall war ich weniger rot. Was den Schnitt betrifft, so ist es mir durch Gel und Kunstgriffe gelungen, mich annehmbar zu finden. Im Dunkeln. In einer halben Stunde würde Edgar kommen, und ich hatte immer noch den Hintern an der

Luft. Ich habe mich in Windeseile angezogen, neu geschminkt und konditioniert, um dieses erste Date nicht abzusagen.
Wie abgemacht rief Edgar an, sobald er unten vorm Haus stand. Ich habe das Telefon absichtlich mindestens zehnmal klingeln lassen, bevor ich abnahm, und habe gut fünfzehn Minuten gebraucht, bis ich zu ihm hinunterging. Aus Prinzip. Er wartete vor dem Auto auf mich, sauber und schön wie ein neues Geldstück, die Hand auf der offenen Beifahrertür. Guter Anfang. Ich habe ihm nicht einmal einen Begrüßungskuss gegeben, so angespannt fühlte ich mich ganz allein mit ihm.
Was soll ich Ihnen über den Abend sagen? Eins plus. Ich habe den Großteil meiner Zeit damit verbracht, Edgar glucksend dabei zuzuhören, wie er mir sein Leben erzählte. Nicht, weil er witzig war, sondern weil ich das am besten kann, wenn ich mich linkisch fühle. Er hat von sich erzählt, seinen Reisen, seinem Beruf, seiner Familie, seinen Freunden, seinen Eltern und seinem Leben im Allgemeinen. Sobald eine Gesprächspause eintrat, war ich so beunruhigt bei dem Gedanken, er könnte sich langweilen, dass ich ihm einen ganzen Berg neuer Fragen stellte. Was das Menü betrifft, so war es sicher sehr gut, aber ich habe nichts hinunterbekommen. Ich habe lediglich ein bisschen gegessen, denn mein Magen war durch die beginnende Intimität wie zugeschnürt. Das ist aber nicht der einzige Grund, der mich zum Fasten veranlasst hat.

Ich habe mich immer recht hässlich gefunden beim Kauen. Ich habe ständig den Mund voll und traue mich nicht zu sprechen oder zu lächeln aus Angst, die Hälfte der Nahrungsmittel zwischen den Zähnen zu haben. Ich kenne nur zu gut die Geschichte mit dem Salatblatt, das beschlossen hat, mir den Abend zu vermiesen, obwohl ich es mit wütenden, ungeschickten Zungenschlägen zu entfernen versuche. Die Lösung? Ich esse nicht, ich stochere mit Eleganz herum. Wenn ich dann aber nach Hause komme, habe ich plötzlich so großen Hunger, dass ich ein Geschirrtuch verschlingen könnte. Ich habe also wenig gegessen und ebenso wenig von mir erzählt. Ich bin nicht adoptiert worden, man hat mir nicht das Gehirn amputiert, ich war keine Geisel, und ich habe nicht auf einem Floß die Welt umrundet. Ich bin daher in meinen Augen nicht besonders originell und richte es immer so ein, dass ich so wenig wie möglich über mich sage und das Gespräch auf den anderen abwende. Und das funktioniert.

Edgar kommt aus einer gutbetuchten Bürgersfamilie und ist auf eine Jungenschule gegangen. Nachdem er die grauweiße Schuluniform bis zum Abitur ertragen hatte, stürzte er sich ins Ingenieursstudium und hat eine großartige Position aufgetan, die ihm ordentlich Kohle einbringt. Er ist hart erzogen worden von strengen und kühlen Eltern, die ihm gute Manieren eingetrichtert haben. Er mag Kino, Literatur, Ausgehen, seine Freunde, von seinen Leidenschaften sprechen, geräumige Wohnungen, große Hunde, gute Restaurants, Luxushotels und Bildungsreisen ans andere Ende der Welt. Ich auch, das trifft sich gut. Er hasst Camping, Schlafsäcke und Gemeinschaftsduschen; Grillabende, die nach billigen Würstchen stinken; dreckige, schlecht erzogene Kinder; Leute, die mit vollem Mund sprechen, jene, die keine Überzeugungen haben, jene, die weiße Socken, kurzärmelige Hemden, Lackmokassins tragen, und schließlich Stofftaschentücher. Ich ebenfalls. Ich habe Edgar zugehört, ich habe ihn auf Herz und Nieren geprüft und bin definitiv hin und weg. Wir haben das Restaurant nur verlassen, weil der Chef zu uns gekommen war und gesagt hatte, er würde jetzt schließen. Es war spät. Ich hatte mich nicht eine Sekunde lang gelangweilt und hatte keine Lust zu gehen. Er auch nicht. Wir fühlten uns wohl. Als sei es das Natürlichste auf der Welt, sind wir bei mir gelandet, um unsere erste Nacht in den Armen des anderen zu verbringen. Wir haben nicht miteinander geschlafen. Wir hatten zwar wahnsinnige Lust darauf, aber frisch epiliert wie ich war, hatte ich an alles gedacht außer ans Wesentliche … an Kondome. Edgar hatte auch keine, was beweist, dass er nicht die Absicht gehabt hatte, mir heute Abend was Gutes zu tun. Ich fand das sehr respektvoll und feinfühlig von ihm. Kein Kondom, kein Sex. Ich habe schon daran gedacht, ihm den Pimmel in den Finger einer meiner Gummihandschuhe zu packen, den ich hätte abschneiden

können wie in der Werbung, aber ich hatte nur das – zu dicke – Vorkriegsmodell.
Beim Einkaufen daran denken, die gute Multifunktionsmarke zu kaufen, die ich im Fernsehen gesehen habe …

7

Unsere erste Nacht war verschmust, zärtlich, sinnlich und – das muss man schon zugeben – frustrierend. Obwohl wir nicht die Nacht damit verbracht haben, uns ins Weiße der Augen zu starren, hat es nicht ein Gramm richtigen Sex gegeben. Wir haben nur versucht, uns etwas näher kennen zu lernen, indem wir uns mit unseren jeweiligen Unterleibern vertraut machten, um uns für das nächste Mal daran zu gewöhnen, sozusagen. Da die Lust irgendwann schwer zu kontrollieren war, haben wir es lieber gelassen, anstatt ohne Fallschirm zu springen. Die Vernunft hat die Oberhand gewonnen, und wir sind einer an den anderen geschmiegt eingeschlafen. In Löffelstellung. Ich vorne mit seinen Armen um meine Taille, er dahinter mit seinem Geschlecht dort eingebettet, wo es hingehört. Diese Art von Stellung macht mich normalerweise wahnsinnig, aber diesmal habe ich so getan, als wäre nichts. So habe ich meine Nacht gegen den warmen, feuchten Körper Edgars gepresst verbracht, der mir ins Ohr flüsterte, während ich versuchte, mit den Pobacken zu applaudieren, um sein Monster von Loch Ness zu verdrängen.

»Tee oder Kaffee morgen früh?«

»Kaffee… Garance?«

»Ja.«

»Ich bin froh hier zu sein. Schlaf gut.«

»Ich auch. Träum schön.«

»Tee oder Kaffee?« – diese Frage, die Ihnen harmlos erscheinen mag, ist entscheidend für mich. Ich stelle sie nur Männern, die in meinem Leben zählen werden und bei denen ich spüre, dass wir ein Stück Weg gemeinsam gehen werden. Am Anfang einer Liebesgeschichte wäre ich wohl nicht in der Lage, Ihnen zu bestätigen, dass jener Mann, der seine erste Nacht in meinem Bett verbringt und vor dem Einschlafen zwischen Tee und Kaffee wählen muss, der Mann meines derzeitigen Lebensabschnitts werden wird. Ich glaube es, ich hoffe es sicherlich, aber im Grunde habe ich nicht die geringste Gewissheit. Ich kann Ihnen allerdings sagen, dass ich nicht unbedingt lange mit ihm verkehren muss – ein Abend ohne Nacht reicht –, um davon überzeugt zu sein, dass er zu weit von meinem Ideal entfernt ist, um eine Chance zu haben, es eines Tages zu sein. Mit der ganzen Erfahrung meiner fünfunddreißig Jahre ist es einfacher für mich geworden, zwischen den guten und den schlechten Nummern, die meinen Weg kreuzen, auszusortieren. Das hält mich ja nicht davon ab, mit den schlechten Nummern zu schlafen, für die ich einfach nur eine körperliche Anziehung empfinde. Einige werden behaupten, dass ich zu schnell entscheide, dass ich die schlechten Nummern, die sich mit etwas Zeit und Geduld als gute herausstellen könnten, verurteile, ohne sie überhaupt zu kennen. Sie haben bestimmt Recht. Aber ich habe keine Zeit für den Luxus, eine Liebesgeschichte anzufangen und nach ein paar Monaten festzustellen, dass meine Intuition zu Beginn richtig und jener Mann in der Tat nicht für mich geschaffen war. Ich habe mich noch nie geirrt. Die vier Männer, die nach unserer ersten Liebesnacht Anrecht auf mein »Tee oder Kaffee?« hatten, sind alle wichtig gewesen. Edgar ist der fünfte. Selbst wenn es ein wenig verfrüht ist, möchte ich gerne denken, dass es keine anderen nach ihm geben wird. Wenn ich eine ganze Nacht mit jemandem verbringen will und akzeptiere, mit ihm gemeinsam zu frühstücken, muss ich einen kleinen Stich im Herzen spüren, wenn ich den Mann ausgestreckt neben mir betrachte. Ich brauche ihn noch nicht einmal zu berühren, ich betrachte ihn nur. Wenn ich nichts empfinde, gebe ich einen großen Anfall von Müdigkeit vor und bitte ihn zu gehen, um nicht mit ihm aufwachen zu müssen. Falls mein Magen ein wenig zugeschnürt ist, ich bewegt oder gerührt bin, drücke ich mich an ihn und frage ihn: »Tee oder Kaffee?« Ich kann dann in Morpheus' Arme fallen und mich an diesem freudenspendenden Wesen weiden, das mich sagen lässt, dass ich wollte, es wäre schon morgen. Und ich an seiner Seite.

Am nächsten Morgen, nachdem Edgar gegangen war, schaute ich sofort auf einen Sprung bei der Apotheke vorbei. Vor ein paar Jahren war nach Gummis fragen ein wenig wie Anti-Filzlaus-Behandlung kaufen, während ein wunderschöner Mann direkt hinter mir in der Schlange steht. Unvorstellbar. Heute treib ich's, will mich schützen und bin ein großes bedachtes Mädchen, das sich weigert, unüberlegte Risiken einzugehen mit einem Mann, der vielleicht seinen Keks da eingetunkt hat, wo man es nicht soll. Wie meine Mutter sagt: »Lass es im Zweifelsfall bleiben, das ist besser.« Bevor ich mich hineinstürzte, überprüfte ich doch, ob auch wirklich nur Dickwanste in der Apotheke waren. Ein alter Reflex wahrscheinlich.

»Guten Tag, kann ich Ihnen helfen?«

»Ja … Guten Tag, Monsieur, ich hätte gerne Kondome, bitte.«

»Natürlich. Welche?«

»Geben Sie mir einfach eine Packung von jeder Sorte. Haben Sie welche mit Geschmack?«

»Natürlich. Wollen Sie die auch?«

»Ja … In welcher Größe muss man sie eigentlich nehmen?«

»Das hängt ganz davon ab, wie groß das Glied Ihres Freundes ist.«

»Dann geben Sie mir in dem Fall XXL, bitte.«
Da guckte er dann doch bewundernd drein und konnte es sich nicht verkneifen, sich zwischen die Beine zu schauen. Um zu vergleichen, denke ich mal. Auch wenn Frauen sich unter Freundinnen oft einen Spaß daraus machen, bezüglich der Effizienz eines kleinen Dünnen Zweifel zu säen, so sind die Männer doch die Einzigen, die nicht wissen, dass Länge und Umfang nur wenig ausmachen. Es versteht sich von selbst, dass es bei dem »klein« und »dünn« natürlich Grenzen gibt, die nicht unterschritten werden sollten, aber was soll's, sagt man nicht auch, was kümmert einen der Flascheninhalt, »Hauptsache, es prickelt und macht schwindelig«?
Erdbeer-, Bananen-, Apfel-, Schokoladen-, Exotische-Früchte-Geschmack, mit Gleitmittel, mit Reservoir, ohne Gleitmittel, ohne Reservoir, mit Noppen und sogar im Dunkeln leuchtend! Ich habe alles genommen und mir dabei geschworen, nie wieder einen solchen Frust zu erleiden. Der sexuellen Sittenlosigkeit so nahe zu sein, ohne sich ihr blindlings hingeben zu dürfen, ist schlimmer als einen Kuchen in der Auslage zu betrachten, wenn man gerade eine Diät angefangen hat. Nie wieder. Edgar hat mich an diesem Tag dreimal angerufen. Ich habe ihn auch dreimal angerufen, um nichts Besonderes zu sagen außer »Wie geht es dir?«, »Und bei dir, alles okay?«, »Mir geht's gut, und dir?«, »Was machst du gerade?«. Ich habe dann zwischen zwei verblödenden »Wie geht's?« doch die Ge-

legenheit ergriffen und ihn am selben Abend zu mir zum Essen eingeladen, wobei ich versprach, ihm meine neue Safer-Sex-Sammlung zu zeigen.
Er kam zu früh, oder aber ich war extrem spät dran. Ich war nicht fertig. Ich war noch im Bademantel und trug lediglich einen Mikro-Tanga. Ich habe ihn fünf Sekunden anbehalten. Wir haben als Erstes den Gummi mit Bananengeschmack ausprobiert. Edgar hatte es so eilig, dass ich schon dachte, er würde ihn überstülpen, ohne vorher die Verpackung zu entfernen. Seine Hand zitterte so sehr, dass er darauf bestand, dass ich mich darum kümmerte. Das war keine gute Idee. Da ich für Arbeitsteilung bin, habe ich selbst nie ein Kondom anlegen müssen. Ich wusste, dass ich nicht besonders praktisch veranlagt bin, aber diesmal habe ich mich doch glatt selbst übertroffen. Meine Augen waren größer gewesen als mein Magen, und Edgar war nur in meiner Phantasie gebaut wie ein mit Wachstumshormonen aufgezogenes Maultier. Edgar liegt im guten nationalen Durchschnitt, es fehlten ihm nur leider ein paar gute Zentimeter an Länge und Breite, um dieses ganze Latex auszufüllen. Der Gummi war so groß, dass ich ihn mit Gewalt unter seinen Hoden hätte festklemmen müssen, damit er nicht rutschte. Im Nachhinein denke ich, dass mir was Besseres hätte einfallen können oder ich mich mehr hätte anstrengen sollen. Stellen Sie sich einen Augenblick folgendes Bild vor: Edgar stehend, vollkommen verdutzt, mit seinem »3 in 1«-Gummi.

Stellen Sie sich mich vor, Edgar gegenüberstehend, nackt und in Trance, wie ich starr dieses höllische Trio anstarre, die Folge der Ereignisse abwarte und mich frage, wie der Gummi sich verhalten wird. Die Antwort ist: SCHLECHT. Er hat ein paar Sekunden gehalten, ist plötzlich hochgeschnellt wie ein Rollo, bei dem man plötzlich die Schnur loslässt, und hat ihm dabei die Hälfte der Schamhaare ausgerissen. Edgar hat gebrüllt.

»Du bist ja verrückt! Du hast mir verdammt wehgetan!«

»Was für ein Mimöschen! So ein Theater wegen drei armer Haare!«

»Hat man dir nie beigebracht, wie man Gummis anlegt?«

»Nein, eben drum. Jedem seinen Job.«

Schließlich hat Edgar einen in seiner Größe aus der Hosentasche gezogen. Er hat ihn selbst angelegt, ganz allein wie ein großer Junge, und wir konnten endlich mit unserem Festival beginnen. Wenn ich Edgar eine Note auf meiner Liste »Bewertung der besten Bettgenossen« geben müsste, gäbe ich ihm gut und gerne 9/10 Punkte. Das ist eine der besten Noten, die ich je gegeben habe. Ein gutes Zeichen.

8

Wir haben uns sehr schnell angewöhnt, unsere Abende und Nächte gemeinsam zu verbringen. In weniger als einer Woche war er bei mir eingezogen. Jetzt hat er einen Schlüssel, und wir sagen »bei uns«, obwohl er seine Wohnung im 16. Arrondissement behalten hat. Ich bin im siebten Himmel, da ich ihn jeden Abend in meinen Möbeln und meinen Laken vorfinde, aber ich musste mich mit der Tatsache anfreunden, dass wir von nun an zu zweit leben. Es war daher höchste Zeit, meine kleinen Manien eines eingefleischten Singles abzulegen. Ich hatte es mir angewöhnt, bestimmte Dinge zu tun, wenn ich allein war: mich abends nicht immer abschminken, meine dreckigen Unterhosen herumliegen lassen, mir vor dem Fernseher Mitesser ausdrücken, mir wochenlang weder Beine noch Achseln rasieren, mehrere Tage hintereinander dieselben Socken anziehen, in dem T-Shirt schlafen, in dem ich tagsüber herumgewerkt hatte, und so weiter und so fort. Ich musste mich ändern. Radikal. Jeden Morgen stellte ich mir den Wecker um einiges vor der Uhrzeit, zu der Edgar aufstehen musste, denn es war ausgeschlossen, dass er mich in dem Zustand sah, in dem ich mich nach vier oder vielleicht sogar zehn Stunden Schlaf befand. Ich würde mich lieber pfählen lassen anstatt ihm zu beichten, dass ich um 8 Uhr morgens, wenn ich vorgab, an seiner Seite zu schlummern, bereits vor über einer Stunde geduscht und mir die Zähne einzeln mit Zahnseide gesäubert hatte. Ich denke nicht eine Minute lang, dass er darauf hereingefallen ist, denn ich kenne nicht viele Leute, die nach einer feurigen Sexnacht nach Zahnpasta und Seife riechen. Wenn er mich durchschaut hat, so hat er aber nichts gesagt. Ich war davon überzeugt, dass ich zu jedem Zeitpunkt frisch und munter sein müsste, wenn ich Edgar mehr als eine Nacht behalten wollte. Ich glaube vor allem, dass ich kein Selbstvertrauen hatte. Edgar hingegen hat nie so getan, als ob. Er hat nie das Bedürfnis verspürt, vor mir aufzustehen, um mir seine Visage am frühen Morgen zu ersparen, und vom ersten Tag an wusste ich, woran ich war. Es war umso dämlicher von mir gewesen zu schummeln, als er an dem Tag, an dem ich beschlossen hatte, einmal richtig auszuschlafen, entdeckt hat, dass er seit ein paar Wochen seine Nächte neben Quasimodo verbrachte, während er in den Armen von Esmeralda einschlief. Das hat ihn übrigens sehr amüsiert. Er ist sogar so weit gegangen, mir zu versichern, er fände mich noch viel hübscher so, ohne Kinkerlitzchen.

Am Anfang unseres gemeinsamen Alltags waren die Wochenenden die schlimmsten. Auch wenn ich ihnen heute ungeduldig entgegensehe, habe ich ordentlich was durchgemacht und bin oft um Haaresbreite einer Blasenentzündung oder einem Darmverschluss entgangen. Während der Woche fuhr Edgar gegen 8 Uhr zur Arbeit; ich hatte daher, bevor auch ich ins Büro ging, Zeit, das zu tun, was ich nie wagen würde, vor ihm zu machen: Pipi, Damenbartentfärbung und das ganze Tamtam. Am Wochenende aber waren wir ununterbrochen zusammen … Es gibt nichts Alltäglicheres als ein bisschen Pipi? Nun ja, bei mir ist Pipimachen mit meinem Kerl in der Nähe ebenso kompliziert wie eine Himalayabesteigung ohne Führer und in Flipflops. Besonders wenn Ihnen der fragliche Mann pausenlos seine Aufmerksamkeit geschenkt hat und Sie sich, kurz vorm Krepieren, dann endlich dazu entschließen zu gehen.

»Wohin gehst du?«

»Nirgendwohin, ich bin gleich wieder da.«

»Gehst du aufs Klo?«

»Nein, warum fragst du?«

»Gehst du denn nie aufs Klo?«

»Doch, aber nicht jetzt. Ich gehe mir nur die Hände waschen. Darf ich?«

Mit dem Ergebnis, dass ich viel Zeit in der Küche damit verbracht habe, den Wasserhahn des Spülbeckens laufen zu lassen, um mich mit dem Hinterteil auf dem eiskalten Aluminiumrand wiederzufinden, die Beine in der Luft baumelnd.

Ich hatte bereits ein »Es ist nicht so, wie du denkst!« auf den Lippen, bereit, es ihm entgegenzuschleudern, falls er beschlossen haben sollte, mir einen kleinen Besuch abzustatten.

Er hat beschlossen. Er hat mir einen kleinen Besuch abgestattet. Ich habe mich ja so geschämt! Er hat mir ganz klar zu verstehen gegeben, dass ich zu alt war für solche Täuschungsmanöver und dass es grotesk von mir war, so einen Aufstand wegen ein bisschen Pipi zu machen. Edgar war dabei, wie bei allen anderen Dingen auch, vollkommen ungeniert und hatte die anale Phase, in der ich gerade herumirrte, seit langem überwunden. Ich fand es phantastisch, dass er so gut dazu stehen konnte, und sah ihn oft eine Zeitung mitnehmen, bevor er sich für über zwanzig Minuten dorthin einschließen ging, wohin der König alleine geht. Ich bewunderte ihn sehr dafür. Was für ein Mann!

Im Laufe der Tage wurde Pipimachen gewissermaßen zu einem Kinderspiel, aber »der Rest« war ein anderes Paar Schuhe. Hätte ich die Möglichkeit gehabt, hätte ich mir diese Unglückszone meines Körperbaus verätzen lassen. Ich musste mich zusammenreißen, um mich nicht mit meinem Darm um den Hals in der Notaufnahme des nächsten Krankenhauses wiederzufinden. Ich hatte das »Ich geh mal kurz runter, willst du irgendwas?« bis zum Ende ausgereizt; außerdem hat das nur Sinn, wenn die Cafés noch offen sind und Sie nichts verzehren müssen, um den Pipi-Room benutzen zu können. Ich habe Stunden damit verbracht, Wasser in die Badewanne laufen zu lassen und den Boden der Kloschüssel mit ganzen Rollen von Klopapier zu tapezieren, damit Edgar nicht die oh so lieblichen Geräusche hörte, die viel über meine augenblickliche Tätigkeit aussagten. Ich habe abrupt damit aufgehört an dem Tag, an dem ich das Klo verstopft habe und ich den Klempner anrufen musste. Nervige Kloschüsselgeschichten scheinen mich wahrhaftig zu verfolgen! Ich erinnere mich, es war an einem Wochenende, und Edgar war da. Es war mein Glückstag, denn ich geriet an einen Klempner, der gleich eine ganze Ladung von Clowns gefrühstückt hatte.

»Ja sagen Se mal, Ihr Ding da is' ja total verstopft! Was ham Se denn da reingetan, 'n T-Shirt?«

Nein, eine Tischdecke, du Blödmann.

»Hat sie nur Pipi gemacht oder auch was anderes, die Mamsell?«

Herr, hab Erbarmen mit diesem armen Sünder, der ebenfalls in der Klärgrube enden wird.

»Ach, nein … 'tschuldigung, meine kleine Dame, das is' kein Pipi, das is' was and'res, wenn man sich das ganze Zeug da so anschaut! Aber ich muss wohl nich' ins Detail gehen, was? Hahaha … Das is' nur … wie sagt man noch mal? Keine Sorge, gleich fällt's mir wieder ein.«

Daran habe ich keinerlei Zweifel.

»Machen Se nich' so 'n Gesicht, das is' alles Natur, wissen Se. Alle machen A-a, sogar die Tiere.«

»Klar, meine Großmutter auch. Also, können Sie das nun reparieren oder nicht? Wir wollen doch nicht die Nacht damit zubringen.«

»Wie ich immer sag, mit Paul Klein wird Ihr WC ganz rein!«
Edgar amüsierte sich köstlich und ließ mich nicht aus den Augen. Ich hingegen ließ den Klempner nicht aus den Augen und war vor Demütigung violett angelaufen. Ich muss Ihnen sagen, dass dieser kleine »Eingriff« mich geheilt hat. Seitdem gehe ich auf die Toilette wie jedermann, selbst wenn Edgar zu Hause ist. Ich lasse lediglich zur gleichen Zeit Wasser ins Waschbecken laufen und gebe im richtigen Moment vor zu husten. Das ist sparsamer als die Badewanne und kostet weniger Papier.

9

Wie Sie wahrscheinlich schon begriffen haben, war ich zu allem bereit, um Edgar zu gefallen, und vor allem, um ihn zu halten. Die erste Zeit habe ich mich um meine Vervollkommnung in der Kunst bemüht, seine Freunde zu vergöttern. Mir fiel es ehrlich gesagt nicht schwer, sie zu mögen, denn seine Freunde sind gute Menschen, ehrlich, treu und liebevoll. Nichtsdestotrotz habe ich vor keinem Opfer zurückgeschreckt, um diese ganze kleine Gruppe für mich einzunehmen. Ich habe mir ohne Murren Fußball- oder Rugbyspiele angetan, *pasta parties* um 3 Uhr morgens zu Hause, Bierbesäufnisse und Kickerpartien in einer Atmosphäre à la »Ferienlager für Gehirnamputierte«.

Das hat funktioniert; Edgars Freunde finden, dass er seit Ewigkeiten nicht mehr so gut drauf war. Ich bin glücklich zu sehen, dass sie für mich und nicht gegen mich sind.

Seine beste Freundin, Aglaé, zu ertragen und sie phantastisch zu finden, stellte ebenfalls ein Pflichtprogramm dar, wenn ich mir gestatten wollte, an eine Zukunft mit Edgar zu denken. Ach, die besten Freundinnen, wie sehr ich ihnen misstraue! Besonders denen, die immer noch nicht unter der Haube sind und im Schatten unserer Liebsten leben, ihre Geschmäcker und Vorzüge auswendig kennen, wissen, wogegen sie allergisch sind, einen Zweitschlüssel zu ihrer Wohnung besitzen, Tausende gemeinsamer Erinnerungen haben, verfügbar sind, die zuhören, aufmerksam sind, schmeichelnd, witzig, die Freunde besser kennen als jemand sonst, ebenso wie die Familie von der Großmutter bis zum angeheirateten Neffen, die Eltern, das Ferienhaus, wo seit zwei Jahrhunderten die Generationen aus und ein gehen. Das ist eine Rasse, der man so gut es geht aus dem Weg gehen sollte. Diese Frauenzimmer verspritzen ihr Gift und tun dabei völlig unbeteiligt, werfen Ihnen mit sanfter, einlullender Stimme Scheußlichkeiten an den Kopf und sind fähig, selbst im Geist des verliebtesten Mannes der Erde Zweifel zu säen. Die böse Schlange aus dem *Dschungelbuch,* die ständig lispelnd »Hab

Vertrauen« murmelt und Ihnen dabei direkt in die Augen schaut, hat ihnen in Sachen List, Heimtücke und Unehrlichkeit nichts beizubringen. Bevor Aglaé sich einmischte und es ihr ein diebisches Vergnügen bereitete, mir die Existenz zur Hölle zu machen, fand ich, dass meine Beziehung mit Edgar problemlos war. Ich würde sogar sagen, dass sie von einer beunruhigenden Leichtigkeit und Einfachheit war. Ja. Nur dass Aglaé nicht die gute Idee gehabt hatte, plötzlich und tragisch zu sterben. Das ist ärgerlich. Ich weiß, dass das Blatt sich wendet und dass heimtückische Menschen am Ende immer irgendwann ihre Rechnung bezahlen müssen. Ich schwöre Ihnen, Sie müssten sie mal sehen. Sie ist … wie soll ich sagen? Sie ist … so schön, dieses Weibsbild, dass sie fast unwirklich wirkt. Sie ist schlank, hat eine sehr gute Figur. Sie hat Tausende von Sommersprossen auf ihrem Körper und im Gesicht. Sie hat lange rote, ein wenig lockige Haare, die ihr wie ein Wasserfall auf die Schultern fallen, und smaragdgrüne Mandelaugen. Sie hat helle, zarte Haut in einem hübschen Apricot-Ton ohne einen einzigen Pickel und mit so engen Poren, dass ich mir sogar fast sicher bin, dass sie nie welche hat. Sie leitet ihre eigene PR-Agentur und kennt die ganze Welt. Sie ist auch etwa fünfzig Zentimeter größer als ich. Das ist der Tropfen, der mein Fass zum Überlaufen bringt und sie in meinen Augen wunderbar unsympathisch macht.

Ich habe ihr nicht genug misstraut, als ich Edgars Leben

durch die große Vordertür betrat. Ich war da, allzu bereit, meinen Freundeskreis zu erweitern, diesen neuen Liebsten mit seiner gesamten Vergangenheit zu akzeptieren, wobei mir vollkommen klar war, dass ein Mann von siebenunddreißig Jahren eine Vergangenheit haben muss. Das ist zwingend. Ansonsten ist er ein Sozialfall. Ich hatte Lust, angenommen, gemocht zu werden und ebenfalls zu jener großen Familie zu gehören, die seit zweihundert Jahren jeden Sommer ihre Ferien im Lot im Südwesten Frankreichs verbringt. Ich glaube, es ist nicht übertrieben zu sagen, dass Aglaé andere Pläne für mich hatte. Grrr … Ich hätte mir denken können, dass eine Frau von vierunddreißig Jahren, schön, sexy, karrierebewusst, reich, unabhängig, von Männern umschwärmt, die nicht verheiratet ist, nicht verlobt, und die noch nicht einmal von Zeit zu Zeit einen kleinen Imbiss zur Hand hat *(dixit* Edgar), zwangsläufig ein schwerwiegendes existenzielles Problem haben muss. Was immer es sein mag, es besteht hauptsächlich darin, mir das Leben zur Hölle zu machen. Seitdem wir uns das erste Mal gesehen haben, hat sich Aglaé sofort von ihrer besten Seite gezeigt. Sie hat nicht aufgehört, mir zu beweisen, dass sie einen Einfluss auf Edgar hat aufgrund des Umstands, dass sie ihn schon Jahre zuvor kannte. Ihr zeitlicher Vorrang berechtigt sie daher dazu, herablassend zu sein.

»Edgar Liebling, magst du immer noch Pasta mit Ricotta? Erinnerst du dich an den Sommer 1984, als wir alle in

Florenz waren? Dort haben wir das zum ersten Mal gegessen. Das bleiben doch unsere besten Ferien.«
Mir lag ein »Nenne ihn noch einmal Liebling und ich scheuere dir eine« auf den Lippen, aber obwohl ich ganz fest daran dachte, habe ich es nicht gewagt, etwas darauf zu antworten. Das ist mal wieder typisch ich.
»Was denn, Clarence? Weißt du etwa nicht, dass …«
»Nein, ich heiße Garance.«
»Ach ja. Weißt du etwa nicht, dass Edgar gegen Rüben allergisch ist? Zu der Zeit, als wir zusammen waren, hatte er mal einen Anfall, ich sag dir, das war wirklich eindrucksvoll. Weißt du noch, Edgar Liebling?«
Wenn sie so weitermacht, bringe ich sie um.
»Ach, du warst mal mit Edgar zusammen? Das hast du mir ja gar nicht gesagt, Edgar.«
»…«
»Huhu! Edgar, ich rede mit dir!«
»Entschuldige, ich dachte gerade an was anderes. Was sagtest du, Liebling?«
»Ich sagte zu Garance, dass du gegen Rüben allergisch bist.«
»Ich will mich ja nicht in den Vordergrund stellen, Aglaé, aber ich glaube, Edgar hat mit mir gesprochen.«
Ich hatte keine Zeit, Edgar zu fragen, ob das der Fall war, denn er nutzte die Gelegenheit, um vom Tisch aufzustehen und zu verschwinden. Das war zu schön, als dass die andere nicht noch eins draufgelegt hätte.

»Es tut mir leid, Garance, ich dachte, du wüsstest das mit uns beiden. Ich vergesse immer, dass er sich seinen Freundinnen nie anvertraut, weil sie hinterher alle eifersüchtig auf mich sind. Verstehst du, alle fragen sich, warum wir nicht mehr zusammen sind, wo wir doch alles miteinander teilen und uns so sehr mögen.«
»Und warum also?«
»Du würdest es nicht verstehen, es ist wirklich zu kompliziert.«
»Versuch's ruhig, ich hab zwar nur acht Neuronen, aber wenn ich mich anstrenge, sie alle zur gleichen Zeit zum Laufen zu bringen, und du langsam sprichst …«
»Nein, ehrlich, das ist mir unangenehm Edgar gegenüber. Ich bin es, die gegangen ist, deshalb …«
»Also da wird gequatscht und gequatscht! Sobald man zwei Mädels zwei Minuten alleine lässt, fangen sie an zu schnattern! Über was habt ihr gesprochen?«
»Aglaé wollte mir gerade erklären, warum sie dich in die Wüste geschickt hat.«
»Ach übrigens, Edgar, Liebling, hast du eigentlich mal wieder was von Miguelito und Betty gehört? Das letzte Mal, als ich sie am Telefon hatte, war Fernando vier Jahre und Maria drei Monate alt. Geht es ihnen gut?«
»Sie sind immer noch in Madrid. Ich habe vor etwa zehn Tagen mit ihnen gesprochen, und sie haben vor, sich wieder in Paris niederzulassen.«
»Wer sind Miguelito und Betty?«

»Und Enrico und Elena? Sie sind immer noch in Mailand, oder? Hat sie schon ihr Baby oder noch nicht?«

»Wer sind Miguelito und Betty?«

»Weißt du was, Edgar Liebling? Wir sollten Miguelito bitten, in Madrid eine Party zu organisieren. Es würde mich freuen, sie alle mal wiederzusehen: Claude, Illan, Jaime, Iris …«

»Sprich mit meinem Hintern, mein Kopf ist krank.«

»Was sagtest du, mein Herz?«

»Nichts. Ich hab nichts gesagt. Vergiss es.«

10

Ich wünschte so sehr, ich könnte mich gehen lassen, all das Schlechte zum Ausdruck bringen, das ich von ihr denke, und Signale an Edgar aussenden, aber er ist vollkommen hermetisch in Bezug auf jede Form von Kritik, wenn es um seine Busenfreundin geht. Glücklicherweise kann ich mich bei meinen eigenen Freundinnen austoben und über Aglaé sprechen, ohne das Risiko einer Zurückweisung einzugehen. Da zumindest bekommt sie ordentlich eins auf den Deckel. Wir organisieren alle fünf regelmäßig gemeinsame Abendessen, Alizée, Laetitia, Marine, Julie und ich, hauptsächlich nur mit dem Ziel, uns über unsere Typen zu unterhalten und

Revue passieren zu lassen, was sie getan haben, hätten tun sollen oder was sie zu tun gedenken und wir mit Bestimmtheit von ihnen erwarten. Im Moment steht Aglaé auf dem Menü, und wir sind in der Lage, Stunden damit zuzubringen, über diese dumme Kuh zu quatschen und uns dabei totzulachen. Ich kann Ihnen versichern, dass das verdammt gut tut und ich nicht weiß, was ich ohne die Mädels machen würde …

Alizée ist blond und blauäugig, groß, hoch aufgeschossen und wahnsinnig distinguiert. Sie ist Dekorateurin. Vor fünf Monaten hat sie Gilbert verlassen, einen verheirateten Mann, dessen Geliebte sie vier Jahre lang gewesen war. Jede Woche versprach er ihr, dass er seiner Frau alles sagen würde, sobald er spürte, dass es der richtige Moment wäre. Sie wurde es leid, für blöd gehalten zu werden und auf den »richtigen Moment« zu warten, der nie kommen würde. Sie hat ihn von einem Tag auf den anderen verlassen. Er hat alles Mögliche angestellt, um sie zurückzugewinnen, indem er ihr schwor, Schatzi-Mausi alles zu gestehen, denn die Vorstellung, sie zu verlieren, war noch schlimmer als die, seine Frau und seine Familie zu verlieren. Sie hat ihm einen Monat gegeben, um seine Situation in Ordnung zu bringen. Einen Monat später kündigte er ihr in einem Tonfall von einem, der gerade vom Tod seines besten Freundes erfahren hat, an, dass seine Frau im zweiten Monat schwanger sei. Seitdem ist sie für Männer »wegen Bauarbeiten geschlossen«, wie sie sagt, und der neue Verputz ist so bald nicht fertig.

Julie ist reizend, sowohl geistig als auch körperlich gesehen. Klein, rotblond, mit graugrünen Augen, ist sie eine wahre Puppe mit einem Lächeln zum Niederknien. Sie besitzt eine wahrhaftige Leidenschaft für Blumen und hat ein Geschäft aufgemacht, das sehr gut läuft. Julie gerät entweder an Machos, die sie schlecht behandeln, oder an Weicheier, die innerhalb von zwei Minuten verrückt nach ihr sind, die sie aber nicht bewundert. Sie klammert sich an die Machos, die sie nicht anrufen, wenn sie es versprechen, die sich weigern, Rechenschaft über ihren Zeitplan abzulegen, und die für vier Tage, manchmal eine Woche verschwinden, ohne ein Lebenszeichen von sich zu geben. Indem sie ihre Spielregeln akzeptiert und ihre Wut hinunterschluckt, glaubt sie, sie ändern und verliebt machen zu können. In der Regel geht sie nach einem Macho auf ein Weichei über, das sie beherrschen kann, und dann hält sie die Zügel in der Hand. Sie verlässt das Weichei, sobald ihr klar wird, dass sie es diesmal ist, die zu weit geht, und dass das Gesetz der Vergeltung wirklich ein barbarisches Gesetz ist. Im Augenblick hat sie niemanden in ihrem Leben, aber sie gibt die Hoffnung nicht auf, einen Mann kennen zu lernen, der weder ein Schuft noch ein Waschlappen ist.

Laetitia hat sehr dunkle Haare und haselnussbraune, fast goldfarbene Augen. Sie lebt mit Eric zusammen, in den sie seit zwei Jahren vollkommen verschossen ist und den sie am unsexiesten Ort der Welt kennen gelernt hat: in einem Supermarkt. Sie will im Augenblick nicht heiraten, obwohl er ihr bereits einen ordnungsgemäßen Antrag gemacht hat. Sie will auch keine Kinder haben, was in diesem Fall aber, wenn man sie reden hört, wohl für das ganze Leben gilt und nicht nur für »im Moment«. Beruflich versucht sie immer noch, ihre eigene Kommunikationsagentur aufzubauen. Nach unserem gemeinsamen Fiasko, das ich Ihnen später schildern werde, ist sie mit Belgiern in Kontakt getreten, die eventuell ihre Partner werden könnten. Wir drücken fest die Daumen, damit was daraus wird.

Und schließlich Marine. Marine sieht aus wie ein Engel. Weizenblond, mit denselben Locken, die sie bereits als Kind hatte, hat sie wunderschöne blaue Augen und endlose Wimpern. Sie ist von uns allen – und darin sind wir uns alle einig – die mit den schönsten Kurven und dem meisten Sex-Appeal. Von uns fünfen ist sie die Einzige, die nicht arbeitet. Sie ist seit vierzehn Jahren mit Luc verheiratet, einem ganz großartigen Typen, der vierzehn Jahre älter ist als sie und verliebt wie am ersten Tag. Als sie ihn kennen gelernt hat, war sie erst siebzehn. Sie wollen Kinder haben, schaffen es aber nicht, welche zu bekommen. Trotzdem ist physiologisch gesehen alles normal, sowohl bei ihr als auch bei ihm. Sie üben sich alle beide in Geduld und besitzen eine unglaubliche Stärke, nämlich die

Ereignisse mit viel Weisheit und kritischer Distanz zu betrachten.

Nun, da Sie wissen, wer »die Mädels« sind, werde ich mich wieder auf das Thema konzentrieren können, das mich am meisten beschäftigt: Aglaé. Sie zermürbt mich. Mit ihrem Status der auf dem Podest Stehenden hört sie nicht auf, mir zu verstehen zu geben, dass ich mich, im Gegensatz zu ihr, mit dem Hintern auf einem Schleudersitz befinde. Ich weiß, dass sie ihn noch liebt. Frauen spüren so was. Sie wartet brav, bis sie an der Reihe ist, und zerstört dabei alles, was ich versuche aufzubauen. Sie hofft, dass Edgar sich überzeugen lassen und SIE heiraten wird. Und nicht mich. Um zu wissen, mit wem ich es in Wirklichkeit zu tun habe, ist es mir gelungen, durch Arthur die Telefonnummer einer seiner Freundinnen zu bekommen, die zufällig auch eine Ex von Edgar ist und Aglaé offensichtlich im Visier hat. Ich kannte Sandra ein wenig, allerdings ohne ihr besonders nahe zu stehen. Immerhin genug, um keine Hemmungen zu haben, sie anzurufen.

»Hör zu, Garance, es ist einfach: Was sie will, ist, dich nicht in ihrem Umfeld zu haben. Du bist mit Edgar zusammen, nun hat sie ihn nicht mehr für sich allein. Du wirst daher zum Störfaktor. Und glaub mir, sie wird nicht lockerlassen. Wenn ich ihr auf der Straße über den Weg laufe, habe ich selbst jetzt nach fünf Jahren noch Lust, ihr eine reinzuschlagen.«

»Ach? Du auch? Darf ich fragen, was sie dir angetan hat, dass du noch sauer auf sie bist?«

»Er hat mich ihretwegen fallen lassen, als wir sechs Monate zusammen waren.«

»Was hat sie getan?«

»Sie ist hingegangen und hat ihm erzählt, sie hätte mich mit einem Typen auf der Straße herumknutschen sehen.«

»Und ist das wahr?«

»Natürlich nicht, aber Edgar hat mir nicht geglaubt. Er vertraut ihr blind. Er hat mir die Szene vom gehörnten und betrogenen Verlobten vorgespielt und ist abgehauen. Aber wenn du meine Meinung hören willst, so war das für ihn nur ein Vorwand, um mich zu verlassen. Wir hatten uns schon seit Wochen praktisch jeden Tag angeschrien ihretwegen.«

»Was für ein Biest! Schön, wie sie ist – wieso will Edgar sie denn nicht? Weißt du das?«

»Das einzige Mal, wo ich mit ihm darüber gesprochen habe, hat er mir geantwortet, sie habe ein sexuelles Problem.«

»Glaubst du, sie ist frigide?«

»Kann sein.«

Ich konnte Sandra nicht mehr stoppen, als sie sich in einer Tirade über die sehr relative Ehrlichkeit Edgars ausließ, der ebenfalls mit verdeckten Karten spielte. Sie glaubte, gut daran zu tun, mich zu warnen, indem sie mir erklärte, sie habe klein beigegeben, als sie die Augen geöffnet und entdeckt habe, wer er wirklich war. Edgar hatte in keiner Weise die Absicht gehabt, sich festzulegen, hatte aber die richtigen Worte gefunden, um sie zu manipulieren und sie in dem Glauben zu lassen, ihre Beziehung ließe sich im Futur konjugieren. Pustekuchen. Heute ist Sandra verheiratet und hat zwei reizende kleine Jungs. Alles ist okay, und sie ist glücklich. Ich finde, dass das eine schöne Vergeltung ist gegenüber jemandem, der abgesehen von seiner Arbeit, seinem Aussehen, seinem Geld und seiner Bekanntheit nichts besitzt, was auch nur irgendjemanden reizen könnte. Außer mich.

Für Edgar bin wie immer ich diejenige, die dort Schlechtes sieht, wo es nur Sanftmut und Güte gibt. Ich bin neidisch auf seine Freundin, genau das ist es, und ich phantasiere. Ich bin neidisch, weil die andere ihn besser kennt als ich. Ich soll mir die Zeit nehmen, sie richtig kennen zu lernen, denn im Innern sei sie wie ein kleiner, zerbrechlicher Vogel. Aber sicher doch. Ich soll mich auch an ihre Stelle versetzen und verstehen, dass dieses arme Mädchen eine schwierige Kindheit in einer feindseligen Atmosphäre verlebt hat und dass es kein Feuer ohne Rauch gibt. Leiden verursache Aggressivität und Schönheit Begehren.

»Sie ist immer schon zu schön gewesen, als dass sie für das hätte geliebt werden können, was sie in ihrem tiefsten Innern ist, und nicht um des Bildes wegen, das sie zurückwirft. Verstehst du?«

»Nein, verstehe ich eben nicht.«

»Weil dir das nie passiert ist, das ist alles.«

»Das ist eben einer der Vorteile, wenn man eine Wurstpelle ist. Die Leute lieben dich deinetwegen und nicht wegen deines Aussehens.«

Ich habe zwar – geschickt, das versteht sich von selbst – versucht, ihn dazu zu bringen einzugestehen, dass sie einen schwierigen Charakter habe und kleinlich, bösartig, verbittert, manipulatorisch, machiavellistisch und verdorben sei, aber nein. Sie ist eine phan-tas-ti-sche Frau mit einem reichen Innenleben, das die Mühe lohnt, entdeckt zu werden.

»Ich schwöre dir, sie mag dich furchtbar gern. Du wirst sehen, sobald du sie besser kennst, wirst auch du sie spitze finden.«

11

Nun, da Sie mein Leben und den Mann, mit dem ich es teile, ein wenig besser kennen, werde ich die Geschichte am heutigen Datum, dem 22. Januar 2004, wieder aufnehmen können. Heute ist Edgar früh aufgestanden, hat geduscht, gefrühstückt – eine Tasse leicht gezuckerten schwarzen Kaffee, zwei gebutterte Scheiben Brot mit Konfitüre (vier Waldfrüchte) – und ist zur Arbeit gefahren, ohne Lärm zu machen und ohne die kleine Streicheleinheit zu vergessen, die ich jeden Morgen von ihm verlange.

Edgar ist nicht sehr verschmust, ich bin es für zwei. Er ist außerdem Vulkanologe, was damit aber nichts zu tun hat. Ich weiß sehr genau, was Sie jetzt denken: »Und warum denn nicht gleich Superman?« Ich verstehe das, ich habe genauso reagiert und sogar gedacht, dass er mit den französischen Vulkanausbrüchen im Moment wohl nicht gerade überarbeitet ist. Falls das Risiko bestünde, dass einer unserer Vulkane Lust haben sollte, sich die Beine zu vertreten, dann hätten wir doch hundert Mal am Tag davon reden hören, oder nicht? Seien Sie ganz beruhigt, mein Liebling passt auf. Er hat mir versichert, dass innerhalb der nächsten acht Jahrtausende kein französischer Vulkanausbruch auf dem Programm steht. Glaube ich zumindest. Nach einer Weile nerven mich die Vulkane, und ich schalte ab. Edgar erforscht sämtliche Vulkane der Welt, erloschen oder noch aktiv. Er hat nur sein Büro in Frankreich, das ist alles. Er fliegt mehrere Male im Jahr zu Expeditionen ins Ausland und kann bis zu drei Monaten fortbleiben.

Edgar reist sehr viel, wie die Tauben. Wenn er das nächste Mal fort muss, wird es hart werden für mich, aber im Prinzip ist vor Juni nichts geplant, auch wenn Aglaé mir gegenüber das Gegenteil behauptet hat. Am Anfang habe ich mich nett über seinen Job lustig gemacht, indem ich jedem, der es hören wollte, erzählt habe, dass er das richtige Alibi gefunden habe, um sich ein schönes Leben zu machen und zu faulenzen, indem er sich obendrein dafür bezahlen lässt. Aber nein. Sein Beruf ist ein richtiger Beruf, kein Zeitvertreib, und ich finde, dass er ein unglaubliches Glück hat, so was Aufregendes zu machen. Edgar hasst es, wenn ich »so was« oder »Ding« sage, wenn ich erzähle, was er beruflich macht; er findet, dass das eine Art ist, es herabzuwürdigen. Er denkt auch, dass die Leute, die »Ding« oder »so was« sagen, faul sind und sich keine Mühe geben, nach dem richtigen Wort zu suchen. Das stimmt. Es ist einfacher und weniger anstrengend, »so was« zu sagen.

Glauben Sie mir, wenn man ihn, siebenunddreißig Jahre alt, fragt, was er beruflich macht, dann traut man seinen Ohren kaum. Ich habe mich oft gefragt: Warum empfinden die Menschen, die man zum ersten Mal kennen lernt, immer das Bedürfnis zu wissen, was man beruflich macht? Man könnte glauben, dass von der Antwort die Weiterführung des Gesprächs abhängt. Oder sein Ende. Was kann ihnen das schon ausmachen zu wissen, ob ich Bockzüchterin bin oder Generaldirex eines multinationalen Konzerns?

Edgar ist in der Hinsicht flexibler als ich, und da er gerne von sich erzählt, ergreift er jede Gelegenheit beim Schopf, um zu sagen, dass er Vulkanologe ist. Er hat ein Talent zum Geschichtenerzählen und hat immer Hunderte erstaunlicher Anekdoten parat, die er seiner Zuhörerschaft unterbreitet, die unausweichlich in seinen Bann gezogen wird. Es passiert oft, dass er mir das Wort abschneidet in den seltenen Situationen, an denen ich mich entschließe, an der Diskussion teilzunehmen oder auf meine Anwesenheit hinzuweisen: »Huhu! Ich habe auch was zu sagen!« Und wenn jemand mir eine Frage stellt, zögert er nicht, an meiner Stelle zu antworten. Manchmal, wenn er mir vor seinen Freunden das Maul stopft, habe ich das Gefühl, dass er sich meinetwegen schämt. Aber ich irre mich. Er liebt mich.

»Und du, Garance, was machst du?«

Ich züchte Böcke.

»Ich?«

»Sie? Nichts. Garance ist arbeitslos. Als ich sie kennen lernte, hat sie gearbeitet, aber zwei Monate später hat sie die Tür zu ihrem Büro zugeschlagen.«

»Und vorher, hast du da auch mit Vulkanen gearbeitet?«

»Oh nein … Ich und Vulkane, weißt du …«

»Du und Vulkane wie alles andere auch, mein Herz. Garance ist ein Berufsfaulpelz! Sie wartet zu Hause auf mich, das ist ihr Metier.«

»Was hast du für ein Glück, dass du an einen Mann wie ihn geraten bist! Man trifft so selten Menschen, die von ihrem Job so begeistert sind. Wir könnten stundenlang zuhören, wenn er uns vom Ätna erzählt. Du musst ja ganz schön fasziniert sein, oder?«

Was mich betrifft, so fängt der Ätna langsam an, mir ernsthaft auf die Nerven zu gehen.
Wenn ich dann auf dem Heimweg ihm gegenüber – unterstützt von Beweisen – behaupte, dass er mich abwertet, sobald wir in der Öffentlichkeit sind, behauptet er wiederum, dass ich mir das nur einbilde, dass ich eine Paranoia habe, und legt wahre Schätze an Findigkeit an den Tag, um mich meinen Groll vergessen zu lassen. Dann schläft er mit mir, und ich schlummere erneut beruhigt ein. Er hat Recht, in letzter Zeit hatte ich die ärgerliche Angewohnheit, überall Schlechtes zu vermuten und schwarz zu sehen. Ich liebe ihn, und auch wenn ich ihn um seine Fähigkeit, die Massen anzuziehen, beneide, bin ich stolz auf ihn und das, was er ausstrahlt. Ich kann allerdings nicht leugnen, dass ich mir bisweilen ganz klein und fast unbedeutend neben ihm vorkomme. Fast nebensächlich, müsste ich sagen. Wenn Edgar da ist, richten sich die Blicke auf ihn. Nicht auf mich. Ich verschwinde, um nur noch »Edgars Freundin« zu sein.
Trotzdem hat Edgar nicht gelogen. Wenn ich Ihnen noch nicht von meinem Beruf erzählt habe, dann weil ich keinen habe. Nicht mehr, um genau zu sein. Ich bin in der Tat arbeitslos, eben deswegen habe ich all die freie Zeit zu grübeln und mir den Kopf zu zerbrechen. Edgar hat mich mit Job und verlängerten Arbeitszeiten kennen gelernt. Es geschah oft, dass ich erst nach ihm nach Hause kam. Dann geriet mir plötzlich der Stock zwischen die

Speichen, und ich fand mich auf der Straße wieder. Heute aber ist kein Tag wie jeder andere, denn heute Nachmittag habe ich ein Vorstellungsgespräch für einen neuen Job. Es ist 14 Uhr 10, und mein Termin ist um 17 Uhr bei der Bastille. Ich drücke die Daumen, dass alles gut läuft und Monsieur Morraud, der Personalverantwortliche, nicht die gute Idee hat, meinen ehemaligen Arbeitgeber anzurufen und ihn um Referenzen zu bitten. Ich bewerbe mich zwar nicht um einen Posten als Hauslehrerin, aber man weiß ja nie, die Welt der Kommunikationsbranche ist klein.

Ich habe drei Jahre als Verantwortliche der Edition in einer Pariser Kommunikationsagentur gearbeitet. Vor vier Monaten bin ich entlassen worden, da ich den Computer von Luce Boulnais, der Entwicklungsleiterin, benutzt hatte, ohne darum gebeten worden zu sein. Ihre Festplatte enthielt sämtliche Dateien bereits existierender und voraussichtlicher Kunden der Agentur der letzten zehn Jahre mit dem Namen ihrer Firma, ihrer Telefonnummer und den Namen der Generaldirektoren, Finanz- und Verkaufsleitern.

Ich habe eine lange Mittagspause der dicken Boubou genutzt, um sämtliche Daten zu stehlen und auf Diskette zu kopieren. Sie haben das Recht zu denken, dass meine Handlung illoyal, erbärmlich und niederträchtig ist. Das ist vollkommen richtig. Zu meiner Entlastung werde ich Ihnen sagen, dass meiner Maßnahme eine gute Absicht zu

Grunde lag. Erinnern Sie sich … Laetitia hatte beschlossen, eine Agentur zu gründen. Sie brauchte ein Verzeichnis potentieller Kunden, um glaubwürdig zu sein und ihre Fähigkeit zur Anwerbung neuer Budgets gegenüber der Bank zu rechtfertigen, die sie um einen Riesenkredit gebeten hatte. Sie hatte mich um eine kleine Nachhilfe ersucht, die ich ihr gerne gewährt habe. Es war nicht recht von mir – nicht, ihr diesen Dienst erwiesen, sondern diese Methode angewandt zu haben. Andererseits, wenn ich ganz einfach um eine Kopie der Datei gebeten hätte, hätte man sie mir bestimmt nicht gegeben. Ich habe mich daher eben selbst bedient. Wenn man mit Abkupfern und Diebstahl anfängt, lässt man zwangsläufig Federn. Man muss sagen, dass, wenn ich weniger in Eile vorgegangen wäre, ich niemals vom Büro aus folgende E-Mail verschickt hätte. Nein, niemals.

Laetitia,
Ich habe das Verzeichnis, das Du wolltest. Ich habe Boubous Mittagessen genutzt, um alles auf Disketten zu kopieren. Es sind ungefähr zwölf mit circa vierhundert Firmen pro Diskette. Ich habe alle Namen unserer Kunden mit den jeweiligen Kontakten mitgehen lassen, damit Du nicht ins Schleudern kommst, wenn Du sie anrufst. Die in rot sind die dicksten Fische. Sag aber vor allem niemandem, nicht einmal den Mädels, dass ich Dir dieses Dossier zugesteckt habe, wenn Du mich nicht auf dem Grund der

Vologne vorfinden willst. Ruf mich heute Abend an, dann können wir das bequatschen. Bussi, die Dicke.

Der Tag ist eher ruhig verlaufen, bis ich gegen 18 Uhr zum Personalleiter gerufen wurde.

12

Ich betrat sein Büro, und beim Anblick von Luces Kopf bin ich nur knapp einem Herzinfarkt entkommen. Sie war sichtlich bei bissiger Laune. Richtigstellung: Sie war hysterisch vor Zorn.

»Schöne Grüße von Boubou.«

Ups …

Aufgrund meiner Inkompetenz in Sachen Informatik war mir blöderweise eine winzige Kleinigkeit entgangen. Nach dem, was mir Alex Botella erklärte – der Einfaltspinsel aus der Personalabteilung, der nur billige Hemden aus Acryl trägt, die ich ebenso wie Edgar nicht ausstehen kann –, enthält das Computersystem einen »Cookie«. Ich glaubte zu verstehen, dass es sich um einen Chip oder so was in der Art handelt, der mitten in der Zentraleinheit des gesamten Systems sitzt, das von der Firma benutzt wird. Aufgabe des Cookies ist es, unter anderem in Mails bestimmte tendenziöse, um nicht zu sagen verdächtige

Wörter aufzuspüren. Und natürlich auch, ständig ein Auge auf die Infos zu haben, die im Streitfall ein- und ausgehen. Wenn ich richtig verstanden habe, sind die meisten Firmen damit ausgestattet.

»Alles okay, Garance? War der Tag gut?«

»Äh … ja. Ja, ja, sehr gut, Alex.«

»Ausgezeichnet! Da fällt mir gerade ein, Luce, sagen Sie, haben Sie heute zu Mittag gegessen oder nicht?«

»Oh ja, ich bin fast zwei Stunden weggewesen.«

»Und Sie, Garance, haben Sie zu Mittag gegessen?«

»Äh, ja …«

»Mit wem?«

»Freunden …«

»Ah! Freunden. Sehen Sie, Luce, sie hat mit Freunden zu Mittag gegessen! Was für eine gute Idee! Haben Sie schon mal von Cookies gehört, Garance?«

Ich besaß die Kraft, den Kopf von links nach rechts, dann von rechts nach links zu bewegen.

»Ich nehme mal an, das heißt nein … Ist aber auch egal. Ich werde Ihnen mit konkreten Bildern näher erklären, um was es sich genau handelt.«

Ich ein bisschen blöd. Ich nix verstehen ohne Bilder.

»Nun gut … Gehen wir von der Hypothese aus, dass eine unserer Angestellten, gegen die wir Zweifel hegen, eine Mail schreibt, die sehr … wie soll ich sagen? … kompromittierende Informationen enthält. Das ist selbstverständlich nur eine Hypothese, denn ich kann mir nicht vorstellen, dass hier jemand dumm genug ist und das Risiko eingeht, in der Vologne zu enden.«

Arrrrgh … zu Hilfe!

»Also, stellen Sie sich nun vor: Sollte das passieren, könnten wir innerhalb von zwei Sekunden den Computer lokalisieren, von dem die Nachricht ausgegangen ist. Und wenn die Person nicht vorausschauend genug war, um sie von einem fremden PC aus zu schicken, dann haben wir sogar ihren Namen und die Adresse des Empfängers!«

»Wie geht's Laetitia denn?«

»Wie bitte?«

»Luce fragt Sie, wie es Laetitia geht. Ich nehme an, sie wird enttäuscht sein wegen der Disketten?«

Die Boubou rutschte vor Vergnügen hin und her, während ich von einem zum anderen schaute, als hätte ich soeben meinen Namen unter den Todesanzeigen der Zeitung *Le Monde* entdeckt. Ich hatte drei Minuten, um meine Siebensachen zusammenzupacken, die Disketten zurückzugeben, die Entlassungspapiere wegen schweren Vergehens zu unterzeichnen, meinen Scheck ohne Entschädigungen einzukassieren und abzuhauen. Ohne auch nur einen kleinen Abschiedsumtrunk.

Ich habe mich wohl gehütet, Edgar die ganze Wahrheit zu sagen. Ich habe die Tatsachen ein wenig umgewandelt und die Situation zu meinem Vorteil beschönigt. Im Großen und Ganzen war ich von einem neuen kaufmännischen Angestellten, der meine Stelle wollte und der Sohn des Buchhalters war (der wiederum Aktionär der Firma war seit ihrer Gründung), in die Falle gelockt worden. Es war selbstverständlich, dass alle bösartigen Menschen, mit denen ich arbeitete, sich gegen mich verschworen hatten, um mich ans Messer zu liefern. Ich hingegen hatte überhaupt nichts getan, außer im falschen Moment am falschen Ort von den falschen Menschen umgeben gewesen zu sein. Ich hatte daher beschlossen, erhobenen Hauptes von selbst zu gehen.

»Das ist ein abgekartetes Spiel! Und weißt du was? Ich werde stärker sein als sie. Ich werde sie nicht einmal angreifen. Da stehe ich drüber!«

Ich kannte Edgar erst seit zwei Monaten, aber er hat mich dazu beglückwünscht, dass ich die Tür hinter mir zugeschlagen habe. Er hat mir sogar vorgeschlagen, den *Big Boss* vors Arbeitsgericht zu zerren und ihn anzuklagen wegen … ich erinnere mich nicht mehr an den Begriff … »missbräuchlicher Überwachung der Angestellten mithilfe illegaler Mittel oder missbräuchlichen Eindringens in mein Privatleben«. Ich weiß nicht mehr genau, aber es war der Begriff »illegal« darin. Ich sah mich allerdings nicht vor einem Richter argumentieren, indem ich diesem erkläre, dass ich zwar ein Verzeichnis von einem Wert von mehreren Millionen Francs stibitzt hatte, aber dass das nun wirklich kein Grund sei, meine Mails zu überwachen, und »überhaupt, was sind denn das für

Manieren, also wirklich«. Ein bisschen dünn für eine Verteidigung.
Bei meiner neuen Version, die für Familie und Bekannte, hatte Edgar zumindest Mitleid. Selbst wenn er nichts sagt, ich sehe es in seinen Augen. Es stimmt schon, dass er nicht gerade Himmel und Hölle in Bewegung setzt, um mir bei der Jobsuche zu helfen, aber er bedauert mich. Laetitia war verzweifelt und hat nicht aufgehört, sich Schuldgefühle einzureden, indem sie mir tausendmal am Tag wiederholte, dass alles ihre Schuld sei. Es ist gut, sich dessen bewusst zu sein. Was ihren Kredit anbelangt, so wurde er abgelehnt. Die Arme. Monatelang hat sie ihr Dossier für die Bank vorbereitet. Und ich Arme, die ich nun arbeitslos bin, allerdings ohne Arbeitslosengeld.
In Zukunft daran denken, mehr »Ameise« als »Grille« zu sein.
Um auf mein Vorstellungsgespräch nachher zurückzukommen, so bin ich, da um diese letzte Erfahrung reicher, ein bisschen bange. Und was, wenn Monsieur Morraud sich vorher über mich erkundigt hat? Und falls er nun ein Kumpel von Alex Botella ist? Und falls, falls, falls? Und falls es mit diesem Job nicht klappt, dann finde ich einen anderen! Bei der Wohnungsmiete wird Edgar mich ablösen müssen, denn ich werde das alleine nicht lange übernehmen können. Er hat es nicht vorgeschlagen, aber das versteht sich von selbst. Ich vertraue ihm. Ich kann es mir daher erlauben, mir Zeit zu lassen und schwierig und

anspruchsvoll zu sein. Wenn ich schon dieses Glück habe, kann ich es ebenso gut genießen. Und wenn er weiß, dass ich wirklich in der Klemme sitze, dann wird er mir helfen. Aber ja, das ist selbstverständlich, er wird mir helfen …

13

Es wird Zeit, dass ich in die Gänge komme und aufhöre herumzutrödeln, ansonsten werde ich am Ende noch zu meinem einen und einzigen Vorstellungsgespräch in diesem Monat zu spät zu kommen. »Auf, ihr Krabben, die Flut steigt!«, wie jemand Bestimmtes sagen würde. Das war der Lieblingssatz meines Vaters Paul. Damit hat er uns, meine Schwestern und mich, unsere gesamte Teenagerzeit hindurch gegen 6 Uhr morgens geweckt, am liebsten samstags und sonntags. Zwangsläufig. Das Wochenende ist doch nicht zum Ausschlafen da.

»Ach nein?«

»Nein. Es ist da, um es zu nutzen.«

»Wie zu nutzen?«

»Um es zu nutzen, das ist alles.«

»Aha.«

Dies als Beispiel für die Art von Dialogen, die wir mit unserem Vater führten. Er liebt uns, dass lässt sich nicht leugnen, aber hat immer ernsthafte Kommunikationsprobleme mit uns gehabt. Vielleicht weil wir Mädchen sind und er immer nur Brüder gehabt hatte. Wenn man ihn nicht wegen Dienstuntauglichkeit aus der Armee entlassen hätte, wäre er bestimmt Obergefreiter oder erster Hornbläser geworden. Diesem Mann liegt die Disziplin im Blut. Und er ist bisweilen ein wenig nervig. Unsere Mutter hat ihn nach über fünfzehn Jahren guten und loyalen Dienstes verlassen, weil sie es satt hatte, zu leben wie in der Armee. Mit dreiundvierzig Jahren ist sie von einem Extrem zum anderen übergegangen und mit einem zehn Jahre jüngeren, vollkommen durchgeknallten, abgedrehten Szene-Dekorateur zusammengezogen, der sich in ultraknalligen Farben anzog, Marke: »schicker Hippie der Siebziger, der Kohle hat und sie mit vollen Händen ausgibt«. Nach so vielen Jahren Zwangsarbeit brauchte es nicht mehr, um sie rumzukriegen. Noch weniger, dass sie ihre Hemmungen fallen lässt, denn eines Tages fanden wir sie vollkommen dicht, die Nase im Pulver, auf dem Schoß ihres »Schatzi-Spatzi-Larry« sitzend vor, wie sie derart gerade, regelmäßige Kokainlinien vorbereitete, als sei sie die Erfinderin der Bahnschienen. Schließlich verließ sie den inzwischen vollkommen abgebrannten Larry für einen Schweizer Banker, den wiederum sie ans Coke heranführte und mit dem sie ihre alten Tage auf angenehme Weise zwischen Gstaad und Saint-Martin im Winter, sowie im Sommer in Saint-Tropez verbringt. Geld macht vielleicht nicht glücklich, aber es hilft dabei, die richtigen Entscheidungen zu treffen.

Unser Vater hat ein neues Leben mit einer Wirtschaftsprofessorin begonnen, die ungefähr so amüsant, lebhaft, hübsch und interessant ist wie eine Goldbrasse. Allein schon bei ihrem Namen hätte er misstrauisch werden müssen. Marie-Simone. Vornamen sagen viel über die Persönlichkeit ihrer Träger aus. Man achtet nie genug darauf. Heute in Rente, hat er, wie seine Simonette, sein ganzes Leben damit zugebracht, Kurse für Studenten im Abschlussjahr zu geben an einer Universität, die ich nicht nennen werde. Er in Mathematik, sie in Wirtschaftswissenschaften. Gleich und Gleich gesellt sich gern. Der Beruf unseres Vaters veranschaulicht recht gut sein Denkschema im alltäglichen Leben. Cartesianisch. Rational. 1 + 1 = 2. Nicht 3. Bei ihm gibt es keinen Platz für geistige Höhenflüge und Stimmungsschwankungen. Was gut war für eine seiner Töchter, war ebenso gut für die anderen. Psychologie bringt Schwächlinge hervor und bringt nichts außer Zeitverlust. Das Leben besteht aus Felsklippen. Es ist ein Kampf. Man muss stark sein. Prinzipien haben. Man darf sich nicht beklagen. Nicht weinen und anschließend den Kopf hoch tragen. Bei all dem hatte er immer so einen Gesichtsausdruck von: »Ich bin es, der die Familie ernährt, also schätzt euch glücklich, ein Dach über dem Kopf zu haben, einen Vater und eine Mutter, die euch lieben, und wenn ihr nicht zufrieden seid, dann hindert euch niemand daran, euch woanders umzusehen.« Davon abgesehen ist er normal. Simonette und er leben nun weit entfernt von Pariser Lärm und Luftverschmutzung in einem entzückenden, recht altmodischen Stadtrandpavillon mit ziemlich grünen, jungfräulichen Weinreben an den Hauswänden. Sie haben auch ein Gärtchen, das mit der Nagelschere instand gehalten wird und in dessen Mitte ein schöner Baum thront, von dem ein kleines hölzernes Vogelhaus voller Körner herabhängt für die Vögel, »die im Winter kalte Krallen haben«, Plastikstühle und einen Tisch, um den herum wir, meine Schwestern und ich, die seltenen Male, an denen wir unsere gute Tat vollbringen, leckere kleine, mit Liebe zubereitete Gerichte probieren. Ich muss zugeben, dass mein Vater sich durch die Beziehung mit seiner neuen Rekrutin sehr verändert hat. Er ist verknöchert geworden.

Ich habe zwei Schwestern. Die Älteste heißt Lilas und wird im Mai neununddreißig. Am 27., um genau zu sein. Sie ist ungefähr so groß wie ich, das heißt etwas mehr als einen Meter zweiundsechzig, aber sie ist schmaler als ich. Weniger dick eben. Auch sportlicher, was beim Schlankbleiben hilft. Sie hat Wahnsinnshaare, um die ich sie seit frühester Kindheit beneide. Kastanienbraun, lang, bis mitten auf den Rücken, glatt wie Stäbchen und dick, das können Sie sich gar nicht vorstellen. Sie kann sich einen Pferdeschwanz machen, ohne das Haargummi ein zweites Mal herumzubinden! Sie hat Augen von einem sehr seltenen, sehr hellen Blau. Ich finde sie wundervoll. Und das nicht, weil sie meine Schwester ist. Sie ist nun seit zwölf Jahren mit einem Supertypen verheiratet, Xavier, den sie mit dreiundzwanzig in einem Nachtclub auf Formentera kennen gelernt hat, einer kleinen Insel gegenüber von Ibiza, die damals noch ziemlich verwildert war. Sie waren alle beide besoffen, aber zwischen zwei Alkoholfahnen und drei Joints haben sie beschlossen, sich in Paris wiederzusehen. Vier Jahre später waren sie verheiratet. Sie haben zwei Töchter, Capucine und Rose, die zehn und acht Jahre alt sind. Oh ja, wir lieben Blumen in unserer Familie!*

Meine andere Schwester heißt Tara, wegen des Kultfilms *Vom Winde verweht,* den meine Mutter an die tausendachthundertmal insgesamt gesehen haben muss. Sie wird am 3. Juli achtunddreißig, und auch sie ist verheiratet. Sie hat ihre zukünftige bessere Hälfte bei einem Abendessen kennen gelernt, zu dem sie sich wirklich überwinden musste. Victor, ihr Mann, war da, und für ihn war es die Liebe auf den ersten Blick, während meine Schwester ihrerseits ihn nicht eine Sekunde in Erwägung gezogen hat, so sehr war er von ihren üblichen Standards entfernt. Nach dem Abendessen hat er sich ihre Nummer geben lassen und sie an jedem Tag, der ihrem Treffen folgte,

* Die weiblichen Vornamen Garance, Lilas, Capucine und Rose bezeichnen auch Blumen im Französischen: Krapp, Flieder, Kapuzinerkresse und Rose (A. d. Ü.).

angerufen. Anfangs dauerte das Gespräch zwei, drei Minuten. Tara war geschmeichelt, aber auch ein wenig verärgert darüber, einen Typen am Hals zu haben, den sie nicht wollte. Schließlich verbrachten sie zwei Stunden am Tag damit, sich über alles und nichts zu unterhalten. Sie brauchte über zwei Monate, um sich wirklich zu verlieben und sich darüber klar zu werden, dass ein Leben ohne ihn ganz einfach nicht vorstellbar war. Sie hat sich tatsächlich in den Mann verknallt, nicht in sein Image. Seitdem hat sie die ärgerliche Tendenz, mir mit ihren Klischeesätzen über die Liebe auf die Nerven zu fallen, aber gut, das ist ihre Rolle als ältere Schwester, nehme ich mal an.

»Liebe ist nicht plötzlich auf einmal da. Die muss man sich verdienen. Schau dir Victor und mich an, wenn ich an meiner Position und an den vorgefassten Meinungen über Typen festgehalten hätte, die ich im Kopf hatte, dann wäre ich heute wie du. Es ist scheißegal, ob er weiße Socken zu schwarzen Mokassins trägt, so was lässt sich ändern, und das ist kein Grund, um den Typen in die Wüste zu schicken. Ich sage dir das, weil ich's gut mit dir meine.«

»Das ist sehr nett von dir, aber jetzt habe ich Edgar, und alles ist okay.«

»Du weißt, was ich darüber denke. Du hältst dich zu sehr an Kleinigkeiten auf und gehst zu schnell über das Wesentliche hinweg. Er ist äußerlich gesehen perfekt, aber es fehlt ihm das Wesentliche, damit du glücklich mit ihm bist, und das weißt du, davon bin ich überzeugt.«

»Du irrst dich. Ich bin überaus glücklich mit ihm. Er ist reizend, ich liebe ihn, und er liebt mich. Danke für so viel Fürsorge, aber es ist alles in bester Ordnung. Und jetzt ist diese Diskussion beendet, wenn du nichts dagegen hast.«

Nun seit sieben Jahren verheiratet, haben auch sie zwei Töchter. Saskia, sechs Jahre, und Kyra, drei Jahre. Engel. Meine vier Nichten sind Engel. Sie sind witzig, schön, intelligent, schlecht erzogen, frech, schelmisch, ungehorsam und respektlos. Ich bin eine vollkommen vernarrte Tante. Ich habe Glück, denn sie geben es mir reichlich zurück. Vom Aussehen her ist Tara sehr groß. Fast einen Meter achtzig. Das hat sie von unserem Vater. Ihre Augen sind von einem sehr dunklen Braun, fast schwarz, wie ihre Haare, die sie schon das ganze Leben lang als Bubikopf trägt. Sie hatte schon immer einen unglaublichen Erfolg bei den Männern. Alte, junge, alle ohne Ausnahme. Sie ist superwitzig und fühlt sich so wohl in ihrer Haut, dass sie die ganze Zeit positive Energie ausstrahlt. Wohin sie auch geht, werden die Leute in ihren Bann gezogen.

Ich wurde drei Jahre nach ihr geboren. Am 25. Juni 1969. Es war kein Unfall, das kann ich Ihnen versichern. Die Eltern wollten einen Jungen. Daneben. Ich würde nicht so weit gehen zu sagen, dass sie enttäuscht waren, aber ein bisschen schon. Nicht so sehr, dass sie mich nicht behalten hätten. Ich sagte Ihnen zu Anfang, dass ich sehr kurze Haare hatte, eher klein war und immer wie ein Junge angezogen. Jetzt wissen Sie, warum. Heute bin ich nicht viel anders. Ich bin immer noch klein, dank Josiane habe ich wieder kurze Haare, und ich habe drei, vier Kilo zu viel. Der Vorteil, als Kind wie ein Junge behandelt worden zu sein, war, dass ich sehr früh gelernt habe, auf Bäume zu klettern, mich zu schlagen, Fußball zu spielen und Mofas zu klauen. Der Umstand, dass ich mit meinen Klassenkameraden »Wer-macht-stehend-am-weitesten-Pipi«-Wettbewerbe organisiert habe, hat mir vermutlich auch nicht gerade dabei geholfen, mich besonders weiblich zu fühlen. Vielleicht hatte ich deswegen meinen ersten Liebhaber erst sehr spät. Bestimmt ein sexuelles Identitätsproblem …

14

Der Vorwand, den unser Vater gefunden hatte, um uns ein derart frühes Wecken mit seinen bescheuerten Krabben aufzuzwingen, war das Golfspiel. Er hatte zwar versucht, es unserer Mutter ebenfalls zu verordnen, »damit wir alle als Familie einen Moment wahren Glücks an der frischen Luft verbringen können – such dir einen Tag aus, mein Liebling, Samstag oder Sonntag bei Son-

nenaufgang, wie du willst«, aber sie hat ihn derart zum Teufel geschickt, dass er es nie gewagt hat, rückfällig zu werden. Daran hat er gut getan.
»Ihr habt zwanzig Minuten, um euch fertig zu machen. Hopp, hopp, Beeilung, Mädels, ich will nur lächelnde Gesichter sehen!«
»Wir sind müde.«
»Müde von was denn? Bis zum Beweis des Gegenteils bin ich der Einzige, der hart arbeitet in dieser Familie und der das Recht hätte, sich zu beklagen. Los, aufstehen!«
»Okay, okay, zwei Minuten.«
»Ich habe gesagt, sofort! Zwingt mich nicht dazu, es zu wiederholen!«
Golf um 6 Uhr 30, glauben Sie mir, das ist ein bisschen früh. Was immer Sie tun um 6 Uhr 30 – jede Tätigkeit ist da etwas verfrüht, und zu einer Uhrzeit, bei der Milliarden von Menschen genüsslich ausschlafen, machten wir uns auf den Weg zum verfluchten Rasen.
»Ach, es geht doch nichts über eine kleine Runde, achtzehn Löcher für einen guten Start in den Tag. Das ist der beste Moment des Tages. Stimmt's?«
»…«
»Stimmt's? Aufwachen, ich rede mit euch!«
»Wir schlafen nicht. Mit der Musik in voller Lautstärke und dem Zigarettengestank ist das sowieso unmöglich.«
»Also, stimmt's?«
»Doch, doch.«

»Doch, wer?«
»Doch, Papa.«
Der Jungfrauenchor, das waren wir. »Ja, Papa«, »doch, Papa« war das, was wir am besten sagen konnten. »Zu Befehl« auch, aber das war nur unter uns, wenn wir ihn abends vorm Schlafengehen brüllend vor Lachen nachahmten.
Sechs Jahre später habe ich mit dem Golfspielen aufgehört, gerade als ich ein ausgezeichnetes Handikap hatte. Ich hatte alles so gemacht, wie er es mir gesagt hatte. Ich hatte Jahre damit verbracht, im Regen zu spielen, in der prallen Sonne oder in einem Wind, der hätte Rinder enthörnen können. Von einem Tag auf den anderen habe ich mich geweigert zu spielen. Unzufrieden wäre nicht das passende Wort, wenn ich seine Reaktion beschreiben müsste. Ich habe ihm die Spitze geboten. Er hat zwei Monate lang nicht mit mir gesprochen, hat mir kein einziges Mal Vorhaltungen gemacht wegen meiner mäßigen Schulnoten, hat mir nicht verboten auszugehen, hat mir weiterhin mein Taschengeld gezahlt, hat mich in seiner Gegenwart rauchen lassen. Das alles, um mir zu zeigen, dass ihm meine Wenigkeit vollkommen gleichgültig war. Ich glaube, er zählte auf unsere Mutter, damit sie mir Vernunft beibringt, aber zu seinem Leidwesen war sie bereits seit einiger Zeit in die achte Dimension aufgestiegen.
Beim Anblick eines gewöhnlichen kleinen Löffels, einer Zahnbürste oder jeden anderen vollkommen unbedeu-

tenden Gebrauchsgegenstands brach sie in lautes Gelächter aus, als wäre das die witzigste Sache, die sie je in ihrem Leben zu Gesicht bekommen hatte. Auf unseren Vater reagierte sie praktisch auf dieselbe Weise, indem sie sich offen über seinen schwierigen Charakter lustig machte und ihn »meinen Kommandanten« nannte. Sie streckte ihm jedes Mal, wenn sie an ihm vorbeikam, die Zunge raus. Er war entrüstet über ihr Verhalten, da er wenig an Disziplinlosigkeit und noch weniger an Dummheit gewohnt war, aber er tat keinen Mucks. Der Schock wahrscheinlich. Einige Tage später hatte sie beschlossen, überhaupt nicht mehr mit ihm zu sprechen, und kommunizierte nur noch über Briefe und kleine Notizen mit ihm.
»Du wirst verstehen müssen, mein liebster Paul, dass Du mir nun seit vierzehn Jahren auf den Zeiger gehst, dass mich Deine Stimmungen einen feuchten Kehricht interessieren und dass ich überhaupt Golfspielen, wie ich Dir immer gesagt habe, supernervig finde. Deine Töchter auch. So.«
Ein Jahr später verließ sie ihn. Zwischenzeitlich hatte sie begonnen, mit uns, ihren Töchtern, zu sprechen, als seien wir immer schon ihre besten Freundinnen gewesen. Sie hatte sich uns noch nie so nah gefühlt wie jetzt. Will heißen: Jetzt, da sie nicht mehr die Partei ihres Mannes ergriff, wie sie es früher immer getan hatte. Seitdem mein Vater sein Wort nicht mehr an mich richtete, war sie gesprächig für zwei geworden. Sie befand sich auf einer

Mission, die darin bestand, die verlorene Zeit aufzuholen, wie sie sagte.

Als Nachkömmling einer Familie mit vier Kindern, davon drei Jungen, Jean-François, Charles-Henri und Jacques-Antoine, hatte sie ihre gesamte Schulzeit in Blauweiß in einer Mädchenschule verlebt, umgeben von Nonnen und Pfarrern und mit der obligatorischen Messe mindestens einmal die Woche. Sie widmete den Großteil ihrer Zeit der Lektüre theologischer Werke und kannte Hunderte von Bibelstellen und das Leben Jesu aus dem Effeff. Sie wuchs von ihren Brüdern ignoriert auf, die sie plump und für ihren Geschmack viel zu bigott fanden, und stellte offen ihre Verachtung für die jungen Ehrgeizlinge zur Schau, die um sie herumstrichen. Sie betete hundertmal am Tag für die Erlösung ihrer Seelen und hoffte, Gott würde sie wieder auf den rechten Weg bringen. Sie arbeitete als freiwillige Helferin bei karitativen Verbänden zur Linderung des menschlichen Elends, spendete Geld an die Armen und besserte am Wochenende alte Kleidungsstücke aus, die sie an regnerischen Abenden an Obdachlose verteilte. Sie hat schließlich den ersten Anwärter geheiratet, den ihre Eltern ihr vorgestellt haben. Offensichtlich nicht aus Liebe, sondern weil man ja schließlich das Elternhaus verlassen und eine Familie gründen musste. Das war ihre Rolle als Frau. Ihr Mann war in sie verliebt. Man muss sagen, dass sie schön, intelligent und unaufdringlich war. Wir sind schnell auf die

Welt gekommen, und mit uns hatte sie einen neuen Sinn für ihr Leben gefunden. Zur großen Verzweiflung Jesu, der sich nun in den unteren Teil ihrer Prioritätenliste verbannt sah. Ehrlich gesagt, trotz des Umstands, dass wir zwischen einem strengen Vater und einer etwas erstickenden Mutter keine besonders lustige Kindheit gehabt hatten, sind wir, meine Schwestern und ich, doch in einem recht glücklichen Elternhaus aufgewachsen.

Die Veränderung, die sich an unserer Mutter vollzog, überraschte uns wirklich, und keine von uns konnte sich ihr Verhalten erklären. Larry – wie wir später erfuhren – war bereits um sie herum und hatte seine Versorgung mit unerlaubten Substanzen begonnen. Unsere Mutter hatte sich darangemacht, neben dem Kokain ganze Handvoll halluzinogener Pilze mit Kopf und Stiel zu mampfen, die sie, die Verrückte, versucht hat, uns in einem Omelett unterzujubeln, damit wir zumindest einmal mit ihr gemeinsam delirieren konnten.

»Ihr seid wirklich zu verklemmt, Mädels! Wenigstens mit Larry hat man seinen Spaß, nicht wie mit euch oder eurem Vater.«

Verklemmt? Bestimmt. Sie hatte nur lediglich versäumt, uns, die wir bei weitem mehr ans *Ave-Maria* als an halluzinogene Omeletts gewöhnt waren, ein wenig Zeit zur Anpassung zu lassen!

Mein Gott, was ist das alles lange her, und wie schnell die Zeit vergeht! Es ist fast 16 Uhr. Ich bin noch im Nachthemd, weiß nicht, was ich anziehen soll, und habe mich nicht einmal gewaschen.

Fazit: Ich werde niemals pünktlich bei meinem Jobtermin um 17 Uhr sein. 17. Arrondissement – Bastille im Auto, da brauche ich mindestens eine halbe, wenn nicht eine Dreiviertelstunde. Das lässt mir etwas mehr als zehn Minuten für alles. Ich bin schlecht organisiert, ich weiß, aber es ist doch klüger abzusagen …

»Agentur Adélie, guten Tag!«

»Guten Tag. Könnte ich bitte mit Monsieur Morraud sprechen?«

»Wen soll ich melden?«

»Garance Kléberg.«

»Hallo?«

»Monsieur Morraud?«

»Ja, derselbe.«

»Guten Tag, Monsieur, hier ist Garance Kléberg, ich war heute um fünf mit Ihnen verabredet.«

»Ja, ich erwarte Sie. Ich bin gerade aus Deutschland zurückgekommen und bin noch mal ins Büro, um Sie zu empfangen.«

»Ach … Das ist mir aber unangenehm, denn ich werde nämlich nicht kommen können.«

»Ach? Und warum nicht?«

»Äh … nun ja … weil ich eben … äh…«

Das nächste Mal daran denken, sich vor dem Anruf Antworten und Argumente zurechtzulegen.

»Nun ja, ich bin nicht in Paris.«
»Und es fällt Ihnen eine Stunde vor unserem Gespräch ein, dass Sie nicht in Paris sind?«
»Nein, das ist es nicht, aber ich musste unvorhergesehen zu einer Beerdigung. In dem ganzen Trubel habe ich die Uhrzeit vergessen, es tut mir leid.«
Bevor ich auflegte, habe ich mich erneut platt entschuldigt, und wir haben einen neuen Termin ausgemacht für morgen, Freitag. Da ich nichts anderes mehr zu tun hatte, habe ich mir den Luxus eines kleinen Nickerchens gegönnt …

15

Es ist 19 Uhr 20! Ich habe fast zweieinhalb Stunden geschlafen wie ein Stein. Zu viel Stress und Anspannung. Ich bin gerade aufgewacht, und mein Gesicht ist ganz zerknittert durch den Abdruck des Kopfkissens auf meiner linken Wange. Ich bin nicht schön anzusehen. Mein Mund ist rau, als hätte ich Gips mit Kieselsteinen gegessen. Es ist schrecklich, aber Nichtstun ruft Nichtstun hervor. Je weniger ich tue, umso weniger habe ich Lust zu tun. Als ich noch gearbeitet habe, stand ich früh auf, und meine Tage waren so voll wie die eines Firmenchefs. Der Abend kam, und ich hatte lediglich Zeit, kurz zu Hause vorbeizuschneien, schnell aufs Bidet zu gehen und mir dabei die Zähne zu putzen, die Unterhose und das Outfit zu wechseln, bevor ich wieder losging. Das Ganze in weniger als fünfzehn Minuten. Da haben Sie's, das ist doch mal wieder was von meiner Mutter …

»Falls du einen Unfall hast und die Sanitäter eingreifen müssen, dann wirst du schon froh sein, dass du saubere Unterwäsche angezogen hast, die nach Weichspüler riecht. Außerdem ist es korrekter ihnen gegenüber, und wenn du ins Krankenhaus kommst, macht sich keiner über dich lustig.«

Meiner Meinung nach werden die Sanitäter nicht derart lasterhaft sein, dass sie auf den Zustand meiner Unterhose schielen, wenn ich blutend in der Notaufnahme eintreffe, aber im Zweifelsfall ist das eine Angewohnheit, die ich nie abgelegt habe.

Während meiner großen Phasen überschäumender Energie also befand ich mich systematisch in der Vorhut, wenn es darum ging, bis 7 Uhr morgens in der Disco zu zappeln, ein Glas veredelten Wodka Tonics in der rechten und eine Zigarette in der linken Hand, in der Lage, nur zwei oder drei Stunden pro Nacht zu schlafen. Im Grunde bin ich, wie jedermann, umso weniger müde, je weniger ich schlafe. Je weniger ich esse, umso weniger habe ich Hunger. Je seltener ich's treibe, umso weniger habe ich Lust darauf. Als ich Edgar kennen lernte, war ich allzeit zum Partymachen bereit und hatte ihm nach unseren

Wahnsinnsumarmungen tausend Sachen zu erzählen. Ich war lebhaft, fröhlich, geistreich, zügellos, wie es sich gehörte, ohne Tabu, eine Anführerin, einfallsreich, schelmisch, offen. Als ich dann arbeitslos wurde, habe ich beschlossen, mir einen Monat lang ein schönes Leben zu machen, davon überzeugt, dass es ausreichen würde, einen Job zu suchen, um sofort einen zu finden. Ich sollte daher lieber in vollen Zügen diese ganze freie Zeit genießen, da ich ja wusste, dass das nicht von Dauer sein würde. Zwischen den Mittagessen mit Freundinnen, Shopping, Terminen zur Beinenthaarung, Hautreinigung, Frisör, Kino, Lesen, Ausstellungen oder Museumsbesuchen fiel es mir leicht, mich zu beschäftigen. Ein zweiter Monat ist vergangen, in dem sich, ohne dass mir wirklich bewusst war, was mit mir geschah, die Euphorie der ersten Wochen legte. Ich habe angefangen, weniger Dinge zu unternehmen und bestimmte Verabredungen abzusagen, als ich mich nicht mehr in der Lage fühlte, mich mit Fragen wie »Und, wie steht's so mit deiner Jobsuche?« zu konfrontieren. Ein dritter und ein vierter Monat sind verflossen. Im Laufe der Tage habe ich schließlich alles auf einmal abgesagt. Keine Mittagessen mehr, kein Shopping, nichts mehr. Ich habe zugelassen, dass die Depression sich einstellte, ohne genau zu wissen, wie oder warum sie über mich hereingebrochen ist, da ich doch alles hatte, um glücklich zu sein – einen Liebsten, der mich liebte, und Freunde. Sicherlich war ich zu einer Nichtstuerin geworden in den Augen der »Leute«, die hart arbeiteten, und ich fühlte mich gezwungen, mich wegen meines Mangels an Willen und Ehrgeiz zu rechtfertigen, indem ich eben jenen Mangel hinter erbärmlichen Lügen verbarg. Unter uns gesagt strebe ich nur nach zwei Dingen: heiraten und Kinder haben. Die Arbeit ist mir wurscht. Das ist ein Geständnis, das ich mich hüten werde Edgar gegenüber zu machen, der es weder verstehen noch zulassen würde, er, der so leidenschaftlich ist, so ehrgeizig, so stolz auf seinen Erfolg. Ich habe angefangen, alle, die ich liebe, anzulügen, indem ich einen Haufen Beschäftigungen erfand, um meine Haltung zu wahren und mir einen Anschein von Tatkraft zu geben: Kompetenzbilanz, Coaching-Workshop, Meditationssitzungen, Öffnen der Chakren durch einen spirituellen Meister, Yoga, Vorträge über Bioernährung, Seminare über die beste Art, meine in mir schlummernde Kreativität freizulegen etc., etc. Meine Freundinnen fanden, dass ich ein unglaubliches Glück hatte, mich auf mein tiefstes Innerstes rückbesinnen zu können. Sie waren begeistert von meinem Programm, und ich verdächtigte sie sogar, ein wenig neidisch auf diese Freiheit zu sein, die ich mir anscheinend ruhig und ohne Skrupel gönnte.

»Du machst so viele Sachen, das ist ja genial! Und wie war das, als man dir die Chakren geöffnet hat?«

»Das kann ich dir nicht erklären, das ist zu persönlich, du verstehst schon. Das ist was, das sich zwischen dir und der

Energie des Universums abspielt. Eine Erfahrung, die man nicht erzählen kann. Das hat der Meister gesagt.«

»Hast du seine Nummer? Ich würde ihn gerne mal treffen.«

»Ach, wie blöd! Das hättest du mir früher sagen sollen, er ist gestern zurück nach Indien gegangen. Definitiv.«

»Und wenn du meditierst, was machst du da?«

»Ich meditiere, das ist alles. Das ist eine Erfahrung, die man leben muss und nicht erzählen.«

Ich werde zur Hölle fahren, wo ich bereits einen Platz neben Aglaé reserviert habe. Oder sogar direkt auf ihrem Schoß, um sie ein bisschen zu nerven. Meine Tage werden heute einzig und allein von zwei bedeutenden Ereignissen markiert: Edgars Weggehen am Morgen und seine Rückkehr am Abend. Zwischen beiden warte ich darauf, dass mir ein Job fertig gebraten in den Schnabel fällt, schlafe ich oder schrubbe ich wie eine Putzfee, je nach Wahl. Das Haus ist so blitzsauber, dass man jeden Abend vom Teppichboden essen könnte. Ich kann stundenlang ausgestreckt auf dem Rücken liegen bleiben, die Zehen fächerförmig gespreizt, und dabei Zeit vertrödeln, dem Trockenheitsstand meines Nagellacks auflauern oder den vergangenen Tag, den vorvergangenen Tag, den vor-vorvergangenen Tag Revue passieren lassen. Und Bilanz ziehen. Den ganzen Tag mache ich nur das: Bilanzen ziehen. Bei diesem Tempo bleiben mir bald nicht mehr genug Neuronen, um die schwachen Verben im Präsens zu konjugieren, ohne mich zu vertun. Man muss sagen, dass ich, indem ich mich vor *California Clan* und *Baywatch* auf dem Sofa lümmele, nicht gerade meine Allgemeinbildung bereichere und Dinge einspeichere, über die ich mit Edgar mit einem kleinen Licht des Stolzes in den Augen sprechen könnte. Ich weiß, dass Edgar leidenschaftliche, willensstarke und ehrgeizige Frauen liebt, und ich fange schon an zu denken, dass ich überhaupt nichts mehr mit ihm teilen kann, wenn er nach Hause kommt und wir alleine zu Abend essen. Ich stelle mir vor, dass Edgar, wenn er mir so oft vorschlägt auszugehen, sich alleine mit mir langweilt. Keine Sorge, ich schwimme wahrhaftig im größten Glück. Wenn Edgar bei mir ist. Aber abgesehen von meinem Gefühlsleben ist mein Innen-, Sozial- und Berufsleben gleich null. Und wo liegt nun das Problem? Das Problem ist, dass ich damit schlecht umgehen kann und es mir nicht gelingt, die nötige Energie aufzutreiben, um die Dinge zu ändern. Ohne Edgars tröstliche Anwesenheit wäre ich nicht deprimiert, sondern depressiv. Ich weiß, dass es ihm bis sonst wohin steht, mich niedergeschlagen zu sehen, auch wenn ich mich sehr zusammenreiße, um nichts in Erscheinung treten zu lassen. Er hat einen guten Riecher, er kennt mich und sieht sehr wohl, dass es mir nicht besonders geht. Daher nimmt er in unserem Beziehungsleben immer mehr Dinge in die Hand: wohin wir ausgehen, mit welchen Freunden wir verkehren – vor allem mit seinen übrigens –, auf welche Partys wir gehen, welche Filme wir uns anschauen, und ich folge ihm mit Vergnügen, weil ich keine Wahl habe, wenn ich ein wenig Zeit mit ihm verbringen will. Und auch, weil ich nichts Besseres vorzuschlagen habe, da ich nicht gerade vor berauschenden Ideen überschäume. Ich sehe die Mädels allein, ohne ihn, einmal pro Woche, gemäß unserer alten Gewohnheiten. Auch bei ihnen zwinge ich mich jedes Mal, Haltung zu bewahren und fröhlich zu sein, um ihnen nicht zur Last zu fallen. Ich habe immer schon gedacht, dass ich eine bessere »Zuhörerin« als »Sprecherin« bin. Es gibt keinen Grund, warum sich das ändern sollte.

Die restliche Zeit also verlasse ich mich auf Edgar und vertraue mich ihm an. Manchmal, wenn mir seine nächtlichen Streifzüge auf den Geist gehen, kommt es vor, dass ich Kopfschmerzen oder eine vorübergehende Unpässlichkeit vorschütze. Um mal zu sehen, um ihn zu testen. Niemals hat er darauf bestanden, dass ich ihn begleite. Niemals hat er bei einer Feier oder einem Abendessen abgesagt, um bei mir zu bleiben. Im Übrigen habe ich die seltenen Male, die er mich aus Höflichkeit gefragt hat, ob ich wolle, dass er absage, ihn dermaßen angefleht, nichts an seinen Plänen zu ändern, dass ich einen breiten Rücken haben müsste, wollte ich mich jetzt beklagen. Und nur, um mich hinterher schuldig zu fühlen, weil er da ist, zu Hause, offensichtlich enttäuscht und verärgert mit einem sechs Fuß langen Gesicht, nein danke, ich habe schon genug penibles Zeug am Hals! Meine Mutter hat mir immer milliardenfach wiederholt, dass man nicht alles haben kann. Ich sollte es inzwischen langsam wissen …

16

Wenn Edgar vom Büro nach Hause kommt, dann spüre ich fast instinktiv, dass er bald eintrifft, bevor er auch nur um die letzte Ecke am Ende unserer Straße gebogen ist. Fast erkenne ich das Geräusch, das er macht, wenn er die Türen zum Fahrstuhl öffnet. Das ist einfach, er schlägt sie auf. Man könnte fast sagen, ich erwarte ihn schwanzwedelnd hinter der Tür. Es fehlt nicht viel, und ich mache bald Pipi gegen die Wände, um mein Territorium zu markieren.

»Bist du das, die diesen Lärm hinter der Tür macht? Was hast du gemacht?«

»Nichts, ich habe gerade den Staubsauger weggeräumt. Hallo, mein Herz, wie geht's?«

»Du wirst es nicht glauben! Ich habe eine Meganeuigkeit für dich! Rate mal, wo ich hinfliege?«

»Du fliegst weg?«

»Ich gebe dir einen Anhaltspunkt … Es ist ein Ort, von dem ich dir sehr oft erzählt habe.«

»Du fliegst weg?«
»Los, rate schon! Ich bin ja so glücklich, wenn du wüsstest!«
»Du fliegst also weg … Keine Ahnung … äh … liegt es in Frankreich?«
»Nein, im Ausland.«
»In Europa?«
»Nein, weiter weg. Streng dich an, wir haben vor weniger als einem Monat darüber gesprochen.«
»Sag mir nicht, du fliegst … auf die Philippinen!«
»Doch! Genau, nach Cebu!«
Aaaaarrrrrgggggghhhhh!
Ich weiß, dass Edgar seit Wochen ganz besonders überarbeitet ist, da sein Forschungszentrum vor kurzem eine Zweigstelle auf den Philippinen eröffnet hat. Asien ist eine Region der Welt, wo die Vulkane noch zahlreich sind, hat er mir erklärt, und es ist entscheidend, eine Antenne vor Ort zu haben, die im Falle eines Einsatzes innerhalb von ein paar Stunden reagieren kann. Wenn er das sagt, dann stimmt das sicher. Da er zum Verantwortlichen für das Projekt und die Personalneueinstellungen ernannt worden ist, dachte ich mir schon, dass er einen kleinen Sprung dorthin würde machen müssen, um sich mit der Gegend und den Einheimischen vertraut zu machen.
Ich hatte allerdings nicht damit gerechnet, dass er so bald aufbrechen würde. Vor allem hatte ich die Hoffnung

gehabt, dass das Projekt ins Wasser fallen und er folglich nirgendwo hingehen würde, wo ich nicht auch war.

»Ich bin aufgedreht wie ein kleines Kind. Ich arbeite nun schon so lange an dem Projekt, und mir vorzustellen, dass es jetzt bald so weit ist, das macht mich wahnsinnig. Aber das erzähle ich dir beim Essen. Und du? Was hast du heute gemacht?«

»Äh … Ich habe mich mit Alizée zum Mittagessen getroffen. Danach war ich bei meinem Yogakurs. Danach habe ich spontane Bewerbungsschreiben verschickt. Danach habe ich für heute Abend eingekauft. Danach bin ich bei der Reinigung vorbei. Das nahm kein Ende, ich bin kaputt.«

»Und an wen?«

»An wen was?«

»An wen hast du diese Bewerbungsschreiben verschickt?«

»An Leute. Kennst du nicht.«

»Bist du sicher, dass du auch ernsthaft suchst? Ehrlich, Garance, du musst mal in die Gänge kommen. Das geht nun schon eine ganze Weile so, und ehrlich gesagt, ich …«

»Du was?«

»Nichts.«

»Doch, sag schon, es interessiert mich.«

»Es wäre wirklich gut für dich, wenn du bald einen Job finden würdest. Du kannst doch nicht weiterhin nichts tun und warten.«

»Ich weise dich trotz allem darauf hin, dass du vor einem Monat Régis' Vater meinen Lebenslauf geben solltest, zu der Zeit, als seine Firma Leute gesucht hat. Hast du's gemacht?«

»Noch nicht. Ich hab's vergessen. Tut mir leid.«

»Und hast du Mania angerufen und sie gefragt, ob sie immer noch jemanden sucht?«

»Auch nicht, aber ich mache es morgen.«

»Lass gut sein. Es ist nun schon eine Ewigkeit her, dass du mir versprochen hast, dass du es machen würdest. Jetzt warte ich schon so lange, da kommt es auf zwei Tage ja auch nicht mehr an. Auf jeden Fall nett von dir, dass du mir hilfst.«

»Versteh das doch nicht falsch, ich habe dir doch gesagt, ich würde es machen, also mache ich es auch.«

»Wenn das erst in zwei Jahren ist, dann habe ich bis dahin schon was gefunden, danke.«

»Wir werden uns doch heute nicht streiten, ich bin so aufgeregt, wenn du wüsstest!«

»Das sehe ich.«

»Wir haben die Neuigkeit mit meinem gesamten Team mit Champagner gefeiert. Sie sind alle wahnsinnig vor Freude. Das ist ein Superprojekt, kann ich dir versichern.«

»Aber sag mal, wann fliegst du denn nach Cebu? Doch nicht sofort?«

»In etwa zehn Tagen, aber es ist noch nichts hundertpro-

zentig sicher, wir warten noch auf ein paar Genehmigungen und Material. Ich sage dir Bescheid, sobald ich es weiß, mach dir keine Sorgen.«
Das ist eine feinfühlige Aufmerksamkeit, für die ich sehr empfänglich bin. Was Cebu betrifft, auch wenn es angeblich die schönste Insel der Welt ist, stecke ich sie mir an denselben Ort, an den sich Laetitia ihren Kredit gesteckt hat. Ich weiß, dass Edgar keine Konflikte mag und er umkommt vor dem Verlangen, diesen großen Moment mit seiner Liebsten zu teilen, ich finde mich also damit ab und reiße mich zusammen. Das ist zu einer Gewohnheit geworden, wie eine zweite Natur.

»Cebu … ach, Cebu … Weißt du, Edgar, selbst wenn ich aussehe, als hätte ich meine ganze Familie beerdigt – ich freue mich ja so für dich. Es ist nur, dass ich nicht damit gerechnet habe. Es ist so schnell gegangen.«
Während ich mit Ihnen spreche, habe ich ein Lied von France Gall im Kopf, in dem sie singt: *»Résiste, prouve que tu exiiiiistes, refuse ce monde egoïïïïïste«*. Ich werde es machen, wie sie sagt. Ich werde widerstehen, beweisen, dass ich existiere, und diese egoistische Welt ablehnen. Ich spüre, dass morgen ein anderer Tag ist. Ich weiß nicht, wie lange seine Abwesenheit dauern wird, aber ich werde diese Zeit nutzen, um die Garance, die ich im Innern bin und die er gekannt hat, wieder aufzubauen bzw. wiederzufinden. Ich fange sofort damit an. Erste Etappe: positiv

denken. Zweite Etappe: von der Rechtmäßigkeit des Positivdenkens überzeugt sein und von allem Guten, das es mir kurz-, mittel- und langfristig bringen wird. Dritte Etappe: felsenfest daran glauben.

»Ich bin sicher, dass ihr die fehlenden Genehmigungen bekommt und du hinfliegen kannst. Du wirst herrliche Orte besichtigen, du wirst Strände und Landschaften zum Niederknien sehen. Das Wasser dort ist superwarm, oder?«

»Ich habe gelesen, die Wassertemperatur läge bei 28 bis 29 Grad, das ist fast zu viel, findest du nicht?«

»Du weißt sehr gut, dass ich nicht bade, wenn das Wasser nicht 30 Grad hat. Du wirst dich am Strand massieren lassen können, ganz viele Leute vor Ort kennen lernen, spazieren gehen, ausgehen, Partys machen und all das. Ich würde ja so gerne mit dir dorthin.«

»Ich gehe als Aufklärer hin, und danach werden wir sehen. Wenn alles läuft wie geplant, kommen wir vielleicht gemeinsam noch mal hin, wer weiß?«

»Ich könnte ja vielleicht ein paar Tage zu dir kommen, wenn du dich richtig eingelebt hast. Was meinst du?«

»Du weißt, ich fliege für die Arbeit dorthin, das wird nicht sehr amüsant werden für dich. Ehrlich gesagt möchte ich es lieber nicht. Ich kenne mich, wenn du da bist, werde ich ein schlechtes Gewissen haben, weil ich arbeite und dich alleine lasse.«

Dritte Etappe: felsenfest daran glauben … Ich werde mich

doch nicht unterkriegen lassen, weil mein Liebling sich unter der Sonne Cebus brutzeln lässt, in ein für seinen Geschmack »fast zu warmes« Wasser planschen geht und sich von einer jungen geschlechtsreifen Philippinerin die Haut mit Naturöl »garantiert hundert Prozent Kokos« bearbeiten lässt, während ich mir weiterhin das Pariser Grau-in-Grau und meinen Weltschmerz antue. Nein, da stehe ich drüber.

Dritte Etappe: felsenfest daran glauben … Vor allem, da der arme Schatzi für die Arbeit hinfliegt und nicht unbedingt die Zeit haben wird, sich viel zu zerstreuen oder ablenken zu lassen. Dritte Etappe: felsenfest daran glauben … Und auch wenn es ihm Vergnügen bereitet, so bleibt es doch eine Dienstreise mit zahlreichen Verantwortlichkeiten und vielen finanziellen Mitteln, die auf dem Spiel stehen und die er nicht einfach aus Spaß in Gefahr bringen kann. Das ist keine Vergnügungsreise, das hat er gesagt, das ist keine Vergnügungsreise, das ist keine Vergnü…

»Ach ja, mir ist da gerade etwas eingefallen. Wenn du fliegst, fliegst du dann ganz allein?«

»Das trifft sich gut, dass du fragst, ich wollte nämlich mit dir darüber sprechen … Aglaé begleitet mich. Sie kümmert sich um die Presse.«

Ohne Kommentar. Und Sie können mir glauben, es ist nicht die Lust, die mir dazu fehlt.

17

Ich habe Monsieur Morraud heute, am Mittwoch, den 28. Januar getroffen. Na endlich. Er hat den Termin zweimal abgesagt, seitdem ich ihn hatte sitzen lassen. Die Beziehung zwischen uns fängt nicht gerade gut an, aber wenn er mich weiterhin zu sich bestellt, dann hat er wohl noch niemanden gefunden, der dem Profil entspricht, das die Firma sucht. Er hat mich in den ersten dreißig Minuten des Gesprächs in einem Besprechungsraum empfangen mit einem riesigen ovalen Tisch, schwarzen Ledersesseln drum herum und einem großen Spiegel an der Wand mir gegenüber.

Ich kam nicht umhin, an jene Kriminalfilme zu denken, in denen die Verdächtigen immer in Räumen wie diesem hier befragt werden, gegenüber einem Einwegspiegel, hinter dem die Zeugen mit anklagenden oder befreienden Fingern auf sie zeigen. Morraud ist ein recht hübscher Bursche, wenn man sein Gesicht zum ersten Mal sieht. Er ist groß, hoch aufgeschossen, gut in Schale, er hat austernfarbene Augen, die halb von einer ziemlich imposanten Brille verschluckt werden, die ihm aber auch einen gewissen Charme verleiht. Er hat recht weiße und regelmäßige Zähne, wenn auch oben etwas zu weit auseinanderstehend. Schönes Zusammenspiel. Harmonisch. Leider ist er voller Ticks. Mit dem Ergebnis, dass die gesamte Erscheinung innerhalb von ein paar Minuten ungefällig wird und es fast eine quälende Übung ist, ihn sich bewegen und im Raum hin und her laufen zu sehen. Er zittert und kaut an den Nägeln. Seine Ticks äußern sich hauptsächlich im Bereich des Mundes und der Augenbrauen.

Ich hatte den Eindruck, mich in der ersten Reihe eines Komikspektakels zu befinden, und musste mich tausendmal zurückhalten, um ihm nicht ins Gesicht zu lachen. Ich habe sogar abends vor meinem Spiegel versucht, ihn nachzuäffen, wie zum Beispiel sein Mund von allein zur Seite zuckt, ohne dass er ihn zurückhalten könnte. Das kann man praktisch nicht nachmachen.

Monsieur Morraud spricht schnell. Er spricht auch laut und ist unangenehm, autoritär und rachsüchtig. Er hat mit einer erstaunlichen Dosis Aggressivität offenkundig versucht, mich aus der Fassung zu bringen und zu destabilisieren. Und sollte es wirklich einen Einwegspiegel mit einem *Big Boss* dahinter geben, dann muss ich wohl Punkte gemacht und die Ausscheidungsprüfung bestanden haben, denn er ist hereingekommen, um mir die Hand zu schütteln. Der *Big Boss* ist Monsieur Charvey. Er ist es, der entscheidet. Morraud spielt nur die zweite Geige und hat keine Macht. Und er leidet darunter. Das sieht man, und das ist der Grund, warum er Komplexe und Ticks hat. Sein Mangel an Charisma, Autorität und Einfluss machen Morraud verbittert und bösartig. Wie die Hexe in dem Zeichentrickfilm *Kirikou*. Er sollte nicht im

Personalwesen tätig sein, sondern bei der Security, mit einem wilden Wolfshund mit Maulkorb, dem er einen Schlag versetzen kann, wenn er verärgert ist. Aber nun gut. Als der Generaldirex die Bühne betrat, verließ Morraud den Raum, ohne mir auch nur einen Blick zuzuwerfen. Arrivederci, Blödmann!

Ich habe also mit Monsieur Charvey das Gespräch fortgeführt und beendet. Ich habe mich gut aus der Affäre gezogen. Man muss anerkennen, dass ich die Geistesgegenwart besessen habe, die Gelegenheit beim Schopf zu ergreifen, als er von einem Ehemann gesprochen hat …

»Sind Sie verheiratet, Mademoiselle?«

»Nein. Weder Mann noch Kind. Ich will mich zunächst meiner Karriere widmen und Erfolg im Berufsleben haben. Ich weiß, dass ich noch viel Großes und Schönes in einem Unternehmen zu erleben und vieles beizutragen habe bei …«

»… Ist gut, ist gut. Sehen Sie, wir sind hundertzweiundvierzig in der Firma. Zweiundachtzig Männer und sechzig Frauen. Viele haben Kinder, sie legen also zwangsläufig nicht viel Flexibilität an den Tag, was die Arbeitszeiten betrifft. Das ist selbstverständlich ganz normal. Ich kritisiere sie nicht, vor allem, da meine Frau auch arbeitet, und sie es übernimmt, abends die Kinderfrau abzulösen. Aber gut wäre es schon, mit der Fünfunddreißigstundenwoche und alldem, wenn wir da ungebundene Leute ohne Arbeitszeiten einstellen könnten … Vor allem in unserer

Branche, in der – wie Sie ebenso gut wie ich wissen – die Überstunden häufig sind.«

Ich habe gesagt »Single«, nicht »allein auf der Welt«. Schon die Art und Weise, in der er mir die Frage gestellt hat, ließ mir, das ist offensichtlich, nicht viel Freiraum, wenn ich diesen Job wollte.

Ich konnte feststellen, dass ihn mein »weder Mann noch Kind« aufgepeitscht hatte. Er hat sich in seinem Sessel aufgerichtet und mir das schönste Lächeln auf Erden geschenkt. Charvey war im siebten Himmel. Ich habe sogar einen Augenblick lang in seinen Augen ein wahres Synonymwörterbuch ablaufen sehen: verfügbar, ausbeutbar, rentabel, bereit zu arbeiten wie ein Maultier. In weniger als dreißig Sekunden wurde ich zum besten Preis-Leistungs-Verhältnis der Welt …

Ich war schon immer erstaunt gewesen über diese Gabe der Menschen, sich immer an jemandes Stelle versetzen und für ihn denken zu wollen. Unter dem Vorwand, dass ich weder Kind noch Kegel habe, will man mir immer das Kostüm der *executive woman* überstülpen, Version: »Die Arbeit ist mein Heil, denn zu Hause wartet niemand auf mich, und das ist ziemlich traurig.« Der Umstand, dass ich einen Mann haben könnte, der mein Leben teilt, Freunde, mit denen ich um 4 Uhr morgens Kotzwettbewerbe veranstalte, oder dass ich ein Leben nach 19 Uhr haben könnte, wird niemals auch nur einen Moment lang in Betracht gezogen. Wenn ich schon alleine bei mir wie ein fetter Pfannekuchen vor einer miserablen Wiederholungssendung hänge, dann kann ich mich auch gleich nützlich machen und arbeiten gehen. Ich glaubte zu verstehen, dass ich auch heute wieder mal ausschließlich dafür bezahlt werden würde. Und doch ist Charvey kein mieser Kerl, davon bin ich überzeugt. Er wirkt subtil, aufrichtig, freundlich und schaut einem in die Augen. Wenn er von seinem Baby spricht, eben jener Agentur Adélie, wie das Land gleichen Namens*, die er vor über sechzehn Jahren ins Leben gerufen hat, dann hat er dieses Licht, das tief in seinen Augen flimmert, und das man nur bei leidenschaftlichen Menschen findet. Edgar hat dasselbe. Auf der anderen Seite kenne ich diese Muster nur zu gut, da ich sie selbst so oft praktiziert habe, um ihnen nicht zu misstrauen. Ich werde ja sagen zu seinem Arbeitsangebot, ich werde engagiert werden, ich werde unentbehrlich werden, und alle Welt wird mich lieben. Vor allem nach 18 Uhr. Die Sekretärin wird die Kaffeepause des Chefs nutzen, um sich klammheimlich davonzustehlen. Dass dieses Biest einen mit einem ultradringenden Dossier sitzen lässt, das morgen bei Sonnenaufgang abgegeben werden muss, wird jeder normal finden. Sie wird Kinder haben. Die Assistentinnen werden Freunde oder Ehemänner haben. Der Boss eine Familie. Die kaufmän-

* Adélieland ist ein zu den Französischen Süd- und Antarktisgebieten gehörender Teil der Antarktis (A. d. Ü.).

nischen Angestellten wahrhaftig was anderes zu tun. Es wird daher selbstverständlich sein, dass ich die Auserwählte sein werde, die sich halb im Dunkeln bis 2 Uhr morgens in einem vollkommen menschenleeren Hochhaus wiederfindet, bereit, bei dem geringsten verdächtigen Geräusch zusammenzuzucken, und wütend auf die ganze Welt, weil sie Angst hat. Wie gewöhnlich werde ich niemanden dafür verantwortlich machen können, denn es wird alles meine Schuld sein, ich hätte ja nur nein zu sagen brauchen. Problem: Ich kann nicht nein sagen. Alle Welt wird den Bogen raus haben und es ausnutzen mit Sprüchen wie »Ich werde mich revanchieren«. Ach ja? Wann? Eines Tages! Danke, Monsieur Charvey. In Rekordzeit werde ich an mehreren Orten zugleich sein und das Mädchen für alles spielen. Ich werde den Alarmcode haben und die Schlüssel zur Buchhaltung. Ich werde wissen, wo die Tipp-Ex- und Post-it-Reserven sind, wie die Laufburschen heißen, wo man Klopapier und Büromaterial bestellt. Ich werde die Namen der Klienten, Banker, zukünftigen Kunden und sogar jene der Restaurants kennen, welche die Firma beliefern. Ich werde überall zugleich sein, und auch das wird jeder normal finden. Ich werde die Aufg…

»… was also das Gehalt betrifft, so sehe ich, dass Sie viertausend Euro brutto im Monat verlangen. Das liegt etwas oberhalb des Marktpreises, das wissen Sie sicher.«

»Nein.«

Ich habe viertausend angegeben, wie ich auch zwei- oder zweiunddreißigtausend hätte angeben können.
»Ihre Persönlichkeit ist interessant. Ich hoffe, dass ich mich nicht irre und Sie mich nicht enttäuschen werden. Auf alle Fälle haben Sie ja drei Monate Probezeit und einen Parkplatz.«
»Wie bitte?«
»Ein Parkplatz ist für Sie vorgesehen«, sagte er. »Und willkommen bei der Agentur Adélie, Garance!«
Viertausend brutto im Monat? Hat er ja gesagt, oder habe ich das falsch verstanden?
Ich habe den Job angenommen. Ich soll am Freitag, den 2. April, Tag der heiligen Sandrine, für ein paar Stunden ins Büro kommen, aber ich fange erst wirklich am 5. an. Ich habe soeben festgestellt, dass ich ein Glückspilz bin. Und das macht mir überhaupt nichts aus.

18

Edgar ist gestern Abend übers Wochenende in sein Familienhaus gefahren. Das im Lot, von dem ich Ihnen erzählt habe. Er hat mich nicht mitgenommen, weil er den zweiundneunzigsten Geburtstag seiner Großmutter Camille feiert. Edgars Mutter wollte lieber, dass sie »unter sich bleiben, innerhalb der Familie, ohne Anhängsel, damit wir auch wirklich etwas voneinander haben«. Blöde Kuh. Ich werde zwei Tage in einer ziemlich leeren Wohnung verbringen müssen. Zu allem Unglück haben die Mädels seit Wochen einen Zwei-Tage-Workshop in Le Touquet gebucht, um Strandsegeln zu lernen. Ich habe abgesagt, um bei Edgar zu bleiben, und Clarisse, eine Freundin der Bande, hat meinen Platz eingenommen. Zur Krönung des Ganzen habe ich eine fürchterliche Freitagnacht verbracht. Es war das erste Mal seit dem 15. Juli, dass Edgar nicht bei mir schlief, und ich fühlte mich verlassen und ganz verloren in dem großen Bett. Ich bin schließlich verkrampft und entnervt eingeschlafen. Und habe angefangen zu träumen …

Ich sehe Edgar in Paris mit einer dunkelhaarigen Frau schäkern, welche die Haare lang trägt bis zur Hüfte. Sie heißt Francine. Sie ist grotesk. Ich sehe ihn hinter dem Mädel herlaufen, die Hose heruntergerutscht bis auf die Knöchel, und dabei kleine Schreie eines alten, perversen Schweins ausstoßen. Sie sind glücklich und verliebt. Ich bin von diesem Bild so verzweifelt, dass ich beschließe, eine Hexe um Rat zu fragen. Sie lebt in einem Baumstumpf mitten im Wald. Sie ist sehr angsteinflößend, aber Merlin der Zauberer, ein Kumpel, mit dem ich mich des Öfteren unterhalten muss, da ich ihn duze, hat mir viel Gutes von ihr berichtet. Ich komme bei ihr an, nicht ohne zuvor viel Holz gehackt zu haben, damit die Indianer aus der Nachbarschaft im Winter heizen können. So was nennt sich Solidarität. Meine Hexe ist hässlich, klein, mit dreckigen langen, gräulichen Haaren. Ihre Nägel sind abgebrochen, ihre Hände ganz faltig, und ihr fehlen mindestens sieben Zähne. Um ehrlich zu sein: Sie ist im Großen und Ganzen eine recht gewöhnliche Hexe. Bis auf ein Detail: meine heißt Marie-Cécile, was nun kein Vorname ist, der einem das Fürchten lehrt; und sie sitzt rittlings auf einem Staubsauger und nicht auf einem Besen. Als sie mich sieht, lächelt sie mich nicht an und sagt mir nicht einmal guten Tag. So ist das mit diesen Leuten, man verliert keine Zeit mit Formalitäten und unnötigen Höflichkeitsfloskeln. Ich erkläre ihr in einigen Worten den Grund meines Kommens, aber wie durch ein Wunder weiß sie bereits Bescheid. Captain Future hat sie gestern Morgen angerufen. Ich erzähle ihr, dass ich will, dass sie mir meinen Edgar wiederbringt und ihn so verliebt macht wie nie zuvor. Sie sagt mir, das sei nicht ihr Zuständigkeitsbereich. Sie nervt! Ich habe mir doch nicht sechs Kilometer aufgehalst in Lendenschurz, barfuß im Wald mit einer Strumpfmaske über dem Kopf und eisernen Fausthandschuhen, um dann zu gehen, ohne dass sie dem Schicksal meines Gefühlslebens eine wenig nachhilft! Sie sieht, dass ich wütend bin, und strengt sich die grauen Zellen an.

»Ich kann Ihnen Ihren Liebling nicht wiedergeben, aber ich kann Sie rächen. Wäre Ihnen das recht?«

»Das kommt darauf an, was schlagen Sie denn vor? Haben Sie einen Katalog oder so was?«

»Wo glauben Sie denn, wo Sie sind? In einem Versandhaus? Ich kann ihm einen sehr schlechten Zauber auferlegen, aber Sie dürfen hinterher nicht heulend ankommen. Verstanden?«

»Ja.«

»Ja, wer?«

»Ja, Madame.«

Anscheinend ist Höflichkeit doch wichtig ... Ich folge ihr. Wir nehmen den Aufzug, der sich in dem Baumstumpf befindet, und wir erreichen eine sehr große und sehr dunkle, aber sehr gut ausgestattete Grotte. Es ist kalt, und da sind Hunderte von Holzkäfigen mit allen Arten von Tieren darin. Die Käfige hängen von der Decke herab oder stehen auf dem Boden herum. Unmittelbar auf dem Teppichboden. Ja, denn es gibt einen Teppichboden. Sie wählt einen riesigen Kessel und stöbert hier und da nach den Tieren, die sie braucht. Sie wirft die behaarten und gefiederten Viecher in ihren Kessel, Spinnen, Schlangen, Kröten und verschiedene Vogelarten, und fügt ein braunes Pulver hinzu, das sehr stark glitzert. Sie sagt eine Zauberformel auf, die ich nicht verstehe, und befiehlt mir, selbst die Zubereitung mit einer Holzkelle umzurühren, die gut und gerne dem Weißen Riesen gehören könnte, so groß ist sie.

Ich komme nicht umhin, das zu betrachten, was ich umrühre, und ehrlich gesagt, es ist ekelhaft. Ich habe Lust, mich zu übergeben. Ich sage mir, dass sie es nicht merken würde, in Anbetracht dessen, was bereits an der Oberfläche schwimmt, aber ich halte mich zurück.

»Abrakadabra, bei den Mächten, die mir verliehen sind, schwarze Magie und weiße Geister, handelt und gehorcht! Hey, Sie! Schauen Sie in den Kessel.«

Ich tue wie mir geheißen. Edgar ist da drin, ein wenig verschwommen, aber gut erkennbar. Er ist mit einer Frau zusammen, wahrscheinlich besagte Francine, und sie schreit. Er liegt da und rührt sich nicht. Ich kann nicht erkennen, was die Frau betrachtet, aber sie ist zutiefst erschreckt.

»Was haben Sie mit ihm gemacht?«

»Ich habe ihm seinen Pimmel amputiert. Wollen Sie ihn mitnehmen?«

»Wen mitnehmen?«

»Seinen Pimmel. Würde Ihnen das gefallen?«

»Okay.«

Ich warte brav draußen, nun mit einem Tutu bekleidet, das mir im Schritt zwickt, und einer zu kleinen Strumpfhose. Ich frage mich trotz allem, was ich aus Edgars Pimmel wohl machen könnte. Einen Anhänger, eine Skulptur, einen Dekorationsgegenstand, einen Briefbeschwerer.

Da das Preis-Leistungs-Verhältnis bei Hexen und Zauberern ausgezeichnet ist, zahle ich der alten Dame anschließend zwei Euro dreißig und gehe, ohne mich von ihr zu verabschieden. Ich mache mich auf den Heimweg, aber diesmal nehme ich das Flugzeug, denn ich bin kaputt. Außerdem stören mich meine Skier beim schnellen Laufen, und mein Umhang aus Nudeln bleibt an den Bäumen hängen. Als ich nach Hause komme, platziere ich meine Trophäe auf dem Kamin gegenüber von meinem Bett. Ich lächle und spüre, dass ich in einer sehr verspielten Stimmung bin. In einer Ecke der Wohnung befindet sich Edgar. Er steht aufrecht, ganz nackt mit gefesselten Händen. Er fleht mich an, ihm »sein Ding« wiederzugeben. Na so was! Wenn es ihm in den Kram passt, dann tut es »Ding« auch! Ich hingegen breche in Gelächter aus. Ich sage ihm, er soll sich's bei den Griechen besorgen lassen. Er macht sich mit eingezogenem Schwanz von dannen, was bei ihm kein sehr treffender Ausdruck mehr ist, und ich schlafe ein. Genau in diesem Moment wache ich auf. Da liegt nichts auf dem Kamin. Und das aus gutem Grund, ich habe nämlich keinen. Hexen gibt es nicht, das weiß jeder. Ich bin trotz allem etwas enttäuscht.

Daran denken, so bald wie möglich einen Psychoanalytiker aufzusuchen und mit einer Prozac-Kur zu beginnen. Dringend.

Ich habe vergessen, Ihnen gegenüber zu erwähnen, dass Edgar mich am Freitag von seinem Haus im Lot aus angerufen hat. Er sei gut angekommen und wolle mir nur, bevor er es vergesse, verkünden, dass er am Abend des 9. Februar für zwei Monate auf die Philippinen fliegen würde. In zehn Tagen …

19

Ich bin Edgar am Sonntagabend vom Bahnhof abholen gegangen. Als ich gegen 16 Uhr mit Arthur Tee trank, bin ich ohne ersichtlichen Grund zu der Überzeugung gelangt, dass Edgar mich betrog. Wahrscheinlich vollgestopft mit meinen unablässigen Fragestellungen über das »Wie und Warum der Männer«, hat Arthur mich schließlich dazu überreden können, bei der Ankunft des Zuges mal einen kleinen Blick zu riskieren. Nur so, um mal zu gucken. Um mich zu beruhigen. Auf meine eigene Rechnung und Gefahr hin selbstverständlich. Selbstverständlich, ja.

»Und falls er mit einer Frau da ist, was machst du dann?«

»Eine Szene.«

»Du faselst im Moment viel daher, Garance. Du kannst uns auch noch so sehr glauben machen wollen, dass alles in Ordnung ist, dass du verliebt und glücklich bist, die Mädels und ich sehen sehr wohl, dass etwas nicht stimmt. Willst du nicht darüber reden?«

»Es ist alles okay, ich verspreche es dir.«

»Ich respektiere dein Schweigen, aber ich kenne dich in- und auswendig, und du stehst vollkommen neben dir. Ich will dir nur helfen, aber ich weiß sehr gut, dass ich lange warten kann, bis du kommst und um Hilfe bittest.«

»Hör mal, wir reden später darüber, ich muss jetzt los.«

Ich bin zum Bahnhof gefahren. Da ich nicht wusste, in

welchem Waggon Edgar war, habe ich zunächst am Kopf des Zuges gewartet. Die Chancen standen bei fünfzig Prozent, dass er mich sah, bevor ich ihn sah. Sollte da wirklich eine Frau an seinem Arm hängen, hatte er alle Zeit der Welt, sie wegzuschicken und mir weiszumachen, er sei allein. Als sich die Menge der Fahrgäste verdichtete, hatte ich überhaupt keine Sicht mehr. Ich bin gegen den Strom bis zur Mitte des Zuges vorgedrungen und habe dabei die paar Pfeiler genutzt, die sich auf meinem Weg befanden, um mich zu verstecken und eine ausgedehntere Gesamtsicht zu haben. Edgar schaute in der Gegend herum, als suchte er jemanden. Ich hab's doch gewusst! Er ist am Ende des Gleises stehen geblieben, hat seine Tasche abgestellt und seinen Blick über den gesamten Bahnhof gleiten lassen. Er hat sein Handy hervorgeholt und eine Nummer gewählt. Er war vielleicht nicht mit einer Frau aus dem Zug gestiegen, aber die, die er treffen sollte, hatte sich verspätet. Mein Handy hat auch angefangen zu klingeln. Flüsternd hob ich ab, als ob Edgar, der sich in weniger als fünfzig Meter Entfernung befand, mich hören könnte.

»Hallo?«

»Ich bin's. Wo bist du? Ich sehe dich nicht mehr.«

»Wie, wo bin ich? Zu Hause … Wo soll ich denn sonst sein?«

»Der Zug in Richtung Valence erhält nun Einfahrt auf Gleis acht. Bitte Vorsicht an der Bahnsteigkante.«

Danke, lieber Jesus, für deine Unterstützung und sei versichert, dass ich bei der nächsten Kollekte keinen Pfifferling spende …

»Habe ich doch richtig gesehen, ich bin nicht verrückt, du bist am Bahnhof! Ich habe dich bemerkt, als ich aus dem Zug ausgestiegen bin. Es ist lieb von dir, dass du gekommen bist.«

»Wir treffen uns vor dem Café. Ich komme.«

Edgar hat mich gedrückt, als hätte er mich seit Wochen nicht mehr gesehen, und wiederholte dabei, wie froh er war, dass ich gekommen sei.

Zu höflich, um ehrlich zu sein, hätte meine Mutter gesagt. Nehmen wir das Beispiel eines verheirateten Mannes, der eine recht mittelmäßige Beziehung zu seiner Frau unterhält. Wenn er abends vom Büro nach Hause kommt, begrüßt er sie von weitem, ohne sie zu küssen. Er zieht seine Jacke aus, setzt sich aufs Sofa, schaltet den Fernseher ein, legt die Füße auf den Couchtisch, sagt, er sei kaputt von seinem Tag, und fragt, was es zum Abendessen gebe, das er innerhalb von zwei Minuten hinunterschlingen wird, bevor er sich schlafen legt. Falls ebendieser Mann eine Affäre hat, wird er plötzlich die Arme voller Blumen nach Hause kommen. Er wird seine Frau bei der Taille nehmen, ihr sagen, sie sei noch nie so schön und begehrenswert gewesen und wie sehr er sie heute vermisst habe. Er wird sich dafür interessieren, wie ihr Tag war, ihr einen Haufen Fragen stellen und sogar mit ihr Pläne fürs Wochenende schmieden. Kurz gesagt, er wird sich verdächtig machen, und genau da wird sie misstrauisch werden. Er unterschätzt sie und weiß nicht, dass gerade so zu sein wie immer das beste Mittel ist, um weiterhin ruhig dem Ehebruch frönen zu können. Alle Ehemänner der Freundinnen meiner Mutter, die ihre Frauen betrogen, sind wegen dieser radikalen Verhaltensänderung in die Falle getappt. Edgar scheint mir auf dem besten Wege zu sein, dieselbe Richtung einzuschlagen …

»Und, wie war dein Wochenende? Was macht Camille?«

»Ach, weißt du, es war sehr ruhig. Die Idee war wirklich, dass wir uns alle um sie herum versammeln und etwas voneinander haben.«

»Aha. Und wenn wir zur Abwechslung mal bei *dir* schlafen gingen?«

»Du bist heute aber komisch. Was ist los? Alles okay?«

»Alles in Ordnung, aber wir haben noch nie bei dir geschlafen, und ich denke mir, das wäre mal was anderes als die übliche Routine. Außerdem zahlst du dann auch keine Miete für nichts.«

»Aber wozu denn? Wir haben dort doch überhaupt keine Sachen, nichts.«

»Ja und? Wir ziehen uns eben morgen um. Ich habe Lust darauf, das ist alles.«

Nach gut zehn Minuten harter Verhandlungen, die von seinen zahlreichen »ich sehe keinen Sinn darin« markiert waren, befand sich meine Intuition als neue Gehörnte auf ihrem Höhepunkt. Er sah keinen Sinn darin, ich schon. Wir sind schließlich bei ihm angekommen, und während Edgar ein Bad nahm, habe ich herumgeschnüffelt. Besser noch, ich habe herumgewühlt. Ja, wenn man anfängt, sämtliche Schubladen im Haus aufzuziehen, die Bücher im Regal durchzublättern, um zu überprüfen, ob auch nichts herausfällt, Jacken- und Hosentaschen zu durchsuchen, Post zu lesen und die Sofakissen hochzuheben, »im Falle dass« sich das Versteck dort befände, dann ist »herumwühlen« schon das passende Verb. Während Edgar sich in Schaum bis zu den Ohren entspannte, befand ich mich auf allen vieren und suchte das Haar in der Suppe. Ich habe, ich muss es zugeben, nichts Kompromittierendes gefunden. Ich hatte nur Zweifel und keinerlei Beweise. Ein Brief, eine kleine Notiz, ein Foto, ein Schmuckstück hätten es getan, aber ... nichts. Je mehr ich herumwühlte, umso mehr machte ich mir Vorwürfe, seine Integrität und seine Treue in Zweifel zu ziehen, und umso mehr hasste ich mich für das, was ich tat. Er betrog mich nicht. Ich sollte mich an diese eher gar nicht unangenehme Vorstellung gewöhnen und aufhören zu phantasieren. Ich bin daher zu ihm ins Bad gegangen, und wir haben ein erstes Mal im Wasser miteinander geschlafen. Wir haben ein bisschen was von dem geknabbert, was er vom Lot mitgebracht hatte, und daraufhin bin ich, da es spät war, ins Bett gegangen. Er ist zu mir gekommen für eine zweite Serie fleischlicher Vergnügungen, die zu Ende zu bringen wir aber weder die Zeit und vor allem nicht die Laune hatten.

»Warte, Liebling, warte … Ich spüre da etwas unten im Bett. Was ist das bloß für ein Ding?«

»Lass mal sehen … Nun ja, also … Ich habe keine Ahnung.«

»Schauen wir mal … Da sind zwei Löcher für die Beine, ein Gummi an der Taille. Ja, ich glaube, so was nennt sich eine Unterhose! Und wem gehört diese Unterhose?«

»Wem soll sie schon gehören? Dir, oder?«

»Ich werde dir mal was anvertrauen … Unterhosen haben Größen, wie Hosen. Siehst du, ich habe 36–38, und diese Unterhose ist 42. Also?«

»Also, ich habe keinen blassen Schimmer. Ich habe sie noch nie in meinem Leben gesehen. Ich schwöre es dir. Wenn sie nicht von dir ist, dann weiß ich nicht, von wem sie sein kann.«

»…«

»Hör auf, mich so anzuschauen! Ich schwöre dir, ich weiß nicht, von wem sie ist! Vielleicht hat die Putzfrau sie vergessen, was weiß denn ich.«

»Aber klar doch, du hast Recht! Diese Portugiesinnen sind ja so verspielt, dass sie beim Putzen immer die Unterhose ausziehen. Und das nur aus dem Vergnügen heraus, mit nacktem Hintern zu schrubben! Deine spielt dir auch noch Streiche und versteckt sie in deinem Bett! Für wie blöd hältst du mich denn?«

»Was machst du? Gehst du? Garance, ich schwöre dir, diese Unterhose gehört mir nicht.«

»Das weiß ich sehr wohl, dass sie nicht dir gehört. Es ist ja gerade der Name ihrer Besitzerin, der mich interessiert.«

»Ich weiß nicht, was ich dir sagen soll. Ich weiß, dass der Anschein gegen mich spricht.«

»Ach nein, ohne Witz …«

Es gibt Momente, in denen es nichts bringt zu argumentieren und in denen Flucht die beste Abhilfe ist. Ich bin gegangen. Ich habe gut daran getan, denn ich glaube, ich wäre in der Lage gewesen, ihn mit den Zähnen zu entmannen …

20

Diese Woche ist wie im Flug vergangen. Edgar hatte zwei Tage lang Hausverbot. Zwei Tage, an denen er sein Gedächtnis auffrischen und mir in der »Angelegenheit mit der Unterhose im Bett« eine triftigere Erklärung abgeben sollte als seine exhibitionistische Putzfrau. Er hat schließlich ausgespuckt. Blieb nur noch zu überprüfen, ob es keine Lüge war.

»Ruf Fred an, du wirst sehen. Da du seine Frau kennst, hat er mich schwören lassen, dir nichts zu erzählen.«

»Ich werd's noch besser machen, ich werde seine Geliebte anrufen.«

Von dem Prinzip ausgehend, dass man sich besser an Gott als an seine Heiligen wenden sollte, habe ich Fred angerufen und ihm unter Androhung skandalöser Enthüllungen gegenüber seiner Frau befohlen, mir sofort Name und Telefonnummer seiner Geliebten herauszugeben. Er hat am Anfang einige nicht sehr originelle »Ich weiß nicht, wovon du sprichst« gefaselt. Indem ich ihm nahe legte, etwas schärfer nachzudenken, habe ich Edgar in die Waagschale gelegt und erklärt, dass einer von beiden lügen müsse. Fred oder Edgar? Edgar oder Fred? Er hat schließlich sein Gedächtnis wiedererlangt und einen Namen ausgespuckt.

»Guten Tag. Sind Sie Georgia?«

»Ja, das bin ich.«

»Guten Tag, Mademoiselle. Wir führen eine Umfrage bei unserer weiblichen Kundschaft durch und hätten gerne gewusst, welche Rock- und Hosengröße Sie haben.«

»42.«

»Und in der Unterwäsche?«

»Auch 42. Aber warum wollen Sie das wissen?«

»Für eine Umfrage. Eine letzte kleine Frage: Kennen Sie Fred?«

»Moment mal, wer ist denn da eigentlich am Apparat? Ist das ein Scherz oder was?«

»Einen Rat: Wenn Ihnen Ihr Leben lieb ist, ziehen Sie

um, und vor allem, halten Sie sich von nun an von Fred fern. Habe ich mich klar genug ausgedrückt?«

Edgar, der mir gegenübersaß, war erstarrt und hat eine ganze Weile keinen Mucks von sich gegeben, aber er durfte wieder in unser trautes Heim zurückkehren. Ich bin vielleicht gehörnt, aber ich habe beschlossen, ihm das Vorrecht des Zweifels zu lassen. Im Moment auf jeden Fall.

Nun sind es nur noch zwei Tage bis zu seiner Abreise. Die Wohnung steht auf dem Kopf. Kleidung, die überall herumliegt und die er einsammeln und zu sich bringen muss, um seine Koffer zu packen. Ansonsten habe ich gestern Morgen meinen Arbeitsvertrag bekommen. Ich werde sehr bald schöne Visitenkarten haben nur für mich und einen ganzen Haufen neuer Kameraden meines Alters. Edgar freut sich riesig für mich. Wenn man ihn so hört, könnte man meinen, er sei schon immer davon überzeugt gewesen, dass ich einen Posten finden würde, sobald ich suchen würde. Aber ja! Auf jeden Fall ist es nicht dank seiner Kontakte, die immer noch nicht meine Lebensläufe zu Gesicht bekommen haben, die ich ihm anvertraut hatte. Ich habe den Inhalt meines Vertrags schnell überflogen, jede Seite paraphiert, unterschrieben, mit »Freitag, den 6. Februar 2004« datiert und das Ganze abgeschickt. Ich habe meine Mutter angerufen, um ihr die gute Neuigkeit, mein Gehalt und das Datum, an dem ich meinen Dienst antreten würde, mitzuteilen. Ich fand ihr »Willst du eine Auszeichnung? Es war ja mal an der Zeit« eine Spur unangenehm, aber ich bin nicht darauf eingegangen. Ich mache Fortschritte … Edgar ist zurzeit übersensibel. Umso besser, ich auch. Mir sitzt immer noch sein »Ich fliege mit Aglaé auf die Philippinen« quer in der Kehle. Er nimmt den Flieger in zwei Tagen, und da ein Unglück selten allein kommt, ist er am gestrigen Samstag die ganze Nacht nicht nach Hause gekommen. Er hat im Büro schlafen müssen. Eine nervige Angelegenheit in letzter Minute, die er unbedingt mit seinem Team regeln musste, bevor er nach Asien abdüsen würde. Ich weiß, dass er nicht lügt, denn ich habe ihm seine Hausschlüssel stibitzt, um sie nachmachen zu lassen. Er kann also nicht dorthin gegangen sein. Er hat mich gegen 23 Uhr angerufen, als das Ratatouille schon lange im Topf verbrutzelt und ich vor irgendeinem Mist im Fernsehen eingedöst war.

»Ich bin's. Hast du geschlafen?«

»Nein. Wo bist du?«

»Ich stecke im Büro fest. Wir haben ein Riesenproblem mit einer unserer Maschinen und bekommen es nicht auf die Reihe.«

»Wie viel Uhr ist es?«

»Ich komme nicht sofort nach Hause. Wir werden Stunden brauchen, um die Panne zu finden und zu reparieren. Ich rufe dich an, falls es schneller vorangehen sollte als geplant. Okay?«

»Bist du ganz allein, oder ist sie da?«

»Fang nicht wieder damit an, Garance, ich fliege am Montag, ich habe wirklich andere Sorgen, als mich mit dir heute Abend um des Kaisers Bart zu streiten. Und um auf deine Frage zu antworten: Nein, sie ist nicht da.«

»Beweise es.«

»Du ermüdest mich. Ich ruf dich wieder an.«

Ich muss mindestens acht Stangen Zigaretten auf der Bettkante sitzend geraucht haben. Morgens um 4 Uhr 10 war er immer noch nicht wieder da, und er hatte mich nicht wieder angerufen. Ich zog eine neue kleine Bilanz der beiden letzten Wochen. Nicht gerade rosig. Ich habe nur herumgeschrien und mich aufgeregt. Ich habe nicht aufgehört zu sticheln, um rauszufinden, warum er sich nicht mehr wirklich für mich interessierte, warum er immer öfter abwesend war, warum er mich in dieser schlechten Phase nicht unterstützte, warum er seltener mit mir schlief, warum er mir den Eindruck vermittelte, sich von mir zu lösen, warum Aglaé an der Expedition teilnahm. In Wirklichkeit war ich mir der Tatsache vollauf bewusst, dass ich mein Unwohlsein und meine Zweifel auf ihn übertrug, indem ich ihn wegen seiner Unfähigkeit (oder sogar Inkompetenz), mich wieder zum Lächeln zu bringen und mein Selbstvertrauen wiederzugewinnen, für meine Stimmungsschwankungen verantwortlich machte. Ich packte es falsch an, aber ich konnte nichts dagegen tun. Seine Gleichgültigkeit, die mir greifbar erschien, stachelte in mir ein sadomasochistisches Vergnügen an, das darin bestand, mir ebenso wehzutun wie ihm. Und falls er sich hat anderweitig umsehen müssen – ich hätte es ihm nicht mal vorwerfen können.

»Warum sie?«

»Ich habe es dir schon hundertmal gesagt: Weil sie in den PR arbeitet.«

»Das ist kein Grund. Was macht sie denn mit ihrer Firma während der zwei Monate? Glaubst du wirklich, sie kennt die lokale Presse, nur weil Madame in Paris PR macht? Du träumst doch, mein Lieber!«

»Wir kennen uns seit zwanzig Jahren, glaubst du, wenn wir unser Leben hätten gemeinsam verbringen wollen, hätten wir so lange gewartet? Ich versichere dir, das Team braucht sie wirklich vor Ort, es ist wichtig, dass sie da ist.«

»Und ihr werdet euch im selben Hotel oder im selben Bett befinden? Warum hast du nicht gleich gesagt, dass sie mitkommt?«

»Ich habe nicht daran gedacht, das ist alles. Ich bitte dich, Garance, erfind doch keine Probleme, wo keine sind, das ist lächerlich.«

»Das Schlimmste ist, dass ich sicher bin, dass du es mir verheimlicht hättest, wenn ich nicht gefragt hätte.«

»Garance?«

»Was?«

»Scheiße.«

Streits mit Edgar enden immer auf dieselbe Weise. »Scheiße.« Das ist das Wort, das er verwendet, wenn ihm die

Ideen, Erklärungen oder Lügen ausgehen und er nicht polemisieren will. Dann geht er für ein paar Minuten oder ein paar Stunden raus, das hängt von seiner Erregungsschwelle ab. Ich weiß nie, wohin er geht, und ich frage ihn nichts, wenn er nach Hause kommt. Ich bin trotz allem ziemlich sicher, dass zwischen ihm und Aglaé nichts laufen wird und sie nicht kopulieren werden wie die Karnickel, nur unter dem Vorwand, dass sie zehntausend Kilometer von mir entfernt sind. Ich habe aber Angst vor ihr, ihrer Überzeugungskraft und ihrer Hartnäckigkeit. Ich habe Angst, dass sie unseren räumlichen Abstand ausnutzt, um ihn auszusaugen. Angst, dass die Falle zuschnappt und die Zerstörungsarbeit, die sie bezüglich meiner Person durchführt, endlich ihre Früchte trägt. Ich habe ganz einfach Angst. Zwei Monate sind so lang. Alles kann umschlagen innerhalb von zwei Monaten. Aglaé brüstet sich ständig damit, dass sie immer das bekommt, was sie will, wenn sie nur wirklich will. Geduld ist eine ihrer Tugenden. Nicht meine. Ich versuche, meine Stimmung zu heben und das Leben in einem rosigen Licht zu sehen, indem ich nicht vergesse, dass *sie* frigide ist und nicht ich. Tatsache ist, dass ich es Edgar übel nehme, weder den Takt noch den Mut besessen zu haben, mich nach meiner Meinung zu fragen, bevor er seine Entscheidung gefällt hat. Ich nehme es ihm übel, dass er mich vor vollendete Tatsachen gestellt hat. Ich nehme es ihm übel, dass er feige ist, dass er mir nicht vorgeschlagen hat, ihn zu

begleiten. Wenn ich recht darüber nachdenke, nehme ich es ihm übel, es mir gesagt und dabei gedacht zu haben, sein Vergehen sei vergeben, weil gestanden. Ich nehme es ihm übel, nicht gelogen zu haben. Für meinen Seelenfrieden hätte ich es letztendlich vorgezogen, wenn er mit seiner Lüge aus Unterlassung fortgeflogen wäre und das Risiko eingegangen wäre, dass ich es eines Tages herausfinde … oder auch nicht.
Edgar hat nicht hier geschlafen. Er ist erst gegen 7 Uhr morgens nach Hause gekommen, benommen vor Müdigkeit und mit lilaumrandeten Augen. Er hatte gerade soeben die Zeit, sich zu waschen, umzuziehen und wieder zur Arbeit zu fahren. Meine Mutter sagt mir immer, dass ein Mann, dessen »bestes Stück nach Seife riecht«, wenn er von der Arbeit kommt, ein untreuer Mann ist. Ich konnte es nicht überprüfen, denn Edgar ist unter die Dusche gesprungen, bevor ich an seinem Schritt schnüffeln konnte.

21

Der über alles gefürchtete Tag ist schließlich eingetreten. Edgar ist weg. Ich habe ihn nicht zum Flughafen begleitet. Zum einen, weil er mich nicht darum gebeten hatte, zum anderen, weil es überhaupt nicht in Frage kam, dass die andere einen Fuß in mein Auto setzt, und letztendlich, weil wir nicht unter demselben Dach geschlafen haben. Ich bin nun alleine für zwei Monate. Zwei Monate, während der mein Gefühlsleben auf dem Spiel steht, denn – das ist die große Neuigkeit des Tages – wir machen einen Break. Richtigstellung: Edgar macht einen Break. Ich weiß sehr gut, was man darunter verstehen soll: nämlich, dass er mich definitiv verlässt, aber nicht den Mut hat, mir seine Trennung ins Gesicht zu schleudern. Ich bin aufgeregt, wütend und todunglücklich.

Am Tag vor seiner Abreise hatte ich beschlossen, mich zusammenzunehmen, mich nicht unterkriegen zu lassen und diesen Abend mit ihm in Freuden und guter Laune zu verbringen.

Ich war bereit, Aglaé vorübergehend zu vergessen und mich um ihn zu kümmern, ihn zu hätscheln, witzig, cool, entspannt zu sein. Ich wollte sein Ansehen wiedergewinnen und dass er den Kopf voller süßer Träume hat, wenn er in Cebu an mich denkt. Ich hatte alles vorbereitet. Am selben Nachmittag hatte ich ein mit Luc befreundetes, mir unbekanntes Paar angerufen, Nadia und Eusebio, das eine Autoverleihfirma hat und mir für eine Limousine mit Chauffeur einen Freundschaftspreis machen konnte. Ich hatte auch mein Sparschwein geschlachtet, um ein Zimmer im Luxushotel *Crillon* zu reservieren. Ich hatte Edgar angerufen, um ihm anzukündigen, dass ich ihn nach der Arbeit vom Büro abholen kommen würde und er sein Auto im Firmenparkhaus stehen lassen solle. Das passte ihm natürlich, da er es ja während seiner Abwesenheit nicht benutzen würde. Heute Abend sollte er sich treiben lassen. Ich kümmerte mich um alles. Er schien überrascht, erwartete er doch eher eine Gardinenpredigt als eine Überraschung. Um 20 Uhr 30 war ich unten vor seinem Büro und wartete in der Limousine auf ihn, ein Champagnerglas in der Hand. Ich hatte lediglich einen Pelzmantel an, den Nerz meiner Mutter, und darunter einen roten Tanga mit schwarzer Spitze, den er mir im August geschenkt hatte, weil »das ein bisschen nuttig aussieht« und er das mag. Ich trug auch an einem schwarzen Strumpfhalter befestigte Netzstrümpfe und Stöckelschuhe aus Leder in derselben Farbe. Die Scheiben waren selbstverständlich getönt. Ich sah Edgar aus dem Gebäude kommen, aber er sah mich nicht. Es war erregend, zu sehen, ohne gesehen zu werden. Ich habe die Scheibe heruntergefahren und ihn gerufen. Ich gab dem Chauffeur ein Zeichen, der daraufhin ausstieg und die Tür öffnete, damit Edgar zu mir ins Warme einsteigen konnte. Er hat sich neben mich gesetzt, so steif, als hätte er eine Hämorrhoide in der Größe einer Klementine am Hintern …

»Was soll denn dieser Gag? Was ist denn das für ein Auto? Und was hast du überhaupt an?«

»Das ist meine Überraschung. Wir essen und schlafen

heute im *Crillon.* Auf deine Gesundheit, mein Liebster! Stößt du nicht mit mir an?«

Ich wollte, dass diese Nacht unvergesslich würde. Er auch. Nicht aus denselben Gründen. Man hätte meinen können, einen Schnellkochtopf unter Druck vor sich zu haben. Er hat mich sehr schnell mit Vorwürfen bombardiert, von wegen »ich wäre mir darüber nicht im Klaren, was ich mir denn dabei gedacht hätte, was mir wohl durch den Kopf gegangen wäre, dass ich nicht in der Realität lebte, dass die Dinge sich nicht mit Zaubereien in Ordnung bringen ließen, nein, was ich denn bloß geglaubt hätte!« Ich erinnere mich, dass ich Ihnen sagte, Edgar regte sich nie auf. Ich habe mich geirrt. Gestern Abend hat er sich zum ersten Mal in sieben Monaten aufgeregt. Und er ist gegangen. Aber diesmal wirklich. Edgar hat mich schlicht und einfach sitzen lassen, indem er von seiner Asienexpedition profitierte, die gekommen war wie gerufen, um sich – wie er sagte – über unsere Beziehung und seine Gefühle klar zu werden. Aglaé wird ihm dabei helfen, da bin ich mir sicher. Dafür ist sie schließlich da, sie ist seine Freundin. Ich zähle auf ihre Unparteilichkeit und darauf, dass sie sich für meine Belange einsetzt. Der Süße weiß nicht mehr, woran er ist, und die Schnitzer, die ich mir bezüglich seiner dicken Busenfreundin geleistet hatte, haben ihn stark erschüttert. Ganz zu schweigen von der Geschichte mit Fred. Das hat er mir gesagt. Unsere Zukunft würde dadurch in Frage gestellt, denn er glaube nicht, dass er sein Leben mit einer Frau verbringen kann, die so eifersüchtig und besitzergreifend ist wie ich und die ihm darüber hinaus nicht vertraut. Er findet auch, dass ich mich in den letzten Wochen sehr verändert und meinen Pep und meine Lebensfreude verloren hätte. Er mochte mich »vorher« lieber und – ohne mich verletzen zu wollen – langweilt sich immer mehr in meiner Gesellschaft. Aus diesen Gründen geht er so oft und ohne mich aus. Ich liefere Ihnen diese Informationen ungeordnet, aber Sie müssen verstehen, dass ich unter Schock stehe. Er weiß, dass ich ihn liebe, aber ich übe einen zu starken Druck auf ihn aus, was unsere Zukunft betrifft. Er hat mich gern, denn »ich sei nett«, aber heiraten, Kinder und all das – er sei nicht davon überzeugt, dafür geschaffen zu sein. Er hat den Eindruck, dass ich ein Auge auf ihn geworfen habe wegen der verfluchten biologischen Uhr. Und nun weigere ich mich, die Probleme zu sehen, und setze mir Scheuklappen auf, indem ich überall herumerzähle, dass zwischen uns alles in Ordnung sei und wir das glücklichste Paar von Frankreich und Navarra seien. Was noch? Ach ja …

»Du hast noch nicht einmal bemerkt, dass ich seltener mit dir schlafe.«

»Doch.«

»Und du hast dich nicht gefragt, warum ich ganz einfach weniger Lust darauf hatte?«

»Dass ich nicht lache! Glaubst du etwa wirklich, ich habe

Lust auf dich? Ist dir nicht in den Sinn gekommen, dass ich mich vielleicht zwinge?«

Das war schäbig von mir und falsch, aber Wut und Verdruss passen manchmal gut zusammen, und es ist mir so rausgerutscht. Ich hatte immer geglaubt, dass körperlich gesehen die Alchimie stimmte und Sex das Intensivste war, das wir miteinander teilten, selbst in den schlimmsten Momenten. Also, dass er sich zwingt, das war undenkbar. Es war Aglaé, die ihm eingeredet hat, am Tag vor seiner Abreise auf die Philippinen reinen Tisch zu machen, sozusagen um ruhigen Gewissens gehen zu können und den Kopf frei zu haben, damit er den Aufenthalt auch wirklich genießen kann, ohne ein lästiges Problem am Hals. Keine weitere Erklärung nötig, das lästige Problem bin ich …

»Sie wird zwei volle Monate haben, um darüber hinwegzukommen. Du wirst dein Leben nicht länger mit ihr vergiften. Wenn du sie lieben würdest, würde ich es ja verstehen, aber so …«

»Glaubst du, ich soll mit ihr reden?«

»Heute Abend! Du kündigst ihr an, dass du einen Break machst, auch wenn du und ich sehr genau wissen, was das bedeutet.«

»Gut, in Ordnung.«

Ich weiß, dass ich den beiden die Fragen und Antworten ein wenig in den Mund lege, aber ich spüre, dass es dieser Zicke gar nicht mehr bedurfte, um ihn zu überzeugen. Im

Grunde hat sie ja Recht, es ist viel netter, auf diese Weise Schluss zu machen: bei einem Streit am Vorabend seiner Abreise, mit einer Trennung in Aussicht.

Was das Reden betrifft: Wir haben geredet. Edgar vor allem. Wir sind in der Limousine geblieben. Vor seinem Büro. Ich dachte an den Chauffeur, der sich beim Zuhören köstlich amüsiert haben musste und morgen früh seinen Kumpels einiges zu erzählen haben würde. Edgar versicherte mir, er habe mehrere Male versucht, die Alarmglocke zu läuten, aber ich sei zugenagelt und habe nichts gesehen. Ich habe ihm zugehört, eingehüllt in meine Würde und meinen Nerz, und dabei regelmäßig die Augen zum Himmel verdreht, als wollte ich sagen: »Rede du ruhig, das geht mir am Arsch vorbei.« Und als ich dann anfing zu reden, hätte ich besser vorher meine Zunge siebenmal im Mund herumdrehen sollen.
»Ach, geh doch ruhig, das bringt mich auf andere Gedanken! Ich kann dich beruhigen, wenn du es nicht gewesen wärst, der beschlossen hätte, zu gehen, dann hätte ich es an deiner Stelle getan. So sind ja jetzt alle zufrieden.«
Um 4 Uhr 42 hat der Chauffeur ihn zu Hause abgesetzt. Von dort ist er wieder los mit einem Koffer in jeder Hand, in Richtung Aglaés Wohnung, bei der er übernachtet hat. Was mich betrifft, so bin ich zum *Crillon* gefahren. Der Rezeptionist hat mich angestarrt, als sei ich ein Marsmensch, aber er ist sehr höflich geblieben. In Anbetracht

des Zimmerpreises und meiner Laune war das auch besser so. Ich habe damit angefangen, sämtliche alkoholischen Getränke aus der Minibar leer zu trinken, dann habe ich Wodka bestellt. Anschließend habe ich ein sehr heißes Bad im Dunkeln genommen. Ich habe ein paar angezündete Kerzen um die Badewanne herum verteilt und mir den Wodka direkt aus der Flasche reingezogen. Ich bin immer noch im Bad aufgewacht, aber in eisigem Wasser und mit dröhnenden Kopfschmerzen. Es war 9 Uhr 15. Edgar saß wahrscheinlich schon im Flugzeug.

Frauen ändern oft ihre Meinung, und es gibt keinen Grund, warum ich eine Ausnahme sein sollte. Je öfter ich daran denke, umso mehr sage ich mir, ich hätte ihn anflehen, mich an seinem Bein festklammern und ihn zurückhalten sollen. Ich hätte ihm ins Gesicht schreien sollen, dass ich ihn liebe und ohne ihn nicht leben kann und dass das alles nichts mit meiner Uhr zu tun hat. Ich hätte ihm mein *mea culpa* aufsagen und ihn dazu zwingen sollen, seine Entscheidung noch einmal zu überdenken, indem ich ihm angedroht hätte, mich aus dem Fenster zu stürzen, falls er ginge. Ich dachte, er würde mich genug lieben, um bei mir zu bleiben und auf bessere Tage zu hoffen. Aber nein. Er ist tatsächlich gegangen. In meinem tiefsten Innern dachte ich nicht, dass mir das passieren würde. Es ist passiert, Punkt. Und wenn, und wenn, und wenn … »Hätte, wenn und aber«, ich weiß, aber nichts kann mich davon abhalten, unsere Trennung dazu zu nutzen, um wieder auf die Beine zu kommen. Er hat von einem Break gesprochen, nicht von Schlussmachen. Vielleicht denkt er wirklich an einen Break. Er braucht Zeit zum Nachdenken? Ich brauche Zeit, um ihn erneut zu verführen. Die Frau, die ihm den Kopf verdreht hat, die er fröhlich, optimistisch, unabhängig, ehrgeizig und sinnlich fand, ist nicht tot, sie hat sich nur selbst vergessen. Ich habe zwei Monate, um mein Ziel zu erreichen und ihm zu zeigen, aus welchem Holz ich geschnitzt bin. Ich hoffe nur, dass bis dahin viel Wasser den Bach hinuntergeflossen ist und meine Tränen gleich mit …

22

Die Zeit verhält sich ausnahmsweise einmal zu meinen Gunsten, und ich habe mehr als genug davon, um einen Wiedereroberungsplan auszuarbeiten. Wenn ich Edgar will, dann muss ich mich anstrengen. Ich habe zu viel Hoffnung in ihn gesetzt, mein zukünftiges Leben zu sehr auf diese Beziehung – unsere Beziehung – gestützt, um ihn tatenlos gehen zu lassen. Meine Zukunft, meine Kinder, mein Haus mit dem großen Garten, der von hübschen weißen Zäunen begrenzt wird, mein großer Hund, der den Ball apportieren wird, den ich ihm zuwerfe, während ich meine Blumen pflücke, die ich mit

meinen kleinen Händen mit dem grünen Daumen gepflanzt haben werde, mein dickes Auto, das vor der Freitreppe parkt … Das alles hat er in der Hand, und es ist undenkbar, dass ich dabei zusehe, wie das, was ich in sieben Monaten mit ihm aufgebaut habe, sich in Rauch auflöst. Ich weiß, dass ich dafür auf die Unterstützung und klugen Ratschläge der Mädels zählen kann. Ich nehme es mir ja so übel, ihr unendliches Verständnis und ihrer Fähigkeit, mich nicht zu verurteilen, nicht mehr geschätzt zu haben. Ich habe sie belogen, was meine Aktivitäten betrifft. Ich habe sie hintergangen. Ich fühle mich erbärmlich, aber ich kann nicht mehr weinen, als ich es sowieso schon tue, ohne das Risiko einzugehen, die Nachbarn zu überschwemmen.
Es ist 20 Uhr, und sie sind gerade gekommen, die Arme vollgepackt mit Essen und bereit, über meine Zukunft und die Strategie zu diskutieren, die es auszuarbeiten gilt, wenn ich picheln will, ohne am nächsten Tag mit einem Kater aufzuwachen. Heute Abend habe ich also den Krisenstab einberufen. Wir haben den 11., und vor zwei Tagen hat sich mein Leben von Grund auf verändert. Während sie das Essen vorbereiten, erkläre ich ihnen lang, breit und quer die Situation. Ich öffne die Schleusen und lasse zu, dass sich ein zu lange zurückgehaltener Redefluss in einem Schwall ergießt. Ich erzähle ihnen vom Wochenende im Lot, meinen Eingebungen, Aglaé und ihrem ständigen Spott, der Nacht, in der Edgar außer

Haus geschlafen hat, der Limousine, dem Hotelzimmer für achthundert Euro, in dem ich mich besoffen habe, um zu vergessen, Edgars Aufregung, seinem Anfall eines pickligen Jugendlichen, seinen Zweifeln, meinen Ängsten. Ich erzähle ihnen von meinen Lügen bezüglich meines Zeitplans der letzten Wochen, der Art und Weise, wie ich sie an der Nase herumgeführt habe, sie, meine Freundinnen, die ich liebe wie Schwestern. Ich erzähle ihnen von meiner Depression, meinem Eindruck, unfähig zu sein, normal zu lieben, meiner Angst vor dem Älterwerden, keine Kinder zu haben. Ich erzähle ihnen alles. Alles, bis zur Trennung und ihren Gründen. Julie reagierte als Erste.

»Zunächst einmal weißt du, dass wir dich lieben in guten wie in schlechten Zeiten. Mach dir also was das betrifft keine Sorgen. Die Lügen und all das ist uns wurscht. Dass es dir allerdings nicht gut ging, und wir dir nicht helfen konnten, das ist wichtig.«
»Ich hab euch ja so lieb, Mädels, wenn ihr wüsstet …«
Wir verbringen die folgenden Minuten damit, uns gegenseitig in den Armen zu liegen, zu Tränen gerührt, und uns wieder und wieder zu sagen, wie wunderbar unsere Freundschaft sei. Es war ein sehr bewegender Moment.
»Es tut mir leid, dass ich euch angelogen habe. Aber es ging mir so schlecht …«
Julie drückt mich ganz fest. Ich bekomme unkontrollierbaren Schluckauf.

»Das wissen wir, das wissen wir… Pscht, weine nicht, es wird schon gehen.«

»Und Edgar? Hast du versucht, ihn zurückzuhalten, mit ihm zu reden?«

»Nein. Ich hab ihm nur gesagt, er könne mich mal und dass ich auf andere Gedanken komme, wenn ich mir mal nicht sein blödes Gesicht reinziehen muss.«

Nach diesem Einstieg in die Materie lassen wir meine Beziehung zu ihm Revue passieren, um seine Person genau zu erfassen. Ich rede viel, ich weine viel, ich schütte mein Herz aus und saufe darüber hinaus wie ein Loch. Unter diesen Umständen sage ich nur Schlechtes über ihn, und meine Worte lassen meine Gedanken weit hinter sich. Ich kritisiere ihn und male ein neues Porträt von ihm, indem ich eine neue Schicht von Fehlern auf die auftrage, die gerade erst getrocknet ist.

»Sobald wir in der Öffentlichkeit sind, schneidet er mir das Wort ab, als sei ich debil und als würde er sich schämen … Er macht mir nie Mut … Er hört mir nicht zu … Sobald ich was Intelligentes sage, fragt er mich, in welcher Frauenzeitschrift ich das gelesen habe … Er ist eingebildet und egoistisch … Und ich wollte so sehr daran glauben, dass ich mir Scheuklappen aufgesetzt und so getan habe, als würde ich nichts sehen und diesen Kleinigkeiten keine Bedeutung beimessen. Selbst die Miete zahlt er nicht, obwohl er weiß, dass ich keinen Penny habe! Und dann habe ich auch noch meine letzten Euro für

dieses Arschloch ausgegeben!« Ich bin besoffen und habe es satt … »Wisst ihr, wo er ihn sich hinstecken kann, seinen Break? Na, wisst ihr's? Mir so was anzutun!«
Da Wein zu Vertraulichkeiten animiert, lösen sich die Zungen, und die Mädels gestehen mir, dass sie Edgar von Anfang an nicht riechen konnten. Sie haben gesehen, wie ich mich mit ihm verändert habe, und sind nicht davon überzeugt, dass er der Mann ist, den ich brauche. Ehrlich gesagt, wusste ich das bereits, habe es aber mal wieder nicht wahrhaben wollen.
»Er ist groß, er sieht gut aus, er ist gepflegt, er hat alles, um zu gefallen, und wenn du den perfekten Mann suchst, dann ist er es. Äußerlich gesehen, meine ich. Aber wenn du genau hinschaust und dir keine rosarote Brille aufsetzt, dann kannst du uns nicht glauben machen wollen, dass er menschlich gesehen wirklich dem entspricht, was du willst.«
»Alizée hat Recht, Süße. Ich habe dich immer sagen hören, du wolltest jemanden Aufmerksamen, der dich nach oben zieht, auf den du dich verlassen kannst, der dich bewundert und den du bewunderst.«
»Ich bewundere ihn.«
»Du ja, und selbst da bin ich mir nicht so sicher. Aber er?«
»Das ist nicht seine Schuld, im Moment kann man nicht unbedingt sagen, dass ich bewundernswert bin.«
»Hör auf! Du wirst ihn doch nicht auch noch entschuldi-

gen wollen! Sorry, Süße, aber ein Mann, der wirklich verliebt ist, hätte dich niemals so untergehen lassen, wie er es getan hat. Hat er dir geholfen? Hat er dich unterstützt? Hat er dich beraten? Selbst bei der Miete ist er verdammt noch mal nicht fähig, dir unter die Arme zu greifen! Ein normaler Typ hätte dafür gesorgt, dich aufzurütteln, er hätte Worte gefunden, die dir neue Kraft gegeben hätten, damit du wieder auf die Beine kommst, und du stündest heute nicht so da. Er hat außer seinem Job und bei Abendessen den Angeber zu spielen, indem er von seinen bescheuerten Vulkanen erzählt, entschuldige, nichts dafür getan, damit du mehr Selbstvertrauen hast und dich wohl fühlst. Findet ihr nicht, Mädels?«

Doch. Die Mädels finden, dass Marine es auf den Punkt gebracht hat. Ich habe die Kritikmaschine in Gang gesetzt. Es ist unnötig, sie bremsen zu wollen, und ich habe auch keine Lust dazu. Es amüsiert mich zu hören, wie Edgar niedergemacht wird, vor allem da ich hackedicht bin.

»Ich hab dir immer gesagt, dass er komisch ist. Schau dir doch mal an, zu was er an seinem Hochzeitstag fähig war!«

Laetitia hat Recht. Ich habe mehrere Male an diese Geschichte denken müssen. Heute Abend kann ich nicht sagen, dass sie im Unrecht sind. Ich weiß, dass sie es sich niemals erlaubt hätten, über ihn zu urteilen, wenn ich nicht selbst Horrorgeschichten über ihn verzapft hätte.

Wenn sie gedacht hätten, ich könne mit ihm glücklich sein und mich entfalten, dann hätten sie das ohne Zugeständnisse akzeptiert. Aus Liebe zu mir hätten sie sich die Mühe gegeben, ihn zu entdecken, ihn zu verstehen und ihn sogar zu mögen. Von 20 Uhr bis 3 Uhr morgens wird Edgar zwischen Gelächter und »Prost, stoßen wir auf die Gesundheit des besagten Idioten an« ein neues Aussehen verpasst. Dann fange ich an zu heulen wie ein Schlosshund und wiederhole immer wieder wie eine kaputte Schallplatte: »Aber ich liebe ihn doch, ich liebe ihn doch …« Ich weiß im Grunde nicht sehr genau, was ich will. Gelächter, Tränen, Gelächter, Tränen. Julie erklärt mir, dass so das Leben sei. Ich weiß.

»Ich will, dass er zurückkommt, Mädels. Ich komme nicht dagegen an. Ich bin fünfunddreißig, ich habe weder den Mut noch die Kraft, noch mal von vorn anzufangen. Ich weiß, dass er nicht perfekt ist, aber ich kenne ihn und weiß mit seinen Fehlern umzugehen.«

»Liebst du *ihn* oder den Gedanken, eine Beziehung und jemanden parat zu haben, der dir Kinder macht?«

»Ich liebe ihn und auch den Gedanken, eine Beziehung und jemanden zur Hand zu haben für Kinder.«

»Na, dann müssen wir eine Lösung finden, wie du ihn wiederbekommst.«

Es ist fast 6 Uhr 30. Wir haben ein Programm aufgestellt, das Edgar zur Vernunft und bei der Gelegenheit auch zu mir zurück bringen soll. Ich muss lediglich ein paar Kilo loswerden, anfangen, Sport zu treiben, meinen neuen Job beginnen, damit ich aktiv bin und weiß, warum ich morgens aufstehe, meinem Leben einen neuen Sinn geben, Leute treffen, ausgehen, anstatt mich bei mir zu vergraben, Party machen, leben, mich amüsieren, dafür sorgen, dass man über mich redet, flirten, Sex haben, wenn mir der Sinn danach steht … Kurz gesagt, ich muss bei Edgars Rückkehr vollkommen unwiderstehlich und extrem anziehend, unschlagbar begehrenswert, schön, fröhlich und umschwärmt sein.

Das ist ein guter Plan, glaube ich. Einfach, aber effizient. Julie, Alizée, Marine und Laetitia sind gerade gegangen. Ich bleibe allein zurück, aber ich habe keine Angst. Ich bin sogar optimistisch. Wahrscheinlich, weil ich sternhagelvoll bin. Ich spüre, dass ich schlafen werde wie ein Baby und das Schiff nehmen werde, um meiner Lieblingshexe zwei Worte zu sagen …

23

Ich habe nicht einen Augenblick Ruhe. Heute Abend habe ich ein Essen mit meiner Mutter am Hals, die sich ganz ent-setz-lich-e Sorgen um mich macht. Ich habe sie seit über vierzehn Tagen nicht mehr angerufen, außer um ihr von meinem Job zu erzählen; und sie weiß noch nichts von Edgar und mir. Ich hatte keine Lust darauf, dass sie mit ihren »Ich hatte dich doch gewarnt« und »Habe ich es dir nicht gesagt?« an meinen Nerven zerrt. Sie ist hartnäckig, und wenn ich wegen heute nicht nachgegeben hätte, hätte sie weiterhin jeden Tag angerufen. Der Gedanke an sich ist mir unerträglicher als das Essen selbst, aber ich lasse mich nicht unterkriegen und habe beschlossen, hinzugehen, auch wenn ich mir des Umstands bewusst bin, dass sie mir mit den Kerzen, die sie in der Kirche angezündet hat, damit meine Geschichte mit Edgar ein Leben lang hält, nur Unglück gebracht hat. Sie ist sogar so weit gegangen, Anfang Januar für mich einen Termin bei einer Wahrsagerin zu machen. Ich gehe morgen hin, am 13. Ich glaube nicht besonders an solche Dinge, aber da sie es ist, die dafür blecht, und mein Termin einen Tag vor dem Valentinstag ist, sage ich mir, dass das vielleicht ein gutes Omen ist.

Wenn ich recht darüber nachdenke, bereue ich es nicht, dass ich die Anstrengung unternommen habe, mit meiner Mutter zu essen. Sie ist spitze und findet immer die richtigen Worte, um mir Mut zu machen, wenn ich im Abgrund sitze.

»Bist du seit dem letzten Mal ein bisschen kräftiger geworden?«

»Nein, im Gegenteil, ich bin auf Diät.«

»Genau das meine ich ja, du hast zugenommen.«

»Hast du etwa beschlossen, liebenswürdig zu sein?«

»Man kann dir aber auch gar nichts sagen, alles verstehst du falsch.«
»Ich verstehe nicht alles falsch, du greifst mich an, indem du sagst, ich sei dick.«
»Ich werde doch wohl noch das Recht haben, MEINER Tochter zu sagen, dass ich finde, dass sie in ihrer Hose eingezwängt aussieht, ohne dass das gleich ein Drama wird, oder?«
»Okay, okay, ich bin eingezwängt, ich bin dick, ich bin hässlich. So. Bist du nun zufrieden?«
»Gut, und von deinem Gewicht mal abgesehen, wie geht es dir sonst so?«
»Sehr gut, danke. Edgar hat mich verlassen, ich bin allein, ich werde wahrscheinlich nie Kinder haben, denn ich bin alt, und meine Mutter findet, dass ich eingezwängt aussehe. In einem Wort, es geht mir prächtig.«
»Ich hatte dich doch gewarnt! Was hast du ihm denn schon wieder angetan? Er war so nett!«
Ich habe es ihr erzählt, wie ich es vor zwei Tagen den Mädels erzählt hatte. Ich sah, dass meine Mutter noch verzweifelter war als ich. Sie denkt ernsthaft, dass alles meine Schuld ist und dass ich heute nicht so dastünde, wenn ich gewusst hätte, wie man es anstellt, um einen Mann im Haus zu behalten.
»Dafür bist nur du selbst verantwortlich, mein Herz. Du willst alles haben und auf nichts verzichten. Wenn du weißt, wie du mit einem Mann umgehen musst, geht er sich nicht

anderweitig umschauen, das kann ich dir garantieren! Du kannst meiner langjährigen Erfahrung glauben!«

Ich bin alt. Ich bin allein. Ich bin müde, und ich bin naiv. Und ich hatte gedacht, sie würde zumindest Mitleid simulieren!

»Du willst ja nie auf mich hören! An dem Tag, an dem du selbst Kinder haben wirst, wirst du verstehen, dass eine Mutter sich für ihren Nachwuchs nichts Schlechtes wünschen kann. Du bist meine Tochter, du bist allein. Du hast keinen Mann, kein Kind, keine Arbeit. Du hast nichts aufgebaut in fünfunddreißig Jahren. Glaubst du, dass mich das freut? Entschuldige mich, ich bin gleich wieder da …«

»Wohin gehst du?«

»Auf die Toilette, bleib hier und warte auf mich.«

Nicht bewegen, Garance! Setzen! Ich lächelte die Leute am Nachbartisch, die mich musterten, als hätte ich einen plötzlichen Ausbruch von Nesselsucht, blöde an. Nach zehn Minuten war meine Mutter wieder da.

»Jetzt geht's besser! Wo war ich stehen geblieben? Ach ja. Ich frage mich wirklich, was wir mit dir machen sollen, mein Herz. Kannst du dich bei Edgar nicht ein bisschen anstrengen?«

»Mama, deine Nase …«

»Was ist mit meiner Nase?«

»Du hast da was Weißes im linken Nasenloch. Wisch dich ab, ich schäme mich für dich.«

»Rede lauter, du flüsterst ja, wie soll ich dich denn da verstehen!«

»Du hast da was Weißes im linken Nasenloch.«

»Und jetzt, ist es weg? Das war nur ein bisschen Kokain. Da hattest du nun mal das Glück und bist an eine seltene Perle geraten, und jetzt musstest du ihn gehen lassen. Wie sagst du doch immer? Ach ja … Er hat dir keinen Mut gemacht und schien sich nie angesprochen zu fühlen, wenn du ihm von ich-weiß-nicht-was erzählt hast.«

»Jetzt ist es aber gut. Du vereinfachst alles und verstehst nichts! Und wisch dir die Nase ab, ich kann es nicht ertragen, dich so schnupfen zu sehen. Du hast es überall.«

»Dabei habe ich dir doch so oft wiederholt, mein Herz: ›Das Leben besteht aus Kompromissen!‹ Kom-pro-missen. Du bist zu schwierig und zu anspruchsvoll, da liegt meiner Meinung nach das Problem. Da hattest du nun endlich mal einen Mann gefunden, der diesen Namen auch verdient hat und der was hermacht, der Stil hat und mit dir leben wollte, und du warst verflixt noch mal nicht dazu in der Lage, ihn ein Jahr lang zu behalten, bis er dich heiratet. Was meinen Sie denn dazu?«

»Wir …?«

»Da Sie nun schon eine Stunde lang unser Gespräch mitanhören, können Sie ja auch gleich dran teilnehmen.«

Meine Mutter war high. Nicht ich. Das Paar, das sie soeben angeschnauzt hatte, war verblüfft. Sie sprach schnell, sie sprach laut. Beim Trinken verfehlte sie oft ihren Mund,

und der Wein kullerte ihr übers Kinn. Zunächst einmal wäre es unbedingt notwendig, dass ich mir mein äußeres Erscheinungsbild vornähme, da mein Look eines verspäteten Teenies nur Jungen zwischen acht und dreizehn gefalle. Und falls es mir durch den größten aller Zufälle gelingen sollte, auch die Älteren zu verführen, dann wäre es nur eine Frage von Tagen, bevor sie es leid wären und sich richtigen Frauen zuwandten.

»Der Beweis: Edgar ist gegangen. Es wird daher allerhöchste Zeit, dass sie erwachsen wird.«

Innerhalb von zwei Minuten bin ich zu »sie« geworden. Während sie sich auf das Paar am Nachbartisch berief, das überhaupt nicht mehr wusste, wohin mit sich, um dem Blick dieser Verrückten zu entkommen, sprach meine Mutter von mir nur noch in der dritten Person. Im Konjunktiv. »Sie« müsste lernen, offener zu sein, und aufhören, die wenigen Männer, welche die höchste Güte besitzen, einen Blick auf »sie« zu werfen, systematisch zu kritisieren. »Sie« sollte etwas weniger derb sein und die schlüpfrigen Scherze vermeiden, die nur »sie« zum Lachen brächten, und nicht mehr jeden ihrer Sätze mit »Schwanz, Sack, Arsch« untermalen, das sei bestimmt erheiternd mit zwölf, nicht aber mit vierzig.

Meine Mutter ist erneut aufgestanden und hat es geschafft, sich schwankend bis zu den Toiletten zu schleifen, um wieder zu Kräften zu kommen und meine damit definitiv zu vernichten. Das Paar, das mich ehrlich bedauernd ansah, profitierte von diesem Glücksfall, um sich aus dem Staub zu machen.

»Nimm deine Handtasche, Liebling, schnell, da kommt sie wieder. Viel Glück, Mademoiselle!«

»Danke.«

Ich erspare Ihnen ihre Rückkehr an unseren Tisch, wo sie sich mit dem Kellner derart aufreizend benahm, dass ich schon dachte, sie würde ihn gleich hinter der Bar vernaschen. Frisch gepudert wie sie war, nahm sie den Faden ihrer Geschichte wieder da auf, wo sie ihn unterbrochen hatte, ohne sich überhaupt bewusst zu werden, dass der Nebentisch leer war. »Sie« müsste reifer sein, weniger anspruchsvoll, weniger exzessiv. »Sie« sollte im Großen und Ganzen alles an »sich« ändern, und zwar insbesondere ihre Einstellung, die ihr das ganzes Leben lang nur Schwierigkeiten und die falschen Typen einbringen würde. Denn Edgar war – selbstverständlich – die Ausnahme in »ihrer« traurigen Gefühlslaufbahn.

»Mama, stopp! Du hörst jetzt auf, von mir zu reden, als sei ich nicht da, du lässt mich in Frieden, und wir fahren nach Hause. Du bist lächerlich und überhaupt nicht witzig.«

»Oh nein, nein, nein, niemand geht nirgendwo hin! Jetzt habe ich deinetwegen den Faden verloren, wo war ich stehen geblieben?«

Wir waren bei der Tatsache stehen geblieben, dass es bereits zwanzig Minuten nach Mitternacht war und dass ich

aufhören sollte, mich nur auf reiche, gutaussehende, intelligente, treue, witzige und verliebte Männer zu fixieren, da es den Traummann nicht gebe, blablabla, blablabla.
»Ich werde dir eines sagen, meine Tochter: Wenn dein Mann reich und großzügig ist, dann ist seine Untreue, falls vorhanden, nur mehr als gut zu ertragen, da sie oft mit großen Geschenken wieder ausgeglichen wird.«
Das riecht doch verdammt nach persönlicher Erfahrung mit dem Schweizer Banker …

Kurz bevor ich aufstand, erinnerte ich sie daran, dass bereits acht von zehn Frauen in unserer Familie geschieden waren.
»Darunter du, meine liebste Mama.«
Sie erinnerte mich daran, dass sie zumindest mal verheiratet *war.*

24

Meine Stimmung ist im Keller, und all meine guten Vorsätze haben sich in Rauch aufgelöst. Ich bin aufgezehrt. Ich habe auf nichts Lust. Das Einzige, wozu ich die Kraft finde, ist, mich vor dem Fernseher berieseln zu lassen und zu essen. Essen, essen, essen. Das ist mein Hobby, meine augenblickliche Leidenschaft, meine Verbindung zum Leben. Ich habe aber trotz meiner üblen Laune nicht die Verabredung mit meinem Schicksal absagen wollen und habe heute die Wahrsagerin getroffen. Wenn mir einer Balsam für die Seele verabreichen konnte, dann sie. Ich brauchte nur ein paar Minuten, um schnell meine Hoffnungen zu begraben …

»Was machen Sie beruflich?«

»Arbeitslos, noch etwas weniger als zwei Monate. Ich trete am 2. April einen neuen Job an.«

»Ich sehe da einen Mann, der muss ziemlich rundlich sein, denn es piekst mich hier am Kinn … Ich habe den Eindruck, dass wir uns schon mal gesehen haben oder wir uns kennen auf jeden Fall von Namen her.«

»Sie und ich?«

»Nein, Sie und er. Man wird Ihnen was vorschlagen, aber Sie müssen schon alles klarmachen. Okay?«

»…«

»Genau wissen, was wollen Sie tun und zu welche Preis Sie wollen es tun. Okay?«

»Es ist eigentlich vor allem Edgar, der mich interessiert …«

»Sie müssen also wissen, dass es gibt zwei Angebote von Arbeit für mich.«

»Für Sie?«

»Nein, für Sie.«

»Ich HABE BEREITS eine Arbeit, wir werden uns also nicht länger daran aufhalten. Es ist das Herz, was mich interessiert, nicht der Rest.«

»Da Sie müssen viel reden, Clarence.«
»Garance.«
»Ich kann mich doch auf Sie verlassen? Sie müssen viel reden.«
»Mit Ihnen?«
»Nein, mit die Leute. Das ist wichtig, weil es wird sein Hörensagen. Tock-tock, Hörensagen …«
»Tock-tock …«
»Übrigens, es gibt da eine Mann für mich.«
»Für Sie?«
»Das ist eine Mann für Arbeit, aber gut, das ist nicht Ihr Ding.«
»Was? Die Arbeit? Der Typ?«
»Ja, aber, Schätzchen, ich Sie unterbreche: Sie sind jemand, der nicht kann frei sein auf Ebene von Kopf, wenn Sie nur sind auf Ebene von Geld.«
»Versteh ich nicht …«
»Wenn Clarence geht arbeiten, sie weiß, sie wird haben eine Scheck am Ende von Monat. Stimmt's? Also, was wird sie machen?«
»Ja, aber das fragt sie Sie doch!«
»Sie wird sich vollkommen befreien, Schätzchen.«
»Haben Sie den gleichen Zulieferer wie meine Mutter, oder was?«
»Aber Achtung, machen Sie sich Visitenkarten. Weil ich Sie sehe jetzt, und Sie gar nichts haben. Versprochen?«
»…«

»Ah ja, da ist was Witziges: Sie ihn nämlich werden wiedertreffen, er hat das aber extra gemacht, das ist kein Zufall.«

»Wer? Edgar?«

»Auf Partys er muss immer mit alle reden. Sie werden jetzt denken, er alles anbaggert, was sich bewegt, aber nein.«

»…«

»Er allerdings ist jemand, der ist super-zärtlich und der gut verdient. Also, ich, Clarence, ich seh, Sie nicht haben dreißigtausend Kinder.«

»Ach nein?«

»Ihr Mann ist auf jeden Fall einer aus dem Süden, er tut überall Gewürze in alles Essen! Und das riecht gut, das riecht gut!«

»Edgar kommt aus dem Lot …«

»Sie sind ein bisschen faul, Sie stimmen mir zu?«

»Nun ja, das kommt darauf …«

»Das ist jemand, der Sie wird nie betrügen, aber am Anfang er wird misstrauisch sein, das ist normal bei alles, was er hat erlebt und so.«

»Ach … Und Edgar in alldem?«

»Kleines, Kleines, das wird dick werden. Vergessen Sie das Stillen, das ist nix für Sie!«

»Das auch nicht?«

»Sie ihn nicht dürfen entkommen lassen, diese Mann, Schätzchen. Okay?«

»Ich weiß immer noch nicht, von wem Sie reden, aber gut …«
»Nun ja, also gut. Sie mich rufen ruhig an, falls Sie denken an Dinge.«
»Aber natürlich, so machen wir's.«
»Ihr Typ da, der ist nix für Sie. Sie müssen sein lassen.«
»Warum sagen Sie das?«
»Hm, Schätzchen, versprochen? Ihre Mama wird zahlen, wenn sie kommt das nächste Mal. Auf Wiedersehen.«
Ich fühle mich ausgepumpt, wie geistig überlastet. Ich habe nichts verstanden von dem, »was sie mir hat erzählt«, und mein Schicksal ist ebenso durcheinander und verwirrt wie mein Leben.
Wichtig: Daran denken, meine Mutter zu fragen, in welchem Irrenhaus sie ihre Hellseherin aufgegabelt hat.

25

Edgar hat mich seit seiner Abreise nicht angerufen. Ich weiß noch nicht einmal, ob er gut angekommen ist. Beim Aufstehen habe ich Radio und Fernseher angemacht. Seitdem er weg ist, mache ich immer beides zugleich an, das ist für mich wie eine beruhigende Anwesenheit, und heute brauche ich das. Heute Morgen hätte ich mich lieber zurückhalten sollen, denn meine Laune befindet sich nun unter dem Meeresspiegel. »Sagen Sie es ihr mit Blumen«, »Schenken Sie ihr ein Schokoherz«, »Lassen Sie ihre Liebe leben mit einem ewigen Diamanten«. Ich kann nicht mehr! Jedes Jahr ist es dasselbe. Ja, ich bin mit dem linken Fuß aufgestanden, und ich habe meine Gründe. Es ist Valentinstag! Ich könnte jenen Schwachkopf von Léon anrufen, damit auch ich Blumen, ein Schokoherz oder sogar, warum nicht, einen Diamanten bekomme. Ich bin gestern Abend, nachdem ich die Hellseherin getroffen hatte, mit Léon essen gegangen. Er ist hässlich, dumm wie Bohnenstroh, fühlt sich unwohl in seiner Haut, aber er besitzt den Vorzug, allein zu sein und mich sehr gern zu mögen. Meine Mutter hat (mal wieder) keine Sekunde verloren, um (mal wieder) meine Telefonnummer dem Sohn einer ihrer Freundinnen zuzustecken, der neu ist in Paris und noch niemanden kennt. Sie hatte es nicht für gut befunden, mich vorzuwarnen, und als besagter Léon anrief, um mich zum Essen einzuladen, habe ich zunächst gedacht, es sei Arthur, der mir einen Streich spielt.

»Hallo? Ga-ga-ga…«

»Aber klar doch, Gagaga.«

»Ga-garance? Hier ist der Lé-lé…«

»Lebensmittelhändler?«

»Hier ist der Lé-lé-léon.«

»Jetzt hör aber auf mit dem Quatsch, Arthur, das ist nicht witzig, ich bin total deprimiert.«

»Aber nein, ich bin der Sohn einer F-f-freu, einer F-freundin da-da... deiner Mutter.«
»Ja, okay. Du heißt Léon, und du bist der Sohn einer Freundin meiner Mutter. Gut. Und ich bin die Mutter der sieben Zwerge.«
»Ich sch-sch, ich schwöre dir, d-d-dass ich Léon ha-ha-heiße und d-dass deine Mu-mutter mi-mi...«
»Meine Mutter heißt Régine, nicht Mu-mutter Mimi. Es ist okay, Arthur, ich bin nicht in der Stimmung. Ich ruf dich wieder an. Ciao.«
Zur Beruhigung meines Gewissens habe ich Arthur zurückgerufen, um zu überprüfen, ob auch wirklich er es gewesen war, der mir soeben diesen billigen Streich gespielt hatte. Er hat mir bei unseren zwölf Jahren Freundschaft geschworen, dass er es nicht war. Ein wenig verwirrt habe ich mich daraufhin mit meiner Mutter in Verbindung gesetzt. Sie bestätigte mir, dass ein gewisser Léon mich anrufen würde und seine Mutter und sie alte Schulfreundinnen seien.
»Léon ist ein sehr guter Junge, aber du solltest wissen, dass er vor acht Jahren einen Autounfall hatte und ein paar Folgeschäden zurückbehalten hat. Wenn du es also vermeiden könntest, herumzuglucksen, wenn du ihn siehst, und dich daran erinnern könntest, was ich dir beim Essen gesagt habe, dann wäre das der Moment, um meine Theorie in die Praxis umzusetzen. Verstehst du, mein Herz?«

»Was ich vor allem verstehe, ist, dass es dir einfach nicht in den Schädel will, dass ich keine Sozialarbeiterin bin! Ist doch wahr, verdammte Scheiße!«

»Seit wann sagst du denn verdammte Scheiße zu deiner Mutter?«

»Seitdem meine Mutter Drogen nimmt! Wie ist denn nun die Nummer von diesem Blödmann? Ich rufe ihn an, aber ich warne dich, das ist das letzte Mal.«

»Du bist süß, mein Herz. Ich hatte Monique gesagt, ich könnte mich auf dich verlassen und du würdest dich gut um Léon kümmern.«

»Monique? Hat sie nicht auch einen Sohn in Seoul, der mich unbedingt kennen lernen wollte?«

»Äh, kann sein, doch … Ich weiß es nicht mehr.«

Nachdem ich mich grob entschuldigt hatte, habe ich widerwillig Léons Einladung zu einem *tête-à-tête* am selben Abend angenommen. Ebenso motiviert, als würde ich mir einen Weisheitszahn ohne Betäubung ziehen lassen, ist es mir gelungen, mich bis zum Restaurant zu schleifen. Er war bereits da und wartete an der Bar auf mich, wie abgesprochen. Als ich ihn erblickte, wäre ich fast an ihm vorbeigegangen, als würde jemand anderes weiter hinten im Raum auf mich warten. Er kannte mich ja schließlich nicht. Ich habe mich dann trotzdem vor ihm aufgepflanzt. Ich war bei bärbeißiger Laune.

»Léon? Wartest du schon lange auf mich?«

»Nein. Ich bin g-g-gerade e-erst g-gekommen.«

»Und wann haben wir unseren Tisch?«
»In zehn Mi-mi, Minuten. Willst du was t-t-tr…«
»Ein Wodka-Tonic, ich glaube, den werde ich brauchen.«
»Ga-ga…«
»Garance.«
»Ga-ga-garçon! Ein Wo-wo…«
»Lass, ich mach schon, ansonsten macht das Lokal zu, bis du bestellt hast. Monsieur, kann ich bitte ein Wodka-Tonic ohne Eis bekommen?«
Ich werde Ihnen nicht unsere mühselige Unterhaltung auferlegen, aber ich kann Ihnen garantieren, dass ich liebend gerne meinen Platz gegen Ihren getauscht hätte. Léon hat drei Stunden gebraucht, um mir zwischen zwölftausend »dada, wowo, bibi, haha, gaga, tete, titi und vovo« zu erklären, dass er das erste Mal in seinem Leben mit einer vollkommen Unbekannten im *tête-à-tête* zu Abend aß, und dass es ihm ein wenig schwer fiele, sich zu entspannen.
Sobald ich saß, verbrachte ich die ersten zwanzig Minuten damit, die Speisekarte auswendig zu lernen. Das war vielleicht spaßig … Ich kam um vor Langeweile und sagte mir, ich könnte die Situation nutzen und über meine Herzensangelegenheit sprechen. Das würde uns zumindest beschäftigen. Ich stürzte mich in einen endlosen Monolog und sprach nur von Edgar, unseren Beziehungsproblemen, unseren Neurosen, unseren Differenzen, meinen Wünschen und meiner Liebe zu ihm. Ich

habe ihm mein Herz ausgeschüttet, und das hat mir wahnsinnig gut getan.
Léon betrachtete mich dabei mit ebenso viel Ausdruck in den Augen wie ein panierter Fisch, und ich spürte, dass selbst wenn er etwas zu sagen hatte, er zunächst aussortieren musste zwischen seinen Gedanken und der Art und Weise, in der sie aus seinem Mund kommen würden. Er fühlte sich nichtsdestotrotz zuversichtlich, auf freundschaftlichem Terrain. Genug, um sich nun seinerseits in eine lange, einschläfernde und de-deta-detaillierte Version seines Lebenslaufs zu stürzen. Um es für Sie kurz zu machen: Léon arbeitet als Informatiker an der Entwicklung neuer Spielesoftware. Er war zwischen dreiundzwanzig und achtundzwanzig verheiratet gewesen. Er hat keine Kinder, und seine Frau hat ihn am Tag vor seinem Unfall verlassen. Seitdem hat er es schwer mit den Mädchen, und seine Ausspracheprobleme haben viel damit zu tun. Ich bin viermal vom Tisch aufgestanden, ein dringendes Bedürfnis vorgebend, um Arthur anzurufen und ihn zu bitten, mich zum Lachen zu bringen.
»Erzähl mir einen Witz, irgendwas, ich werde sterben vor Langeweile, wenn du nichts unternimmst.«
»Jedes Mal, wenn du mit einem Typen zum Essen verabredet bist, ist es das Gleiche. Du nervst!«
»Komm schon, sei so nett. Es ist nun schon Monate her, dass ich dich das letzte Mal drum gebeten habe.«
»Okay, okay. Aber ich sag's dir gleich, ich erzähle dir nur

einen einzigen. Es ist die Geschichte von einem Typen, der vierzehn Tage in Urlaub fährt und seinem Papagei die letzten Anweisungen gibt: ›Die Concierge wird hochkommen und dir zu fressen und zu trinken bringen, der Käfig bleibt offen, du kannst also ein bisschen herumlaufen, etc.‹ Dann ist der Typ weg. Bei seiner Rückkehr ist er beruhigt, als er sieht, das alles gut gelaufen ist, aber als er seine Post aufmacht, findet er eine Telefonrechnung von fünfzehntausend Mäusen vor. Er geht zu Coco und sagt ihm: ›Willst du mich veräppeln, was ist das denn?‹ – ›Ach weißt du, du warst weg und ich habe mich gelangweilt, da habe ich meine Freundin in der Karibik angerufen.‹ Zur Strafe nimmt er seinen Papagei, breitet dessen Flügel aus und nagelt ihn an die Wand, wobei er ihm Predigten hält wie: ›Dir wird die Lust am Telefonieren schon vergehen.‹ Coco hängt nun da, an die Wand genagelt, und ihm gegenüber hängt ein Christus am Kreuz …«

»Ist deine Geschichte noch lang?«

»Du musst schon wissen, was du willst! Erzähle ich sie nun zu Ende oder nicht?«

»Na, erzähl schon.«

»Der Papagei schaut Jesus an und beginnt ein Gespräch: ›Hallo, du. Ich bin Coco. Hängst du schon lange da?‹ – ›Zweitausend Jahre.‹ – ›Zweitausend Jahre? Aber wohin hast *du* denn telefoniert?‹«

Das war der einzige Moment an diesem Abend, wo ich aus vollem Herzen gelacht habe. Bevor ich das Restaurant

verließ, hätte ich Léon gerne gesagt, dass es wirklich nett von ihm sei, dass er mich wiedersehen wolle, aber er und ich, nein, das sei nicht möglich. Mit dem Ergebnis, dass ich ihm versprach, dass wir uns bald wiedersehen würden.
Das ist nun Léon. In wenigen Stunden werden sämtliche Liebende dieser Welt sich zu einem reizenden kleinen, sündhaft teuren *Candlelight Dinner* treffen und Liebesschwüre austauschen mit einem Geschenk in Aussicht und einem kleinen Abstecher unter die Bettdecke.
Und ich? Ich werde das Fest der Liebenden ohne Liebsten feiern.
So ist das Leben, aber es ist düster. Und ungerecht. Es bleiben mir Alizée und Julie, für die sich heute Abend niemand vorgemerkt hat. Sollten wir nichts Besseres zu tun haben, können wir immer noch hinter ihrem Rücken über unsere nicht vorhandenen Liebsten herziehen und doch darum beten, dass wir nächstes Jahr diesen bescheuerten, kommerziellen Tag X zu zweit verbringen, und wenn möglich nicht unter Mädels …

26

Wenn die Mädels Liebeskummer haben, verlieren sie im Schnitt zwei bis zehn Kilo innerhalb von wenigen Wochen. Insgesamt gesehen essen sie nichts, schlafen wenig und weinen viel. Ich hingegen nehme dieselbe Anzahl von Kilos zu. Ich hatte bereits ein paar zu viel, und in elf Tagen habe ich noch einmal dreidreiviertel zugelegt. Es geht in Richtung Liebestöter und ungraziöse Speckröllchen. Nach dem, was ich in einer Zeitschrift gelesen habe, nennen die Psychologen das das Selbstzerstörungssyndrom. Je mehr Kilos draufkommen, umso hässlicher finde ich mich, umso mehr stopfe ich in mich hinein und umgekehrt. Ich habe noch nicht einmal Lust, mich absichtlich zu übergeben. Allein bei dem Gedanken, mir zwei Finger in den Hals zu stecken, bin ich schon erschöpft. Die Einzige, die auf Wolke 7 schwebt, ist meine Cellulite, die noch nie zuvor so verhätschelt und verzärtelt worden ist. Ich betrachte sie, ich rede mit ihr, ich spreche ihr Mut zu, ich streichele sie. Danach weine ich noch ein wenig und esse viel, um zu vergessen, dass Edgar mich verlassen hat und ich seinetwegen von hinten aussehe wie ein Elefantenbaby. Ich bin gezwungen, die Knöpfe an meinen Hosen offen zu lassen, damit sie mir nicht die Luft abschneiden. Das Fett an meinen Armen schwabbelt, und wenn ich laufe, berühren sich die Innenseiten meiner Schenkel und Knie. Sobald ich an meinem

Badezimmerspiegel vorbeikomme, das heißt zweitausendeinhundertsiebenmal am Tag, hüpfe ich auf der Stelle, um mein erschlafftes Fleisch zu bewegen und festzustellen, dass ich doch sehr einem Pudding in einer Citroën-»Ente« ähnele. Vielleicht sollte ich ein Vorhängeschloss an der Kühlschranktür und Elektrozäune vor den Küchenschränken anbringen?
Und doch ich habe Glück im Unglück. Ich kompensiere meinen Mangel an Liebe immerhin durch einen Überschuss an Nahrung, wo ich doch ebenso gut im Alkohol oder, wie meine Mutter, im Koks enden könnte. Sie ist abgebrüht genug, um das genial dekadent zu finden, mir etwas Stoff zukommen zu lassen, wenn ich sie darum bäte. Körperlich also bin ich, wie jemand Bestimmtes sagen würde, nicht gerade topfit. Seelisch, das versteht sich von selbst, ist es noch schlimmer. Arthur, die Mädels und sogar Léon wechseln sich ab und rufen fast dreißigmal am Tag an, um mir ein Essen, eine Ausstellung, einen Cafébesuch oder einen Spaziergang vorzuschlagen. Alles ist Vorwand genug, um mich an die Luft zu zerren. Man muss dazu sagen, dass ich zurückgezogen und mit geschlossenen Fensterläden lebe.
»Hallöchen, meine Süße, hier ist Laetitia. Kommst du mit? Wir wollen heute Abend ins Kino.«
»Nein, ich kann nicht, Léon kommt zum Essen.«
»Léon? Ich dachte, der sei eine Dumpfbacke und du wolltest ihn nicht wiedersehen …«

»Ja, ich weiß, aber das bringt mich auf andere Gedanken.«
»Geht's dir doch so schlecht?«
»Nein, ich fühle mich nur ungeheuer fett, traurig und abscheulich.«
»Soll ich vorbeikommen?«
»Nein, lieb von dir. Ich werde meine Batterien wieder aufladen, indem ich mein Herz einem Stotterer ausschütte, der von einem Logopäden beobachtet wird und mich phantastisch findet. Das wird meinem Ego gut tun.«
Léon stand wie verabredet Schlag 20 Uhr auf der Matte. Ich habe ihn in Jogginghose, alten Socken und einem T-Shirt voller Flecken und Löcher empfangen. In der Sorte »mörderisch sexy« hätte er keine bessere Ware auf dem Markt finden können. Zumindest konnte er sich so nicht in meinen Absichten täuschen. Ungeschminkt und kaum frisiert setzte ich mich ihm im Schneidersitz gegenüber und wartete darauf, dass er ein Gespräch anfing. Léon ist geschmack- und geruchlos, aber er interessiert sich für mich und besitzt den großen Vorteil zu stottern, was sich immer gut in ein Gespräch einbauen lässt, wenn man niemanden mehr hat, über den man herziehen kann. Das ist der einzige Grund für seine Anwesenheit heute Abend.
»Du bist wunderbar, Garance. Selbst in solchen Klamotten schaffst du es, sexy auszusehen. Du bist …«
Ja – und mein Stotterer? Wo ist der?

»Entschuldige, dass ich dich unterbreche, aber du hast eine seltsame Art, dich auszudrücken im Vergleich zu sonst.«
»Hast du gesehen?«
»Du … wie soll ich sagen … du …«
»Stotterst nicht mehr?«
»Ja, genau.«
»Ich hab was geraucht. Es ist erstaunlich, wie sehr mir das beim Sprechen hilft. Weil es entspannt, wahrscheinlich.«
»Was? Du kiffst? Ist in Paris etwa gerade eine Drogenepidemie ausgebrochen?«
»Ein Kumpel hat mir was gegeben. Seitdem ich es ausprobiert habe, erkennt mein Logopäde mich nicht wieder. Anscheinend ist dieses Gras supergut.«
»Hast du was mit?«
»Ja. Das einzige Problem ist, dass ich nicht drehen kann. Ich werde eine Zigarette und eine Pinzette brauchen, um sie mit der Mischung neu zu füllen.«
»Kümmere dich darum, und ich bringe dir was zu trinken. Ich habe Wodka und Tonic oder Kranwasser. Was willst du?«
»Dasselbe wie du.«
»Wodka Tonic also.«
Ich würde Gras rauchen, das mich zum Lachen bringt, und Léon stotterte nicht mehr. Der Abend war vielversprechend. Ich war ganz aufgedreht, als ich ihn unseren Joint vorbereiten sah, und hatte Lust, mich gehen zu

lassen. Nach ein paar Zügen an der Tüte schwankte alles um mich herum. Um uns, müsste ich sagen. Ich hatte den Eindruck, auf einem fliegenden Teppich zu sitzen. Ich hatte den Kopf voller Watte und ein vollkommen fixiertes Bananenlächeln, das mir bis zum Haaransatz reichte, als sei mein Mund gelähmt. Léon hingegen lachte Tränen, sobald er mich ansah. Ich muss wohl wirklich durchgeknallt ausgesehen haben, um bei ihm eine derartige Heiterkeit auszulösen. Dann ist er mir näher gekommen. Seine Zunge hat meine gesucht, und wir fanden uns einer auf dem anderen wieder und haben uns geküsst. So erstaunlich Ihnen das auch erscheinen mag, dieser erste Kuss war sehr sanft, sehr angenehm. Unerwartet. Man sollte ein Buch eben nicht nach seinem Einband beurteilen. Ich finde Léon als Typ immer noch genauso abstoßend, genauso geistig beschränkt, genauso plump und ungeschickt. Aber glauben Sie mir, unter Drogen- und Alkoholeinfluss ist er ein anderer Mann. Léon hat mich mit einer Hand im Schneckentempo ausgezogen, als würde er eine Zwiebel schälen, Schicht für Schicht, methodisch, sanft. Er saß rittlings auf mir und blockierte mit der anderen Hand meine Arme über dem Kopf. Dieses Vorspiel dauerte und dauerte, währenddessen er sich erstaunlicherweise weigerte, sich berühren zu lassen. Dann ist er aufgestanden, hat Musik aufgelegt und einen Striptease hingelegt, der so ausgearbeitet war wie der in *Full Monty*. Ich traute meinen Augen nicht und habe mich gefragt, ob vor mir derselbe Léon stand wie am Valentinstag. Sein Gras und mein Wodka verliehen ihm Flügel. Nun stand er aufrecht vor mir. Er tanzte schlecht, ohne Rhythmusgefühl und ließ seine Klamotten über dem Kopf kreisen, wobei er sich mit der Zunge über die Lippen fuhr. Krankhaft! Seine Zunge war dick und ganz angeschwollen. Er gebärdete sich wie ein perverser Alter und machte sich nicht klar, wie grotesk er war. Verblüfft betrachtete ich ihn mit aufgerissenen Augen von der Seite. Als er nur noch Unterhose und Socken anhatte, bin ich in ein zu lange zurückgehaltenes Gelächter ausgebrochen. Er hielt das für eine Ermutigung und wiegte sich umso mehr in den Hüften. Man hätte ihn für einen Aal halten können, der gerade zitternd aus dem Wasser kommt. Er hat schließlich seine Socken abgelegt und seine Unterhose heruntergezogen. Fast wäre ich erstickt und hätte meine Zunge verschluckt. Als ich sah, was ich sah und von dem ich mir wünschte, dass Sie es auch sehen, bin ich schlagartig nüchtern geworden und mein fliegender Teppich ist gelandet. Der Anblick war gewissermaßen apokalyptisch. Léons Penis hatte wahrscheinlich im Alter von acht Jahren zu wachsen aufgehört. Er hatte einen erigierten Pimmel von der Größe einer dicken Wellhornschnecke …

27

Ohne auch nur einen Blick auf die aufgerichtete Muschel vor mir zu werfen, habe ich mich wieder angezogen und ihn gebeten zu gehen, ohne eine weitere Erklärung abzugeben. Ich kochte, hin- und hergerissen zwischen dem Zorn darüber, mich in ein so bestürzendes Abenteuer hineinbegeben zu haben, und der Wut, eine möglicherweise befriedigende Sexnacht verpasst zu haben, wenn »Besagter« etwas besser ausgestattet gewesen wäre. Meine Verwirrung hatte über meinen eigenen Willen die Oberhand gewonnen, und Léons Schmeicheleien hatten ihr Übriges getan. Ich hätte mich bestimmt mit ihm vergnügen können, ohne dass unsere Eskapade irgendwelche Folgen gehabt hätte, aber ich hatte ein derartiges Verlangen, es Edgar heimzuzahlen, indem ich mit Léon schlafe, dass meine sexuelle Frustration über meinen Verstand triumphierte. Und ich hatte guten Grund, frustriert zu sein! Léon hat seine Sachen eingesammelt, sie übergezogen und dabei auf seine Füße gestarrt; das Ganze in einer unendlichen Langsamkeit, als seien sie plötzlich von Maden befallen, und tat wie ihm geheißen. Schlurfend verließ Léon meine Wohnung. Er sah wahrhaftig niedergeschlagen aus, und seiner Aussprache hat es ebenfalls einen harten Schlag versetzt.

»B-b-b, bi-bi, bist du s-s-sauer? Es t-t-tut m-mir l-l-l, la… leid …«

»Geh schon. Ich will dazu nichts mehr sagen. Scheiße, jetzt geh schon!«

Edgar hat Recht, ein gut eingeschenktes »Scheiße« hat eine prima Wirkung! Seine Muschel und er sind gegangen. Ich war wahnsinnig vor Zorn auf mich, auf ihn, auf Edgar, auf die ganze Welt, und ich konnte es mir nicht verkneifen, »Zwergschwanz« ins Treppenhaus zu schreien, bevor ich die Tür hinter einem fassungslosen Léon gewaltsam zuschlug.

Calimero hat Recht, das Leben ist wahrhaftig zu ungerecht. Edgar hat mich verlassen, vergnügt sich in Cebu mit »Ding« und hat sich seit seiner Abreise nicht einmal die Mühe gemacht, sich nach meinem Gesundheitszustand zu erkundigen. Er lässt mich elend und allein zurück. An dem Tag, an dem ich mich entschließe, ein bisschen Spaß zu haben, geht die Geschichte daneben, und ich befinde mich in einer Vorstellung des Zirkus Barnum. Das Glück hat mich seit langem verlassen. Es ist wirklich zu ungerecht. Da guter Rat erst über Nacht kommt, fühle ich mich heute zwangsläufig schuldig und erbärmlich. Ich hasse mich. Ich schäme mich. Ich gebe zu, dass ich grausam war zu Léon. Er glaubte, mich zu zerstreuen, und meinte es gut. Er hat es nicht verdient, auf diese Weise abgewiesen zu werden. Ich nehme es mir ja so übel, wenn Sie wüssten … Es ist unmenschlich, die Schwäche freundlicher Menschen auszunutzen und sie bei der kleinsten Gelegenheit lächerlich zu machen. Das ist unehrlich und bösartig. Ich hatte einen Sündenbock gebraucht, und Léon war der Mann, der wie gerufen kam. Ich wollte, dass jemand für Edgars Entscheidung und meinen augenblicklichen Verfallszustand bezahlte. Sorry, Léon. Heute Morgen fühle ich mich anders, trotz meiner höllischen Kopfschmerzen und meiner Haare, die vor Schmerz schreien. Es ist nicht das erste Mal, dass Sie mich das sagen hören, aber heute fühle ich mich *wirklich* anders. Der ärgerliche Zwischenfall am Vorabend hat mich aus meiner Erstarrung geholt. Ich habe lange nachgedacht und schließlich begriffen. Mehr als von Léon und seinem Zwergkaninchenpenis war ich vielmehr von mir selbst angeekelt gewesen. Ich sah mich wieder, zusammengesackt, fett und verfügbar, darauf wartend, dass er gehorchte, und ihn dabei mit distanzierter, zynischer Miene abschätzend, um ihn besser verurteilen und verdammen zu können. Ich habe ihn gedemütigt, ich hatte ihn misshandelt, ich habe mich offen über ihn lustig gemacht, und er hat nichts davon bemerkt, so sehr hat er versucht, mich zu verführen. Wer bin ich, dass ich glaube, Menschen verachten zu können, und dabei denke, ich sei besser als sie? Wer bin ich, dass ich glaube, ich hätte etwas Besseres verdient als sie? Es ist das Bild von mir selbst, das sich in Léon widerspiegelte, das ich loswerden wollte und vor die Tür gesetzt habe. Es geht mir jetzt sehr gut, ich habe einen Peitschenhieb erhalten und bin nun bereit, wieder aufzutauchen. Um mich zu konditionieren und weil man ja irgendwo anfangen muss, verkünde ich Ihnen nun feierlich, dass ich heute Morgen, den 19. Februar, eine richtige Diät beginne. Ich dachte an einen Hungerstreik, aber ich finde, das ist ein bisschen übertrieben, und meine Mutter hat mir oft genug wiederholt: »Wer vernünftig an die Sache herangeht, wird es weit bringen.« Ich mache daher alles so, wie sie gesagt hat, und klebe an meinen Kühlschrank eine Liste, die etwa die Hälfte eines Notizblocks einnimmt:

»Daran denken, Pizzen, Nudeln, Kartoffeln, Brot, Butter, Kekse, Bonbons und Wurst zu ersetzen durch Karottensaft für die gute Miene, grünes Gemüse für die Vitamine, Salat, weil es gut ist, und Suppen einfach nur so, für nichts, weil das gut aussieht auf einer Liste.«

Nachdem ich alle von nun an verbannten Lebensmittel für die Concierge in Tüten gepackt hatte, bleibt mir nur noch eine Milchtüte, eine Dose Tarama sowie entkernte Oliven, die ich behalten habe, falls mal jemand auf einen Aperitif vorbeikommen sollte.

Es gibt nichts Schlimmeres, als Leute, die nicht darum gebeten haben und von denen man blödsinnigerweise Solidarität erwartet, mit auf Diät zu setzen. Das ist wie mit den Leuten, die das Rauchen aufgeben und dann zu Tabakphobikern werden, sobald ihre Entscheidung gefällt ist.

»Dieser Gestank ist unerträglich, ich weiß nicht, wie ihr das aushalten könnt. Macht es dir was aus, den Aschenbecher wegzustellen? Und überhaupt, wenn ihr nicht zwischen den Gängen rauchen könntet, sondern nur eine nach dem Dessert und nicht alle zur gleichen Zeit – das wäre nett gegenüber den neuen Nichtrauchern.«

Dieselbe, die, als man selbst gerade mal aufgehört hatte, einem bei geschlossenen Fenstern das Auto vollqualmte, weil ihr kalt war, quatscht einem heute die Ohren voll mit den verheerenden Folgen des Tabaks und dem Umstand, dass ihr Wille nur an einem seidenen Faden hänge. Wenn man ihr also dabei helfen könne, nicht nachzugeben, indem man selbst etwas dazu beitrage, dann wäre das recht nett. Der Zigarette zieht die Faschistin nun den Kaugummi vor. Ein Kaugummi, auf dem sie den ganzen Tag vor einem herumkaut wie eine Kuh, und einem dabei auch noch ihre Mandeln präsentiert. Es ist unerträglich, aber zumindest lernt man dabei, tolerant zu sein, und sagt nichts.

Aber was ich eigentlich damit sagen wollte: All das ist ebender Grund, weshalb ich meine Oliven und mein *Tarama* nicht weggeschmissen habe. *Ich* bin auf Diät. Nicht die ganze Welt. Ich werde morgen einen Großeinkauf machen für einen neuen gesunden Körper in einem noch ein wenig verwirrten Geist, der aber nur darauf wartet, dass es ihm besser geht. Ich muss mich um mich selbst kümmern und mir was Gutes tun. Genau damit sollten alle deprimierten Menschen anfangen: sich um sich selbst zu kümmern. Es zu akzeptieren, dass man sich Zeit für sich nimmt, und zwar ohne Schuldgefühle darüber, dass man sie nicht für die anderen aufwendet.

»Arthur, ich bin's. Ich hätte gerne, dass du mir die Nummer von deinem Fitnessclub und dem Schönheitsinstitut gibst, wo du Benjamin hingeschickt hast. Erinnerst du dich?«

»Natürlich, das ist mein Club. Ist es für dich?«

»Ja. Ich weiß, dass ich dich schon zwanzigmal danach gefragt habe, aber ich habe nun wirklich beschlossen, mit dem Jammern aufzuhören und mich aufzurappeln. Ich erzähl's dir später, aber nur kurz in zwei Worten: Ich war gemein zu Léon.«

»Léon? Was hat er denn gemacht?«

»Nichts, das ist es ja gerade. Ich habe heute Morgen begriffen, dass ich, wenn ich Edgar will, ihn nicht mit meinem aktuellen Körper und Kopf zurückerobern kann.«

»Das freut mich, meine Gute, die Mädels und ich haben uns Sorgen um dich gemacht. Ich werde Ali Bescheid geben, dass du ihn auf meine Empfehlung hin anrufst. Er wird dir einen Preis machen. Nutz die Gelegenheit und melde dich für die Fitnesskurse an. Das Institut, das du meinst und wo ich Benjie hingeschickt habe, gehört zum Club.«

Abnehmen ist also mein Ausgangspunkt in dieser Suche nach meinem neuen »Ich«. Arthur hat mir bewusst gemacht, dass Muskeln aufbauen ebenso wichtig ist.

»Wenn du schlaff bleibst, hat Schlanksein keinen Sinn, wenn du mich fragst.«

Ich persönlich finde, dass das schon besser ist als nichts.

28

Ich habe ein wenig Zeit gebraucht, bis ich in den Club gegangen bin, denn ich habe gerade sechs Tage mit Großreinemachen und Entrümpelung verbracht. So was nennt sich auch Frühjahrsputz. Wir haben zwar noch kein Frühjahr, aber es ist schließlich die Absicht, die zählt. Ich habe nicht eine Minute auf der faulen Haut gelegen. Ich habe wahnsinnig viel eingekauft. Ich habe alles von Grund auf sauber gemacht. Ich habe meine Klamotten aussortiert und beschlossen, nur noch Ausgeschnittenes zu tragen, um meine zwar kleine, aber deswegen nicht minder entzückende Brust zur Geltung zu bringen. Ich habe meine aus der Mode gekommenen oder abgetragenen Schuhe abgegeben. Ich habe das angeschlagene Geschirr weggeworfen, die Schränke aufgeräumt und in jeder Ecke des Hauses Duftspray verteilt. Ich habe eine olympische Kondition! Jippie! Ich habe also auf Arthur gehört und mich soeben für ein Jahresabonnement in seinem Fitnessclub angemeldet. Es läuft am 28. Februar 2005 aus. Eine sehr große und sehr schlanke Dame, sehr ge-

ziert, mit Namen Béatrice, empfängt mich, als sei ich ein Star des Show-Biz, und ich warte jeden Moment darauf, dass sie mich um ein Autogramm bittet. Ich weiß nicht, was Arthur denen über mich erzählt hat, aber alle mustern mich, als sei ich Scarlett O'Hara. Es sei denn, es ist, weil sie mich alle hässlich und dick finden. Béatrice zeigt mir den gesamten Club. Sauna, türkisches Bad, Swimmingpool für Wassergymnastik und klassisches Schwimmen, Tanz-, Aerobic- und Bodybuildingräume, Umkleidekabinen, Toiletten, Pflegekabinen – ich gehe überall hinein, und sie erklärt mir alles über die Funktionsweise der Apparate und die Uhrzeiten der Kurse. Arthur – was für ein Lieber! – hatte bereits, als Wiedergeburtsgeschenk, einen Tag »Intensivpflege und Formwiederherstellung« für mich reserviert und bezahlt. So nennt Caroline, die Kosmetikerin, die sich um mich kümmert, das Programm, das sie mir präsentiert und das sie Arthur verkauft hat. Es ist ein Programm, das ein Schweinegeld kostet; ich hoffe für meinen Mäzen, dass es auch wirksam ist …
Schön gemütlicher, dicker Bademantel, Frotteehandtuch, Pantoletten, alles wird am Empfang zur Verfügung gestellt. Ich beginne meinen Tag mit einem türkischen Bad, gefolgt von einem Körperpeeling. Carolines Handschuh reibt derart viele Röllchen gräulicher und absolut abstoßender toter Hautzellen ab, dass ich den Eindruck habe, mich zu häuten. Ich fühle mich verpflichtet, mich gegenüber meiner Kosmetikerin zu rechtfertigen.

»Wissen Sie, ich wasche mich jeden Tag, es ist merkwürdig, dass ich so viele habe.«

»Machen Sie Peelings bei sich zu Hause?«

»Nein, nicht wirklich. Nun ja, doch, ab und zu halt.«

»Oje, aber das muss man jede Woche machen, das ist wichtig! Nehmen Sie das hier. Das ist ein Peelingprodukt auf der Basis von Aprikosenkernöl, das Ihre Haut nicht angreift. Sie sagen mir dann, wie's war!«

»Und ist es teuer?«

»Ach was! Ich packe Ihnen noch die dazugehörige feuchtigkeitsspendende Körpercreme mit ein, Sie werden sehen, das riecht sehr gut.«

Eine halbe Stunde später verabschiedete ich mich von meinen Krokodilschuppen und begrüßte meine gesunde Haut. Die nächste Pflege, die auf meiner Karte vorgesehen ist, ist eine Massage.

»Aber Sie sind ja ganz verspannt! Sorgen im Moment? Haben Sie niemanden, der Sie zu Hause massieren kann?«

»Im Moment nicht, nein.«

»Kein Schatzi? Das ist ja verwunderlich, hübsch, wie Sie sind. Bleiben Sie auf dem Rücken liegen, meine Hübsche, wir kommen nun zur Hautreinigung. Ist es so okay, frieren Sie nicht? Wollen Sie ein bisschen Musik? Wenn Sie was trinken möchten, sagen Sie ruhig Bescheid. Na so was aber auch …«

»Was denn? Was ist denn?«

»Oje, Ihre Haut ist ja vollkommen ausgetrocknet! Trinken Sie viel?«
»Alkohol?«
»Nein, Wasser. Man muss mindestens zwei Liter am Tag trinken, das ist wichtig. Und wie reinigen Sie Ihre Haut? Sie ist nämlich vollkommen kaputt.«
»Normalerweise mit einer Abschminklotion und einem Wattepad, danach halte ich mir das Gesicht unter Wasser.«
»Ich verstehe. Lassen Sie also den Wattepad und schminken Sie sich lediglich mit den Fingern ab. Machen Sie kleine Kreisbewegungen, so, und reiben Sie sich das Gesicht mit einem Reinigungstuch ab.«
»Das ist alles?«
»Sie brauchen keine zwanzig Produkte. Ich empfehle Ihnen diese Reinigungsmilch hier mit einem sanften Peeling fürs Gesicht und eine Tagescreme für die Haut mit fettender Tendenz und diffusen Rötungen. Und als Nachtcreme, was benutzen Sie da?«
»So was brauche ich nicht.«
»Glauben Sie das bloß nicht! Ihre Haut arbeitet nachts nämlich. Sie muss sich darauf vorbereiten, den verschiedensten Angriffen von außen zu trotzen. Nachts muss man ihr helfen. Ich habe, was Sie brauchen, machen Sie sich keine Sorgen.«
Eine Stunde später sind ein paar achttausend schwarze Punkte und Mitesser von der Hautoberfläche verschwun-

den. Ich bin scharlachrot, meine Haare sind fettig und ganz platt an den Seiten trotz der lächerlichen Papiermütze, die mir über den Ohren sitzt. Ich sehe aus wie Seppl. Caroline zufolge sprüht meine Mittelzone nun vor Gesundheit, und mein Teint hat sich um mindestens zwei Töne aufgehellt. Ich habe bereits einen ganzen Vorrat an unverzichtbaren Cremes und Lotionen angesammelt, und der Tag ist noch nicht zu Ende. Ich fürchte um meine Ersparnisse.

»Nun erkläre ich Ihnen, wie's weitergeht. Sie behalten Ihren Bademantel und ihre Mütze und folgen mir in den Raum ganz am Ende des Ganges.«

Ich bin ihr auf den Fersen. Sie bleibt stehen und sagt »Guten Tag! Sie sehen ja phantastisch aus!« zu jemandem, den ich nicht sehe. Der Stimme nach zu urteilen ist es ein Mann, aber er wird von dem massigen Rücken meiner Kosmetikerin verdeckt, die glaubt, zur Seite gehen zu müssen, um mich vorbei zu lassen. Der Mann, ebenfalls im Bademantel, ist gar nicht übel und sieht vor allem wesentlich weniger idiotisch aus als ich mit meiner Charlotte auf dem Kopf und meiner rotglänzenden Haut. Ich halte mich nicht länger auf und stürze mich bis zu dem Raum am Flurende, als hätte mein Bademantel Feuer gefangen. Etwas Hässlicheres als mich konnte es in diesem Augenblick gar nicht geben! Caroline gesellt sich zu mir, ein breites Lächeln auf dem Gesicht.

»Ich werde Sie nun mit flüssigem warmem Wachs bepinseln. Es ist dasselbe Wachs wie das bei Kerzen, es ist nicht sehr heiß, haben Sie keine Angst.«

»Werde ich das überall haben?«

»Überall, außer im Gesicht. Anschließend wickele ich Sie bis zu den Knöcheln mit einer Transparentfolie ein. Das ist dieselbe Frischhaltefolie, die Sie bei sich zu Hause verwenden. Wenn das getan ist, bleiben Sie etwa zwanzig Minuten unter einer Heizdecke.«

»Und was mache ich zwanzig Minuten lang?«

»Sich ausruhen. Sie werden viel Wasser verlieren und sich hinterher ganz leicht fühlen, Sie werden sehen.«

Caroline ist gewissenhaft. Sie bemüht sich, mich mit Wachs einzuschmieren, ohne einen einzigen Millimeter auszusparen. Es ist ein bisschen heiß, aber sehr erträglich. Solange sich das Wachs noch nicht verhärtet hat … Danach ist es zu spät, ich habe nicht mehr das Recht, mich zu bewegen, ansonsten riskiere ich, die Gussform zu brechen, und wir müssen noch einmal von vorn anfangen. Caroline gibt mir zu verstehen, dass es schlauer sei, das zu vermeiden. Caroline versteht keinen Spaß. Ich gehorche Caroline also aus Rücksicht auf Arthur, der diesen ganzen Blödsinn finanziert. Ich befinde mich anschließend eingezwängt in einem Transparentfilm, der mir nicht die geringste Bewegung erlaubt. Ich habe den Eindruck mumifiziert zu werden. Ein furchtbares Gefühl. Es juckt mich, und ich darf nicht eine Handbewegung machen. Ich bin kurz davor, in Tränen auszubrechen.

»Geht es? Sind Sie entspannt?«
»Nein. Ich habe die Nase voll von dem Umschlag. Es ist schrecklich.«
»Kommen Sie, noch drei kleine Minuten, und danach gehen wir zur Epilation der Bikinizone über.«
Klassische, ein wenig unangenehme Epilation mit Wegwerfwachs, aber nichts im Vergleich zu der Tortur, die ich soeben erlitten habe. Eine kurze Dusche, ich ziehe mich an und bin – das muss ich gestehen – sehr ausgeglichen und erholt.
»Und das hier ist für Sie. Das sind die Tüten mit all Ihren Cremes. Ich habe noch ein paar Produkte, die Sie brauchen, hinzugetan. Und das ist Ihr Kassenzettel. Sie zahlen oben.«
Ich beeile mich, den Kassenzettel zu studieren, sobald mir Caroline den Rücken zudreht. Gesamt: 276 Euro! Ich glaub's ja nicht! Ich hoffe, sie hat sich vertan, ansonsten melde ich mich schnellstens für die Sozialhilfe an! Es ist übertrieben, vor allem, da ich um nichts gebeten habe. Ich bin regelrecht traumatisiert, aber ich kenne mich, ich werde mich nicht trauen, irgendetwas zu sagen. Madame Béatrice, die Verantwortliche, wird kommen, um zu wissen, ob alles gut gelaufen sei und ob ich zufrieden sei mit meinem Tag, und ich werde ihr antworten: »Ja, ich habe wirklich einen unvergesslichen …«
»So, jetzt gehöre ich ganz Ihnen! Hat sich Caroline gut um Sie gekümmert? Sind Sie zufrieden mit Ihrem Tag?«

»Ja, ich habe wirklich einen unvergesslichen Moment verbracht. Tausend Dank für alles.«

Ich bin unverbesserlich, ich weiß. Ich hasse mich. Auch dafür …

29

Tara und Lilas hatten eine geniale Idee. Warum ich denn nicht die letzten vierzehn Tage, die mir noch vor meinem Arbeitsantritt bei der Agentur Adélie blieben, nutzte, um wegzufahren? Um mich auszuruhen, braun zu werden, im Urlaub Abstand zu bekommen und meine guten Ansätze zu vertiefen, indem ich die letzten »wurstigen« Formen verliere, die noch übrig geblieben sind? Ich habe einen eisernen Willen, den ich aus Spinat schöpfe, und zwischen Sport, grünem Gemüse, schlankmachenden Getränken und dem notorischen Mangel an Sex verkünde ich Ihnen, dass ich bereits zwei Kilo und siebenhundertzweiunddreißig Gramm abgenommen habe. Sie sind eine ganze Horde von Freunden und Freundinnen, die ein großes Ferienhaus auf Martinique gebucht haben, das praktisch »mit den Füßen im Wasser steht«, wie das Reisebüro behauptet. Und falls es das Haus ist, was ich auf dem Foto in der Broschüre gesehen habe, dann gibt es das Paradies auf Erden tatsächlich. Ich werde vom 16. bis zum 31. März dort sein. Die Maschine geht heute um 15 Uhr. Geografie ist nicht meine Stärke, aber sollte das Flugzeug über Cebu fliegen, dann werde ich es mir erlauben, diesem Arschloch von Edgar zuzuwinken, der mich immer noch nicht angerufen hat. Ich fand die Idee mit dem Urlaub ausgezeichnet. Vor allem, da ich außer einem Flugticket sonst nichts zu zahlen habe, wenn ich einmal vor Ort bin, da alles bereits bezahlt ist und ich nicht als wirklicher Anteil zähle, da ich kein richtiges Zimmer in Anspruch nehme.

»Wir werden ein bisschen zusammenrücken, da es wohl etwas eng wird, was die Betten betrifft, aber wir werden uns köstlich amüsieren, du wirst sehen.«

Daran zweifle ich nicht. Es wird mir supergut tun, nicht in Paris zu bleiben und auf einen Anruf von den Philippinen zu warten, der wahrscheinlich nie kommen wird. Das habe ich mir gesagt, um mich zu motivieren. So bin ich nun herausgeputzt, um Sonne, Vitamine und braungebrannte hübsche Typen zu tanken. Ich bin bei bester Laune und spüre, dass meine Libido in meinem Unterleib ganz zappelig ist. Ich habe allerdings, um Ihnen die Wahrheit zu sagen, meine Bedenken. Als ich jung war, mit zwanzig, da genügte es, einen ganzen Haufen Kumpels zu versammeln, damit der Urlaub zur Pornoversion von *Herzblatt* wird. Da bildeten sich die Paare durch Zufall bei einer Wahl zur »Miss Große Titten« oder einem Grillabend *on the beach*. Heute wachsen die Kinder wie Pilze aus dem Boden, und einige meiner Freundinnen sind längst Mutter. Jeden Sommer fährt die gesamte Gruppe in den Pärchenurlaub, und auch ihre Kinder sind die besten Freunde der Welt. Ich habe aufgehört, mit ihnen gemeinsam wegzufahren. Zu deprimierend für einen Single. Tara hat mich vorgewarnt, dass nur Paare mit ihren Bälgern da sein würden. Autsch! Ich habe aber auch gehört, dass sich auf Martinique im März eine ganze Reihe Singles tummeln sollen. Es brauchte nicht mehr, um mich davon zu überzeugen, dass mit ihnen der Winter in der Sonne sicher heiß würde. Sehr heiß. Ich fliege in vier Stunden und zehn Minuten und habe es noch nicht geschafft, meine achtzehn Pareos und vierundsechzig Bikinis, noch meine vierzehn Dosen Bräunungscreme in meinem Koffer zu verstauen. Ich habe die gesamte Serie an Schutzfaktoren genommen, von sechzig, bei dem man bleich bleibt wie ein Laken, Version »Pantomime am Strand«, bis null, das nichts anderes ist als Melkfett und das die stark Verbrutzelten hervorbringt. Wenn ich das Tempo nicht ein wenig beschleunige, werde ich beträchtlich spät dran sein, und da es nicht in Frage kommt, dass ich das Flugzeug verpasse, verlasse ich Sie nun, um alles unter Dach und Fach zu bringen.

Kuckuck, da bin ich wieder … Ich bin gerade wieder in Paris angekommen. Ich bin heute Morgen bei Tagesanbruch gelandet. Der Flughafen war vollgestopft mit

Menschen bei der Ankunft oder vorm Abflug, wobei die einen gesünder aussahen als die anderen. Ich bin goldbraun nach Wunsch wie ein Butterkeks und zum Anbeißen schön ohne meine Kilos zu viel und mit meinen vom Schwimmen hübsch geformten neuen Muskeln. Der Winter war heiß. 40 Grad im Schatten. Ich hatte mich in den Temperaturen nicht geirrt. Was denn Rest betrifft, so ist niemand vor einer falschen Entscheidung gefeit, und ich hatte zu Recht Bedenken. Ein Haus am Laufen zu halten, in dem sich elf Erwachsene und ein Dutzend vollkommen närrischer Kinder ohne ein Bataillon Aupairmädchen aufhalten, ist mühevoll. Als Schwester – und schlimmer noch, als Schwester der Freundin, »die nichts bezahlt hat außer ihrem Flugticket und sich finanziell nicht am Gemeinschaftsleben beteiligt« – galt es, sich den Umständen anzupassen und sich mit einzubringen. Auch wenn mich niemand darum gebeten hat, so früh aufzustehen, erscheint es mir doch töricht zu versuchen weiterzuschlafen zwischen den knallenden Türen, Eltern, die schreien, man solle mich nicht aufwecken, und nein, es sei keine gute Idee, mir den kleinen Finger in ein Wasserglas zu halten, um zu sehen, ob ich im Schlaf ins Bett pinkele. Es hat mich auch niemand darum gebeten, die Einkäufe zu erledigen, aber ich bin so aufgeregt bei der Vorstellung, drei Stunden allein mit meinem Caddie im Supermarkt zu verbringen, fern von *Pocahontas* und dem *König der Löwen,* die langsam anfangen, mir auf den Zeiger zu gehen. Man bittet mich also um nichts, aber ich tue alles, bevor mir jemand vorwirft, dass ich mir auf Kosten der Prinzen und Prinzessinnen ein schönes Leben mache. Wenig später finden Sie mich heiter am Strand wieder, wo ich mit einem Schönling flirte, dessen Namen ich immer noch nicht verstanden habe, weil Nathalie mir gerade ins Ohr schreit, dass sie ihre Tochter aus dem Fenster werfe, wenn das so weiterginge. Auch wenn ich sehr dafür bin, dürfte es etwas schwierig werden, am Strand ein Fenster zu finden. Wenn niemand eingreift und Nathalie eine ihrer Drohungen wahrmacht, wird die kleine Viktoria wahrhaftig den Rest ihrer Ferien eingesperrt in der Waschküche verbringen … dort, wo ICH schlafe. Und das ist eine sehr schlechte Neuigkeit! Schlecht genug auf jeden Fall, damit ich aufspringe mit der festen Absicht einzugreifen, bevor sie ihre kleine Teufelin in einen Bettvorleger verwandelt. Ich habe keine Zeit, mich wieder hinzusetzen, da Hélène, dreckiges, fettes, ekliges Balg, dem immerzu Rotz aus den Nüstern läuft, soeben Sibylle eine Backpfeife verpasst hat, dir ihr wiederum gerade einen Hundehaufen in den Eimer gelegt hat. Es verirren sich tatsächlich mal ein paar Ohrfeigen, aber leider hat man mir nicht erlaubt, welche auszuteilen. Schade, denn ich bin in der Stimmung zu schlagen. Dreißig Minuten später bin ich ständig aufgesprungen und herumgerannt, um meine Küken zu beruhigen, ich rieche stark nach Schweiß und stelle mit Schaum vorm Mund fest, dass mein Handtuch leer ist. Der Schönling hat die Gelegenheit genutzt, um sich aus dem Staub zu machen. Während die Familienmütter sich über den Mangel an Manieren der bösen Hunde auslassen, die unsere Bürgersteige mit ihren Exkrementen verschmutzen, und deren Herrchen verurteilen, welche die Stirn haben, sie an den Strand zu lassen, ist mir soeben ganz konkret eine heiße Nacht entgangen wegen einer blöden Sechsjährigen, die immer noch nicht aus ihrer Pipi-Kacke-Phase heraus ist. Aber das ist jedem schnurz, die Anekdötchen über Madame Soundso, die auf einem Hundehaufen ausgerutscht ist und sich am Tag vor Weihnachten den Knöchel verstaucht hat, sind wahrscheinlich spannender. Ich würde dieser kleinen Rotznase von Sibylle am liebsten ihren Nutella-Pfannkuchen gegen das Kinn drücken! Aber auch wenn die Versuchung groß ist und mein Hass auf seinem Höhepunkt, so weiß ich doch, dass Kinder in diesem Alter petzen. Es ist zu riskant. Ein rein zufällig gestelltes Bein wird bei weitem ausreichen, damit sie ihrer Süßigkeit Adieu sagen muss, ihr Milchzahn herausfällt, der bereits ein bisschen wackelte, und ich meine Lebensfreude wiedererhalte. Sie wird allerdings nur von sehr kurzer Dauer sein …

Als der Abend kommt, habe ich wegen des starken Schwitzens viel Wasser verloren. Yannis, vier Jahre alt, hatte die ausgezeichnete Idee, seine toten Garnelen in mein Bikinioberteil einzuwickeln und das Ganze verpackt in meinen Lieblingspareo – der dazu auch noch der teuerste war – hundert Fuß unter der Erde zu vergraben: »Damit die Klebse nieht die Ganeeln flessen.« Ich hasse Bengel mit Sprachfehler. Man darf ihn aber auf keinen Fall ausschimpfen, *dixit* die charmante und nicht weniger laxe Marie-Noëlle, seine Mutter, denn der Rauschegoldengel hat das doch nur zum Spaß gemacht. Es ist in der Tat urkomisch. Nur dass der »arme Schatz« nicht mehr weiß, wo auf zwei Kilometern Strand er meine Kostbarkeiten verbuddelt hat. Wenn ich mir allerdings meine Espadrilles so anschaue, dann weiß ich, womit er gegraben hat! Marie-Noëlle, die sich offensichtlich für die Tochter des Weihnachtsmannes hält und denkt, dass ich noch immer meine Schuhe am Abend des 24. Dezember in den Kamin stelle, hat vorgeschlagen, mich zu entschädigen. Eines Tages. Ich gehe schließlich mit nackten Brüsten vom Strand, da ich mich ja schließlich von meinem Bikinioberteil verabschieden musste, und in einem verknitterten Röckchen, das auch als Fischfangnetz gedient hat. Unnötig zu präzisieren, dass es wegen des Salzwassers um mindestens einen Meter eingelaufen ist. Ich frohlocke trotzdem, denn ich bin ein umgänglicher Mensch, und ich weiß, dass der wahre Urlaub nun beginnen kann. Der Abend gehört mir und ist zweifelsohne vielversprechend. Vor allem, da meine Haut bereits eine hübsche Farbe angenommen hat. Auf meinem Programm stehen: Aperitif am Meeresufer, Szenelokal, In-Disco und eine sehr verschmuste Nacht in den Armen eines schönen Schwarzen, der mir ins Ohr flüstert, ich sei die exotischste aller Kreaturen. Deswegen bin ich hergekommen. Charlie ist noch in Badehose auf dem Wohnzimmersofa eingeschlafen und hat seine dreckigen Füße voller Sand auf die Kissen gelegt, auf die ich gerne meinen Kopf bette. Françoise, Nathalie und Alessia spielen Scrabble an der Küchentheke, Jean-Jacques, Augustin und Laureen brühen die Hummer ab. Laureen schreit: »Es ist furchtbar, sie so zu töten! Hast du gesehen? Sie versuchen zu entkommen, indem sie sich am Rand festklammern. Was müssen sie leiden, die Armen, wie schrecklich! Los, mach den Deckel drauf, schnell! Warte, lass ihn zwei Minuten auf … Ich wollte nur sehen, wie viel Zeit diese Viecher brauchen, um zu sterben, wenn das Wasser nicht kocht.« Währenddessen verblöden Gilles und Julien mit den Knirpsen vor einem Video. Zwischen den »Pscht, man versteht ja gar nichts!« der Kinder, die ich störe, indem ich Lärm mache, und den »Wohin gehst du?« der Erwachsenen lösen sich meine Hoffnungen auf eine heiße Sexnacht in Rauch auf. Am Rande eines *nervous breakdown* gelingt es mir trotz allem, meine Frage zu stellen.

»Seid ihr noch nicht fertig? Geht ihr nicht aus?«

»Hey, Mädels, eure Schwester ist ja ein Scherzkeks! Man sieht schon, dass sie keine Kinder hat und nicht weiß, wie das ist!«

Zutiefst beleidigt bin ich allein losgezogen. Ich fand mich

in einer tödlich spießigen Disco wieder. Die erste, die ich gefunden habe, von der ich den Schönling am Strand vage habe reden hören. Ich habe Zouk getanzt. Nein. Man hat mich *gezwungen,* Zouk zu tanzen, das ist nicht dasselbe. Ich war noch keine zwei Minuten da, als ich von einer Gruppe Typen, die für ein Seminar auf der Insel waren, mit Beschlag belegt wurde. Widerlich, roh und besoffen, haben sie den Abend damit zugebracht, sich fröhlich an meinen Schenkeln zu reiben. Ich habe einen Moment der Abwesenheit dieser Bande von Notgeilen genutzt, um die Beine in die Hand zu nehmen, bevor ich mitten auf der Tanzfläche vergewaltigt werde, und bin nach Hause gegangen. Unter Tränen. Am nächsten Morgen habe ich erzählt, ich hätte einen Wahnsinnsspaß gehabt und viele erstaunliche Menschen getroffen. Stolz – das ist das Einzige, was mir noch bleibt … Insgesamt sind wir nur zweimal ausgegangen: Wir waren allesamt, das heißt etwa vierundzwanzig Personen, darunter zwölf Kids unter Strom, am Hafen von Le Diamant, unserem Juwel von einem Urlaubsort, ein Eis essen. Zweimal. Zweimal in vierzehn Tagen. Nein, wirklich, es war wirklich einzigartig, dass ich mit ein paar Kumpels zum Entspannen in die Karibik geflogen bin, wie Sie sehen, hat mir das supergut getan.

30

April-April! April-April! Ich habe diesen Donnerstag, den 1. April mit meinen Nichten verbracht und konnte mich nicht einen Millimeter bewegen, ohne dass man mir überall Papierfische aufklebte. Ich denke, ich habe das Spiel vorbildlich bis zum Ende gespielt, aber nun ist der Abend da und meine Mission als Mustertante beendet. Damit das Vergnügen, mit ihrer Lieblingstante allein zu sein, noch ein wenig länger anhält, wollten Capucine, Rose, Saskia und Kyra, dass ich mit ihnen in den Freizeitpark gehe. Ich bin zu schwach, um abzulehnen, und da ich will, dass sie mich lieb haben, habe ich nachgegeben. Ich habe es nicht einmal versucht, ihnen zu erklären, warum der Freizeitpark – im Gegensatz zu dem, was sie glaubten – für mich keine gute Idee war, wenn man bedenkt, dass ich unter einem Jetlag litt, erschöpft war und im Moment nicht gerade gut bei Kasse. Aber ich bin es Tara und Lilas, die zu einem Großteil meinen Urlaub bezahlt haben, schon schuldig und sah mich nicht sie um Geld anpumpen, um meine Nichten zu zerstreuen. Nur zu erfreut darüber, ihren Nachwuchs für ein paar Stunden los zu sein, ließen sie sich nicht lange bitten.

»Welch eine ausgezeichnete Idee! Aber ihr seid brav und hört schön auf Garance, Mädchen. Versprochen?«

»Und ihr bittet sie nicht alle zwei Minuten um etwas,

verstanden? Und ihr bringt auf gar keinen Fall Goldfische mit. Ist das klar? Garance, ich verlasse mich auf dich, du passt gut auf, ja?«

»Aber klar, mach dir keinen Kopf. Los, auf geht's, Mädels.«

Ich habe den Nachmittag mit einem Fisch in der Größe eines *Free Willy* auf meinem Rücken verbracht, gefolgt von einer Horde kleiner Mädchen, die aufgedreht waren wie eine Tüte Mücken und bei jedem Schritt kicherten. Das nächste Mal werde ich um 6 Uhr morgens kommen und erst gegen 23 Uhr wieder gehen, damit der Tag auch rentabel wird zwischen Eintrittsgeld und Attraktionen, welche die Mädchen lautstark forderten, der ersten Nascherei, der zweiten Nascherei, da die erste »nicht so supergut« war, Bonbons, dem ersten kleinen Geschenk, dem zweiten kleinen Geschenk, »weil das erste doof war«. Und sollte ich tatsächlich noch einmal herkommen, dann tragen die Mädchen keine Mäntel, selbst wenn es schneit, das ist mir schnuppe. Sie werden eigenhändig ihre kleinen Handtäschchen mit ihren Murmeln und ihrem Tinnefschmuck darin tragen, und sie sollen es anstellen, wie sie wollen, dass der Plastikbeutel nicht platzt, in dem ein hässlicher, halbtoter Goldfisch herumschwimmt, den sie sich beim Wunderangeln erschummelt haben. Ebenjener Goldfisch, den meine beiden Schwestern mir verboten hatten mitzubringen. Im Eifer habe ich mich einwickeln lassen. Am frustrierendsten war, dass sie, kaum dass sie sich für eine Attraktion entschieden hatten und es mir gelungen war, sie zu einer Einigung zu bringen, nur an eine Sache dachten: jetzt, sofort zur nächsten zu gehen. Wenn sie schließlich bei der nächsten ankamen, dachten sie bereits über den Ort nach, zu dem sie danach gehen würden. Ich hatte daher auf einmal das Gefühl, dass sie nichts wirklich genossen.

»Die Spiegel sind blöd, und ich hasse Karussells, ich will zu den Ponys.«

»Ponys sind doof, die stinken. Ich will in die Geisterbahn.«

»Will nit Deisterbahn, hab so Angst!«

»Aber ich bin schon zehn, ätsch. Also, ich darf wohl in die Geisterbahn.«

»Hört mal, Mädels, entweder wir machen alles gemeinsam oder wir gehen nach Hause. Ihr habt die Wahl.«

»Ich will nicht aufs Karussell, ich will die Ponys.«

»Und ich will das Karussell.«

»Blöde Zicke.«

»Keine Schimpfwörter bei mir, Capucine, ich hab's dir schon mal gesagt. Du entschuldigst dich.«

»Die will nie, was ich will!«

»Du entschuldigst dich!«

»'tschuldigung.«

»Und jetzt entscheidet euch. Ich warne euch, ich zähle bis drei. Bei drei gehen wir nach Hause, wenn ihr euch nicht entschieden habt.«

»Wir gehen, wohin du willst, wenn du alles mit uns mitmachst.«

»Was?«

»Los, sag ja!«

Meine Schwäche wird mir bestimmt zum Verhängnis werden. So fand ich mich also auf einem auf Schienen festgenagelten Pferd wieder, das nach vorne und nach hinten schwenkte, in einem Boot auf dem Zauberfluss, oder ich drehte Runde um Runde in einem lächerlichen Flugzeug, das auf- und abstieg, und verlor mich in einem Glaslabyrinth, aus dem ich ohne die Hilfe einer Mutter nicht wieder herausgefunden hätte. Ich habe allerdings der Verlockung der Achterbahn widerstanden und die Mädchen alleine gehen lassen.

Ich hatte alles genau ausgerechnet. Eine Fahrt dauerte nur sechs Minuten. Sie hatten zwei genommen. Ich hatte Zeit genug, mir etwas zu trinken zu holen und in aller Ruhe wiederzukommen. Das wäre auch genau hingekommen, wenn ich auf einem anderen Planeten gelebt hätte. Um mir einen Streich zu spielen, hat Kyra so getan, als sei ihr schlecht. Capucine, immer zu allen Schandtaten bereit, hat angefangen zu schreien, man solle diese verfluchte Maschine anhalten. Ich habe später erfahren, dass die Maschine gestoppt worden war, als ich gerade angefangen hatte, meinen gut gekühlten Orangensaft zu schlürfen und endlich meine wohlverdiente Verschnaufpause zu genießen. Sobald die Mädchen ausgestiegen waren, haben sie eine unglaubliche Geschichte erfunden, von wegen sie wären alleine hergekommen, ohne Erwachsenen, und hätten nun kein Geld mehr, um mit der Metro nach Hause zu fahren. Mitleidig hat der Typ von der Achterbahn ihnen das Geld für die acht Tickets, die ich ihnen gekauft hatte, zurückgezahlt und ihnen geraten, auf dem Heimweg vorsichtig zu sein. Als ich zurückkam, waren die Mädchen zwangsläufig verschwunden. Waren Sie schon einmal in Panik? So richtig, richtig in Panik? Ich sah mich bereits meine Schwestern anrufen und ihnen verkünden, dass ihre vier Töchter wie vom Erdboden verschluckt seien, obwohl ich sie nicht aus den Augen gelassen hatte. Oder fast. Zwölf kleine, unbedeutende Minuten. Ich bin umgekippt. Die Angst, der Stress, die schreckliche Furcht, sie verloren zu haben. Ich bin auf der Krankenstation aufgewacht, weiß wie eine Aspirintablette und am ganzen Leibe zitternd. Die Mädchen waren da, die Arme voller Bonbons und Kekse, gekauft von dem Geld, das ihnen der nette Herr für die Metrotickets gegeben hatte. Ich kann Ihnen voller Stolz sagen, dass sie klein beigaben. Ich besaß die Kraft aufzustehen und eine Erklärung zu verlangen, die Capucine mir in zahlreichen Einzelheiten lieferte, und habe jeder eine ordentliche Backpfeife verpasst. Zutiefst erleichtert habe ich sie wieder bei Tara abgeliefert. Ich habe kein Wort über die Angelegenheit verloren. Ich hatte mit den Kindern einen Pakt geschlossen: Nie wieder so was, ansonsten gehe ich petzen.

»Waren sie brav?«
»Ganz reizend.«
»Ja, aber was sind das denn alles für Päckchen? Hast du dich mal wieder einwickeln lassen! Was hatten wir dir gesagt?«
»Okay, ich geh dann mal, Mädels. Ich bin schon viel zu spät dran.«
»Bleibst du nicht zum Essen? Wir machen uns was kleines Schnelles, die Mädchen haben morgen Schule.«
»Nein, süß von dir. Ich fange morgen an zu arbeiten, und ich muss schlafen, wenn ich einsatzfähig sein will. Es ist mein erster Tag.«
Ich bin auf dem Zahnfleisch nach Hause gegangen, aber ich fand trotzdem noch die Energie, die Mädels anzurufen und ihnen vorzuschlagen auszugehen. Unter Erwachsenen. Ich musste feiern, trinken, mich amüsieren, mich entspannen und mich anbaggern lassen nach dieser Zeit des Fastens auf allen Ebenen. Julie hatte zufällig eine Einladungskarte bekommen für eine Party auf einem Hausboot auf der Seine, nahe dem Pont d'Iéna. Einer ihrer Kumpels hat beschlossen, das Boot jedes Wochenende zu mieten, um dort Superfeten zu veranstalten. Bevor ich im Restaurant zu ihnen stieß, hatte ich ein wenig geschlafen und wachte vollkommen benebelt auf. Ich bin aufgestanden, habe mich umgezogen, zwei Aufputschtabletten geschluckt, um durchzuhalten, und bin zu Julie gegangen, wo ich die ganze Bande traf.

»Uaoh, du bist aber braun geworden!«
»Und abgenommen hast du auch! Du siehst wunderbar aus!«
»Und ihr, Mädels, wie geht's euch? Ich seid ja auch super in Form! Ich muss euch von meinem Urlaub erzählen, ihr werdet's nicht glauben …«
Ich erzählte ihnen von meinen zwei Wochen im Kloster und schlürfte dabei einen Wodka-Tonic, dann kamen wir auf dem Hausboot an. Eine wahnsinnige Menschenmenge wartete bereits vor der Tür. Die gesamte Pariser High Society war da. Julie kannte die Veranstalter und besonders Matthieu, der am Eingang stand und uns vor allen anderen hereinließ. Wir haben nicht mal zwei Minuten auf dem Kai gewartet, bevor wir uns schließlich in die Arena stürzten.
»Julie, geh zu Sabine und sag ihr, dass ich dich geschickt habe. Sie wird dir ein Heftchen mit Getränkebons geben für dich und deine Freundinnen. Geh aber gleich hin, bevor sie zu sehr im Stress ist.«
»Danke!«
»Viel Spaß, Mädels, und seid brav!«
Es geht doch nichts über Vitamin B …

31

Ein schwarzes Loch. »Sie wird dir ein Heftchen mit Getränkebons geben.« Das ist einer der letzten Sätze, die mein Gehirn aufgezeichnet hat. Ich erinnere mich nur noch daran, dass ich nicht alleine und nicht zu mir nach Hause gegangen bin. Der Mann, mit dem ich die Nacht verbracht habe, heißt Denis. Das weiß ich noch, denn ich habe nicht aufgehört, ihn »the Menace« zu nennen. Ich nehme an, dass mich das dermaßen zum Lachen gebracht haben muss, dass ich es hundertmal wiederholt habe. Ich glaube, er war dunkelhaarig. Ich glaube, er war groß. Ich glaube, er kannte bereits Laetitia. Oder Marine vielleicht. Ich weiß es nicht mehr. Ich glaube, er wohnt irgendwo im 10. Arrondissement. Ich glaube, er hat mich auf dem Boden genommen, denn meine Ellbogen und Knie haben Verbrennungen zweiten Grades, und ich habe keine weiteren Erklärungen dafür. Ich weiß, dass wir miteinander geschlafen haben, denn ich habe den Eindruck, rittlings auf einer Tonne getrocknet worden zu sein. Ich weiß letztendlich, dass ich ein Taxi bis zu mir genommen habe, denn ich habe einen Zettel gefunden, auf dem die Uhrzeit meiner Übernahme vermerkt ist: 6 Uhr 50. Ich weiß allerdings nicht, wie ich nicht vergessen konnte, dass ich arbeiten gehen muss. Ein Geistesblitz wahrscheinlich, der mich um 7 Uhr 30 aus dem Bett holte, um mich vorzubereiten. Ich habe weniger als acht Minuten geschlafen

und den schönsten Kater im gesamten Universum. Perfekt für meinen ersten Arbeitstag.
Monsieur Charvey empfängt mich persönlich, als ich um 9 Uhr noch was ankam. 9 Uhr 45 genau gesagt. Ich bin mit dem Auto gekommen, und da ich mich geweigert habe, die 25 Stundenkilometer zu überschreiten, habe ich mehr Zeit gebraucht als vorgesehen. Es ist Wahnsinn, die Leute haben einfach keine Geduld! Auf dem Autobahnring, als ich im zweiten Gang war, die Nase vorm Lenkrad, auf der mittleren Spur und noch nicht einmal auf der ganz links, hat man mich angehupt. Ich musste sogar meine Warnleuchten anschalten, um meinen Frieden zu haben. Seitdem ich auf bin, mache ich sowieso alles in Zeitlupe, und mir tut alles weh. So sehr, dass selbst Laufen zur unerträglichen Qual wird. Für den ersten Tag macht es sich nicht gerade gut, derart daneben in der Firma aufzukreuzen, mit roten Augen, vollkommen fertig vor Müdigkeit, und mit Haaren, die noch feucht sind von der Dusche. Monsieur Charvey heißt mich willkommen. Er spricht nett mit mir, aber ein wenig laut, finde ich, und seine Worte hallen so heftig in meinem Schädel wider, als hätte man ein Glockenspiel an meinen Trommelfellen befestigt. Ich versuche, ihm direkt in die Augen zu schauen, muss aber dabei schielen. Ich muss mich an einem Tisch, einer Wand, einem Stuhl abstützen, wenn ich nicht nach hinten kippen will. Ich glaube, mein Körper ist zu schwer, als dass ich ihn heute ganz alleine tragen könnte.

Wir gehen von Büro zu Büro, und er stellt mir mit einer Höflichkeit, die von Stolz geprägt ist, seine »Schäfchen« vor, wie er seine Mitarbeiter nennt. Ich drücke feuchte, schlaffe, männliche, kleine, dicke, feine Hände und bin unfähig, eine Verbindung zwischen einem Gesicht und dem dazugehörigen Namen herzustellen. Normal, denn ich schaue nur auf die Finger. Ich fürchte stark, dass das Zeremoniell wiederholt werden muss, falls ich eines Tages beschließen sollte, nüchtern zur Arbeit zu gehen. Ich bringe alles durcheinander, Vornamen, Nachnamen, Spezialisierungen, Abteilungen, und es bringt überhaupt nichts, einen guten Eindruck machen zu wollen, denn ich reite mich bei jedem Versuch umso mehr herein. Ich kann mich auch noch so sehr konzentrieren, ich behalte nichts. In beiden Gehirnhälften herrscht absolute Leere. Anscheinend berühren sich bei mir oben die Kabel und schließen den Apparat kurz.

»Isabelle! Und Sie sind also Buchhalterin?«

»Nein, ich bin Juristin und heiße France.«

»Ah … Okay, ich verstehe. Dann sind Sie also Isabelle?«

»Nein, ich bin Ulysse. Und erinnern Sie sich das nächste Mal daran, dass im Prinzip die Männer den Bart tragen. Das wird Ihnen helfen.«

Alle schauen mich seltsam an, und Monsieur Charvey, der mich zu einer Zeit kennen gelernt hat, wo ich noch meine Zunge hatte, ist von meinem Verhalten, meinem Schweigen und meiner Sprechweise überrascht. Er hat auch allen Grund dazu. Ich habe das Gefühl, eine heiße Kartoffel im Mund zu haben.

»Sind Sie sicher, dass alles okay ist?«

»Ziemlich laut hier, oder?«

»Es ist eher ziemlich ruhig im Vergleich zum üblichen Umtrieb. Ich denke, es ist das Beste für heute, dass ich Ihnen Ihr Büro zeige und Sie die verschiedenen Dossiers durchgehen, um die Sie sich kümmern werden. Sie werden das Personal der anderen Etagen morgen kennen lernen. Darf ich Ihnen noch einen kleinen Rat geben?«

»Ja, natürlich.«

»Kommen Sie morgen pünktlich und versuchen Sie, wenn es denn möglich ist, zwei Schuhe in derselben Farbe zu tragen.«

»Ach, stimmt, na, so was! Das ist ja witzig! Hahaha …! Hahaha … ! Tut mir leid! Hahaha …! Tut mir leid, ich kann gar nicht mehr aufhören zu lachen …«

»…«

»Nein, wirklich, entschuldigen Sie … Hahaha …! Ich beruhige mich, ich beruhige mich. Ich bin wirklich verwirrt, ich weiß nicht, was ich habe.«

»Noch etwas, Garance …«

»Ja?«

»Erinnern Sie sich auch daran, dass man niemals zweimal die Möglichkeit hat, einen ersten Eindruck zu machen. Sie haben Glück, dass ich Sie *vor* heute Morgen eingestellt habe.«

»Ich weiß, ja.«

»Hier ist Ihr Büro. Sie sind nur ein paar Meter vom Kaffeeautomaten entfernt, den Sie heute wohl brauchen werden.«

»Einen Automaten?«

»Nein, einen Kaffee.«

»Kann man die Rollos herunterlassen, oder sollen sie immer oben bleiben?«

»Wenn Sie in einer Besprechung sind, lassen Sie sie herunter; ansonsten ist es netter, sie offen zu lassen.«

»Vielen Dank, ich gehe mir ein Käffchen holen und setze mich dran. Ich möchte nicht, dass Sie meinetwegen noch mehr Zeit verlieren.«

»Bis später. Wenn Sie irgendetwas brauchen, eine Auskunft oder Büromaterial, fragen Sie meine Sekretärin. Sie wird sich um alles kümmern, bis Sie sich mit den Leuten und der Umgebung vertraut gemacht haben.«

»Danke.«

Ich schloss die Tür und bedauerte, kein *Do not disturb*-Schild an die Klinke hängen zu können. Ich habe die Rollos trotz der Empfehlungen des Chefs heruntergelassen, mich hingesetzt, und alles hat angefangen, sich zu drehen. Ich hatte gerade noch die Zeit aufzustehen, mich auf den Plastikmülleimer zu stürzen, ihn vor den Mund zu halten und mich hineinzuübergeben. Leider sind Büropapierkörbe aus Plastik oft nach oben hin perforiert wie Spitze, und es ist nicht das erste Mal, dass ich sage,

dass da zu viele Löcher drin sind! Die Wucht des Strahls hat bei weitem ausgereicht, um alles überall zu verteilen. Ich bin über dem Ausmaß der Schäden in Tränen ausgebrochen. Ich gehörte seit knapp zwei Stunden zur Agentur Adélie und hatte im Handumdrehen ein Dutzend Akten ruiniert, die von nun an für die Nachwelt mit Kotzflecken besprenkelt sind. Trotz meiner Anstrengungen und denen meiner Strickjacke, die bereit war, ihren Geist aufzugeben, damit ich meine Stelle behalte, ist es mir nicht gelungen, alles aufzuwischen, bevor Dorothée, eine der Sekretärinnen, die gute Idee besaß sich vorzustellen.
»Tock, tock, tock. Kann ich hereinkommen? Ich bin Dorothée.«
»Warten Sie, einen Moment. Ich mache nur schnell was zu Ende und komme dann zu Ihnen ins Büro. Nur zwei Minuten.«
»Ihre Stimme klingt so komisch. Geht es Ihnen gut?«
»Ja, ja. Ich komme. Ich mache das hier zu Ende und komme dann.«
Ich denke, dass Dorothée unsere Sprache nicht versteht, da sie trotzdem hereingekommen ist. Ich stand vor dem weit geöffneten Fenster und war gerade dabei, den Inhalt des Papierkorbs auf die Terrasse unter uns zu schütten.
»Was machen Sie denn da?«
Sie jagte mir einen derartigen Schrecken ein, dass ich darüber den Eimer losließ, der bei den Nachbarn landete.

»Äh …«
»Machen Sie sich oft einen Spaß daraus, Ihren Papierkorb aus dem Fenster zu werfen?«
»…«
»Ja, aber … was ist denn das für ein Gestank?«
Sie überflog meinen Schreibtisch und verstand sofort, dass mir schlecht geworden war. Ich an ihrer Stelle wäre schnellstens abgehauen, aber ihre Neugier muss ihren Ekel besiegt haben, denn sie stand weiterhin da wie ein Pflock und musterte mich. Zwischen meiner Wodkafahne, meinem Seehundatem, meinen scharlachroten Augen und meiner Wimperntusche, die ich über meine Wangen laufen spürte, war es mir unmöglich, ihrem Blick standzuhalten. Ich drehte mich wissentlich um und befand mich erneut dem Fenster gegenüber.
»Sind Sie krank? Soll ich jemanden holen? Wollen Sie eine Aspirin?«
»Nein. Es geht mir gut, danke.«
»Sophie! Sophie! Komm mal her, schnell! Die Neue ist krank, sie hat sich übergeben! Bring Aspirin mit, schnell!«
»Es ist vielleicht nicht unbedingt nötig, das ganze Viertel zusammenzutrommeln. Ich bin heute nur ein bisschen kränklich, das ist alles. Ich glaube, ich hab 'ne Magenverstimmung, es ist nichts, das geht schon vorbei.«
»Wenn ich Sie wäre, würde ich das Fenster offen lassen, um zu lüften. Wenn Sie mich brauchen, ich bin im vierten Büro von links, am Ende des Ganges, neben dem

Kopierer, hinter dem großen Versammlungsraum und direkt gegenüber von Sylvies Büro. Werden Sie es finden?«
»Vielleicht nicht heute.«
Ich habe einen Teil des Vormittags mit dem Versuch verbracht, den Nachbarn von der ersten Etage zu erklären, dass die Frau, die sie vor sich hatten, die doppelt sah und schlecht roch, wirklich eine neue Mitarbeiterin der Agentur Adélie war und nur ihren Papierkorb wiederzuholen wünschte, der durch einen unglücklichen Zufall des Lebens auf ihrer Terrasse gelandet war. Und, ja, es befinde sich in der Tat eine ziemlich ekelerregende Flüssigkeit darin, aber das sei normal, sie sollten sich keine Gedanken machen, ich habe die Dinge in der Hand. Wie durch ein Wunder bin ich die Treppenstufen hinaufgestiegen, ohne mir etwas zu brechen, eine Hand klammerte sich an den geretteten Papierkorb, die andere an das Geländer, um nicht auszurutschen. Zurück in meinem Büro, habe ich den Mülleimer sauber gemacht, und mir fiel auf, dass meine Rollos hochgezogen worden waren. Um Haltung zu bewahren, falls jemand den Gang entlangkommen sollte, begann ich, die Akten durchzublättern und daraufhin ihren Inhalt in neue Mappen umzufüllen. Ich zog ein Blatt hervor, gab vor, es sehr konzentriert zu lesen, und schob es wieder an seinen Platz. Ich wiederholte den Vorgang gut hundertmal und muss vollkommen vertieft gewirkt haben, denn niemand ist gekommen, um mich zu stören. In einen riesigen Bürosessel versunken, der zum Mittags-

schlaf aufrief, habe ich zwei Stunden für etwas gebraucht, das ich normalerweise in zwanzig Minuten erledigt hätte. Gegen 13 Uhr 30 bin ich ins Parkhaus hinuntergegangen, um im Schutz vor neugierigen Blicken ein halbes Stündchen in meinem Auto zu schlummern. Gegen 20 Uhr fuhr ich aus meinem Schlaf hoch, in vollkommener Finsternis, und wusste nicht mehr, wo ich war …

32

Es ist nun fast zwei Wochen her, dass ich bei der Agentur Adélie angefangen habe, und es hat mich niemand mehr auf jene wenig glorreiche Episode angesprochen. Ich habe mich wie eine Verrückte in die Arbeit gestürzt, um diesen ersten schlechten Eindruck auszumerzen. Ich werde bald meinen ersten Scheck erhalten, ich trage Verantwortung, habe kleine Hände, an die ich alles delegiere, auf das ich selbst keine Lust habe, Restaurantschecks, eine gute Krankenversicherung, die Zahnbehandlungen anständig zurückzahlt, denselben Bürosessel, der – wie ich gestern festgestellt habe – hoch- und herunterfährt, wenn ich auf eine Pedale drücke, einen Personalcomputer und einen Laptop, Stifte, so viel ich nur will, und einen Schlüssel zu meinem Büro, falls ich nicht behelligt zu werden wünsche. Ich hatte noch nicht die Zeit, mich wirklich mit jemandem anzufreunden – außer mit Martin und Cyrus, von denen ich Ihnen später erzählen werde –, aber seitdem ich nicht mehr im zweiten Tiefgeschoss des Gebäudes schlafe, bin ich selten allein beim Mittagessen. Es gibt immer ein paar gute Seelen, die mir vorschlagen, mich ihnen anzuschließen. Vor allem Männerseelen. Das ist ein gutes Zeichen. Das beweist, dass die Leute mich schätzen und Lust haben, meine Bekanntschaft zu machen. Das gilt nicht für jedermann, und wenn sie könnten, würden mich die alleinstehenden Frauen jeden Morgen verhexen in der Hoffnung, dass ich nie wieder einen Fuß in die Firma setze. Ich gestehe Ihnen, dass ich nicht gerade massenweise Anstrengungen unternehme, um auf sie zuzugehen, aber ich bin der Ansicht, da sie sich in der stärkeren Position befinden, in der Überzahl sind und sich alle seit langem kennen, ist es an ihnen, mich in ihre Gruppe aufzunehmen, und nicht an mir, mich ihnen aufzudrängen. Die »Mädels«, meine Freundinnen, sind davon überzeugt, dass die Frauen eifersüchtig auf mich sind, da ich eine offensichtliche Rivalin bin, die von den Männern des Hauses umschwärmt wird. Sie haben nicht Unrecht misstrauisch zu sein, zweimal habe ich ihnen bereits eine potentielle Beute vor der Nase weggeschnappt. Es stimmt, dass ich immer noch braun bin – UV-Strahlen sei Dank – und ich mich im Moment recht hübsch und in Form finde. Vor meiner Abreise habe ich bereits fast drei Kilo verloren. Bei meiner Heimkehr

war ich um weitere circa vier Kilo und einhundertfünfzig Gramm leichter. Ich bin schlank geworden, und das fühlt sich ausgezeichnet an. Es lebe Martinique! Ich kenne mich, dieser Zustand von körperlicher Glückseligkeit hält nie besonders lange an, ich muss es also genießen.
Ich habe mir die Zeit genommen, all jene zu beobachten, die auf derselben Etage sind wie ich. Wir sind knapp vierzig, die gemeinsam in der zweiten hausen, wobei der Rest auf die dritte und vierte Etage verteilt ist. Eine Geste mit der Hand, die zu zärtlich ist, um rein beruflich zu sein, ein zwischen zwei Türen aufgefangener, schmachtender Blick, ein in einem verlassen geglaubten Gang gestohlener Kuss, ein ausgetauschtes Lächeln voller Versprechen. Ich bin ziemlich begabt dafür, die Unzüchtigen zu erkennen. Ich werde sie Ihnen nicht alle aufzählen, aber François, verheiratet und Vater von drei Kindern, schläft mit Anne-Charlotte, einer der Buchhalterinnen, die nie etwas anderes als seine Mätresse sein wird. Ihr ist das schnurz, sie ist auch verheiratet. Hortense, eine der Assistentinnen des Einkaufsleiters, schläft mit Thierry, einem der kaufmännischen Angestellten und Playboy vom Dienst. Was sie nicht weiß, ist, dass er auch mit Amélie, Laurence und Dorothée schläft. Das alles weiß ich von Sylvie, die das Phänomen Thierry gut kennt, da auch sie ihm auf den Leim gegangen ist. Bis zum Beweis des Gegenteils ist Sylvie die einzige Singlefrau, die ein Wort mit mir wechselt. Ich bin neu, und wie alles Neue bin ich eine Attraktion. DIE

Attraktion. Die Frauen sind eifersüchtig auf mich, und die Männer machen mir den Hof. So was passiert mir schließlich nicht alle Tage.

»Wie bist du in die Agentur gekommen? Kanntest du jemanden?«

»Was hast du denn vorher gemacht? Warum bist du so braun?«

»Bist du verheiratet? Verlobt? Hast du Kinder?«

»Single? Ach? Und warum? Seit wann?«

»Und Cyrus, kanntest du den schon vorher?«

»Wie viel zahlt man dir?«

»Was wirst du denn genau machen? Leiterin der Kundenabteilung? Aber das ist doch Leinas Job.«

Nadège ist die Giftigste. Nicht erstaunlich, denn sie ist abstoßend vor Hässlichkeit. Sie hat Aknekrater und pralle Furunkel rund um den Mund. Sie kleidet sich wie eine alte, abgebrannte Rentnerin, mit schrecklichen Blumenkleidern in furchtbar altmodischen Materialien. Sie konnte mich vom ersten Augenblick an nicht ausstehen, aber daraus mache ich mir einen Dreck, sie ist sowieso zu hässlich, als dass ich mit ihr würde gesehen werden wollen.

Es stimmt, dass einige männliche Kollegen mich umschwärmen, aber das ist eher angenehm. Martin und Cyrus sind dabei besonders eifrig. Das ist ein wenig normal, denn ich habe mit beiden geschlafen. Ich glaube, dass meine kurz zurückliegende Liebesenttäuschung mich zu einem leichten Mädchen gemacht hat. Ich brauche es, wieder zu neuen Kräften zu kommen, zu spüren, dass ich anderen Männern gefalle, um mich für Edgars Rückeroberung stark, schön und wohl genug in meiner Haut zu fühlen. Im Moment aber genügt es, mir zu schmeicheln, mich anzuschwärmen, wenn ich mich äußere, und mir gegenüber gelegentlich zwei, drei banale Sätze über mein Aussehen und meine Persönlichkeit fallen zu lassen, um meine Gunst zu erhalten.

Nach ein paar Tagen Annäherung und immer zweideutigeren Scherzen habe ich mich im Firmenparkhaus mit Cyrus eingelassen. Im Stand gegen einen Pfosten aus Eisenbeton. Bei Martin hat es nicht viel länger gedauert, bis ich ihn mit nach Hause genommen habe. Martin ist seit sieben Jahren Senior Kreativdirektor bei Adélie und hat ungeheuer viel Talent. Er ist ein Mann von neununddreißig Jahren mit gebräunter Haut und haselnussbraunen Augen, zahm wie ein Lamm. Fast unterwürfig, da er stets zuvorkommend sein will. Er macht alles, was ich will, wann ich es will, ohne zu murren oder seine Meinung dazu abzugeben, und hat nur ein Ziel: mir Freude zu bereiten. Er ist zu schwach, zu zerbrechlich, zu abhängig. Er ist im Begriff, sich zu verlieben, und hat noch nie eine Frau wie mich getroffen, so großzügig, schön, aufmerksam und sexy. Das sagt er mir zumindest. Na so was aber auch … Äußerlich gesehen ist Martin sehr gutaussehend, sehr gut gebaut. Seine Haut ist so zart wie die von Babys, und er riecht gut. Ich liebe seine kantigen, breiten, massigen Hände. Ich liebe seine muskulösen, beschützenden Arme. Seine knackigen Pobacken und seine Taille machen mich irre. Ich liebe seinen Körper, nicht seinen Geist. Von seinem Französisch ganz zu schweigen.

»Das ist meinem Bruder sein Pulli.« – »Der ist aber größer wie der.« – »Muss noch nacher Bank.« – »Der wo hat gesagt.« – »Wo gehss'n heut' Mittach essen?« – »Was hass'n da inner Hand?« – »Wo hass'n das her?«

Herrgott, Jesus, Maria und Josef, es kann wirklich nicht wahr sein.

Glücklicherweise verbringt er den größten Teil seiner Zeit alleine mit Nachdenken in seinem Büro, ohne Kontakt zu den Kunden zu haben. »Wer glücklich leben will, der lebe versteckt.«

Das ist genau das, was ich tue. Wenn ich Martin treffe, dann bei mir zu Hause und spät abends. Ich gehe nie zu ihm und vermeide es, mit ihm auszugehen. Kein Restaurant, kein Spaziergang, kein Kino, kein gesellschaftliches Leben als Paar. Das ist das Beste für alle. Mit Martin gibt es keine Gefühle. Es wird nie welche geben. Was Cyrus betrifft, so ist er einer der ältesten kaufmännischen Angestellten der Firma. Er liebt seinen Beruf und hat einen wahren Sinn fürs Geschäft. Als Charmeur und Verführer ist er der Mann für schwierige Situationen. Wenn ein Kunde zögert, der Agentur ein Budget anzuvertrauen, dann schickt man Cyrus los, um den widerspenstigen

Herren weich zu kneten. Mit blonden Locken und hellbraunen, fast goldfarbenen Augen, einem stets ein wenig blassen Gesicht, schlank, verströmt er Sicherheit von der Höhe seiner einen Meter zweiundneunzig herab. Eines Abends ist er mir ins Parkhaus gefolgt, hat sich ganz einfach auf mich gestürzt und mir dabei gestanden, er habe seit dem ersten Tag Lust darauf gehabt. Ich entdecke mit ihm die Macht des Wortes und die Erregung, die es verschaffen kann, wenn er mir mit abgehackter, vor Verlangen bebender Stimme Sätze voller Sex ins Ohr murmelt. Wenn er mich ungestüm gegen besagten Pfeiler nimmt, habe ich keinerlei Zurückhaltung mehr und überrasche mich nun ebenfalls dabei, ihn noch mehr zu erregen, indem ich ihm erzähle, was ich gerne mit ihm machen will oder was ich empfinde, wenn er dieses oder jenes mit mir anstellt. Sobald wir die Gelegenheit haben, das heißt jeden Tag, gehen wir unsere Batterien im Tiefgeschoss aufladen. Martin weiß nichts von Cyrus, und Cyrus weiß nichts von Martin.
Ich lege Wert darauf, meine Affären geheim zu halten. Denn bis zur Schlampe der Etage ist es nämlich nur noch ein kleiner Schritt …

33

Am Freitagabend, den 16. bin ich mit Alizée, Laetitia, Julie und Arthur noch mal auf das Hausboot gegangen.

Marine hatte ein Abendessen und wusste noch nicht, ob sie danach noch wegwollte oder nicht. Es war das erste Mal, dass ich seit meinem denkwürdigen Suff wieder richtig ausging, und ich hatte beschlossen, es mit den *open bar*-Tickets ruhig angehen zu lassen und mich nur an stilles Wasser zu halten. Ich habe ganze fünf Minuten durchgehalten. Alizée und ich haben Laetitia, Julie und Arthur schändlich zurückgelassen, um auf dem Boot ein wenig Ausschau zu halten und die Temperatur zu testen. Genauer gesagt ging es darum zu sehen, ob wir nicht etwas Menschliches zwischen die Finger bekommen können. Seit ihrer Trennung von Gilbert hatte Alizée kein einziges Abenteuer gehabt. Sie suchte nicht unbedingt danach, aber sie begleitete mich gern während meiner Phasen des Ausschauhaltens, die sie unterhaltsam fand, auch wenn sie fast nie von Erfolg gekrönt waren. Eine kleine Runde aufs Dach, um Paris bei Nacht zu bewundern, eine kleine Runde an der Bar vorbei, um die Wodka-Tonic-Reserven aufzufüllen – den dritten für mich – und auf unsere gute und langwährende Gesundheit anzustoßen.

»In die Augen, Alizée! Man muss sich beim Anstoßen in

die Augen schauen, ansonsten gibt es sieben Jahre schlechten Sex. Los, noch mal, schnell!«

»Kein schlechter Sex. Gar kein Sex, was wesentlich schlimmer ist.«

»Oh nein, damit bin ich nicht einverstanden. Ohne ist besser als schlecht, vertrau mir! Und weiß du, dass ... Ich glaub's ja nicht ... Sieh mal da, schnell!«

»Wo denn?«

»Schau mal da drüben rechts. Siehst du den Typen hinter dem dunkelhaarigen Mädel in Rotschwarz?«

»Der große Blonde im Anzug?«

»Nein, dreh dich mal leicht nach links, da, hinter dem langhaarigen Mädel steht ein Typ mit kurzen, lockigen Haaren.«

»Der große Dunkelhaarige in dem weißen T-Shirt?«

»Ja.«

»Der ist ziemlich appetitlich. Weißt du, wer das ist?«

»Das ist mein ›Aprilscherz‹, der, mit dem ich vollkommen blau nach Hause gegangen bin. Er heißt Denis.«

»Warum gehst du nicht hin und sagst ihm hallo?«

»Der wird mich doch glatt für eine Alkoholikerin halten! Erst bin ich blau mit ihm nach Hause gegangen, und vierzehn Tage später sieht er mich wieder, und ich bin schon wieder blau! Und stell dir mal vor, er erkennt mich nicht, wie stünde ich denn dann da? Nein, nein, ich geh nicht hin.«

»Sei nicht blöd. Er kann dich in knapp zwei Wochen doch

nicht vergessen haben. Los, wir gehen hin, ich komme mit dir.«

Wir bahnten uns also einen Weg bis zu Denis the Menace, und bevor ich bei ihm ankam, hatte ich bereits zweimal seinen Blick aufgefangen. Zweimal habe ich strahlend gelächelt und dabei zunächst eine Bewegung mit der Hand, dann mit beiden Armen gemacht, um ihm zu verstehen zu geben, dass sehr wohl er es war, an den sich all diese chaotischen Zeichen richteten. Das reichte anscheinend nicht aus, denn er hat sich zweimal umgedreht, um zu sehen, ob vielleicht jemand hinter ihm gestikulierte und sich für mich interessierte.

»Ich habe dir doch gesagt, es sei keine gute Idee hinzugehen. Ich bin sicher, dass er sich nicht an mich erinnert.«

»Doch, doch.«

»Und was sage ich ihm, wenn ich vor ihm stehe?«

»Nichts. Du sagst ihm: ›Hallo, wie geht's seit dem letzten Mal? Ist ja witzig, dass wir uns hier wiedersehen, wo wir uns kennen gelernt haben.‹ Keine Ahnung, denk dir was aus.«

»Ich werde ihm sagen, dass mein Körper zwar zu haben ist, aber mein Herz einem anderen gehört. Hör auf, bleib stehen. Ich habe überhaupt keine Lust, mit ihm zu reden.«

»Er schaut dich an, das ist die Gelegenheit. Ich bleibe neben dir, versprochen.«

»Hallo, junger Mann.«

»Äh … hallo.«
»Wie geht's?«
»Sehr gut, danke.«
»Bist du jede Woche hier?«
»Seitdem Matthieu und Henri hier ihre Partys machen, komme ich recht regelmäßig, ja.«
»Ach.«
»Und du?«
»Was, ich?«
»Kommst du oft hierher?«
»Regelmäßig, ja, mir gefällt's hier.«
»Hast du vorhin diese großen Gesten in meine Richtung gemacht?«
»Ich? Nein. Nun ja, ein bisschen.«
»Warum?«
»Um dir zu zeigen, dass ich mich sehr wohl an dich erinnere, selbst wenn ich in einem Geisteszustand war, der ans Nirwana grenzte.«
»Ach … Kennen wir uns denn?«
»Ja, so könnte man das nennen.«
»Und wie heißt du?«
»Das habe ich dir bereits gesagt. Mein Vorname fängt mit einem G an.«
Alizée wählte diesen Moment, um sich zu nähern und mir ins Ohr zu flüstern, dass wir vielleicht besser die Mädels an der Bar treffen sollten, denn ich habe in der Tat Recht, es sei vielleicht keine gute Idee gewesen herzu-

kommen und ihm hallo zu sagen. Ich bin trotzdem geblieben, um zu sehen, bis zu welchem Punkt er in der Verleugnung unseres Abenteuers gehen würde. Alizée versetzte mir den Gnadenstoß, indem sie mir verkündete, sie gehe eine Runde drehen, denn sie sei es leid, das fünfte Rad am Wagen zu sein. Und wessen Schuld ist das, frage ich mich? Ich konnte sie noch so sehr am Pulli zupfen, sie zwicken und ihr die Hand zerquetschen, sie entkam mir, und ich war mit Denis allein.

»Géraldine?«

»Wie, Géraldine?«

»Ich suche nach Vornamen, die mit einem G anfangen … Hör mal, ich weiß beim besten Willen dieser Welt nicht, wer du bist. Es tut mir leid.«

»Garance. Ich heiße Garance.«

»Ich möchte ja nicht ungehobelt erscheinen, und es ist mir ziemlich peinlich, aber ich habe überhaupt kein visuelles Gedächtnis, und ohne gemein sein zu wollen, aber die Mädels, die einem so in der Disco über den Weg laufen …«

»Dass du so tust, als wüsstest du nicht, wer ich bin, geht ja noch, aber dass du mich für die Schlampe vom Dienst hältst, die Typen in der Disco aufgabelt, da gehst du eindeutig zu weit.«

»So habe ich das nicht gemeint. Ich wollte dir nur erklären, dass es nicht so einfach ist, sich an alle Mädels zu erinnern, die einem so über den Weg laufen, und …«

»… außer, dass ich kein Mädel bin, das dir über den Weg gelaufen ist. Wir haben uns am Abend des 1. April auf dem Hausboot getroffen, du hast mich mit zu dir genommen, hast mich auf dem Teppichboden gevögelt, und ich bin kurz vor 7 Uhr morgens nach Hause gegangen. Ist der Groschen jetzt gefallen?«

»Nun ja, ich kann dir nur bestätigen, dass du dich in der Person irrst. Ich war nicht …«

»Hallo, Garance, wie geht es dir? Gut siehst du aus, sag mal.«

»Hallo, Luc, mein Lieber. Nett von dir, danke.«

»Aber es sind ja alle da! Es ist schön, euch zu sehen. Hattest du nicht gesagt, du würdest nicht mehr ausgehen nach deinem letzten Suff?«

»Ich steige in zwei Minuten auf Wasser um.«

»Hallo, du, wie geht es dir?«

»Hallo, Luc, ist Marine bei dir?«

»Sie kommt gleich, sie steht an der Garderobe an. Sie wird im siebten Himmel sein, euch wiederzusehen! Es ist mir ganz schön schwergefallen, sie hierher zu schleppen.«

»Ihr beide kennt euch?«

»Natürlich, wir arbeiten zusammen! Seit – wie lange nun schon? – vier, fünf Jahren?«

»Fünf Jahre im Juni. Mein Anhaltspunkt ist meine Ankunft in Paris. Ich bin im Mai angekommen und habe einen Monat später den Job gefunden.«

»Ihr kennt euch also … Ich kann's nicht fassen.«

»Warum?«
»Weil dein Freund nun schon seit einer Stunde so tut, als würde er mich nicht kennen. Ich bin froh, dass du da bist, denn du wirst Denis erklären können, dass es nicht meiner Gewohnheit entspricht, Typen in …«
»Denis?«
»Was ist denn daran so komisch?«
»Ihr habt euch also noch nicht kennen gelernt. Garance, ich stelle dir Fabio Mennechi vor. Fabio, das ist Garance Kléberg, eine der besten Freundinnen von Marine.«
»Fabio? Du heißt nicht Denis?«
»Nein, und ich war vor vierzehn Tagen nicht in Paris. Aber ich bin hocherfreut, dich kennen zu lernen.«
Es gibt so Tage, an denen würde ich am liebsten einfach nur unsichtbar sein.

34

Arthur war hoch erfreut darüber, dass die Kosmetikerin Caroline sich so gut um mich gekümmert hat, und ihm zufolge findet sie mich ganz toll. Kann sie. Ich wagte es nicht, ihm zu gestehen, dass man mir beim Gehen die Hälfte des Ladens mitgegeben und mein Banker fünf Tage später mit einem Schreiben herausgerückt hatte, um mich darüber zu informieren, dass mein Konto leicht überzogen sei. Wofür er mir in jedem Fall Agios in übertriebener Höhe berechnen würde in der Hoffnung, dass ich schnell eine Lösung finden würde. Ich werde eine haben, sobald ich Ende April meinen ersten Gehaltsscheck eingereicht haben werde. Geldwunden sind noch nie tödlich gewesen. Das ist mal wieder einer der Lieblingssätze meiner Mutter, die noch nie an einer wie auch immer gearteten finanziellen Wunde leiden musste. Wenn ich das höre, bin ich jedes Mal aufs Neue empört, und die Gewohnheit ändert daran nichts. Ich kontere ihr oft, dass ich es sehr amüsant finde, stinkreichen Leuten dabei zuzuhören, wie sie behaupten, Geld mache nicht glücklich, und einem dabei direkt in die Augen schauen. Leicht gesagt, wenn man auf einer mit Dollars vollgestopften Matratze schläft und es das einzige Problem im Leben darstellt, zu wissen, ob man sich zuerst den Nerz kaufen soll, den Urlaub im Sechs-Sterne-Hotel am anderen Ende der Welt oder das todschicke Auto, das die *happy few* unbedingt haben müssen. Oder alles drei auf einmal.

Ich habe beschlossen, morgen Abend zu meinem ersten Step-Aerobic-Kurs zu gehen. Es war entweder das oder die Anonymen Alkoholiker. Ich habe mich für die Step-Aerobic entschieden. Mein Termin im Fitnessclub ist um genau 19 Uhr 30. Ich habe das noch nie gemacht, aber ein Trainer, den ich getroffen habe, als ich vor drei Jahrhunderten das letzte Mal zum Bodybuilding gegangen bin, hat mir gesagt, das sei sehr gut für das, was ich habe. Ich habe nicht genau verstanden, was ich habe, aber er ist der Profi, daher verlasse ich mich auf sein Urteil. Und da mein »neues Ich« beschlossen hat, mindestens dreimal die Woche Sport zu treiben, hat es gedacht, es sei intelligent, in ein neues Extremoutfit zu investieren. Leichtfüßig wie die sieben Zwerge, wenn sie von der Arbeit kommen, bin ich in den Laden gegangen, davon überzeugt, dass es nichts Einfacheres gäbe als eine Jogginghose, eine passende Jacke und Sportschuhe zu finden, die nicht allzu plump sind, das Ganze für weniger als tausend Euro. Der Verkäufer, der das Pech hatte, in den Gang einzubiegen, in dem ich vor prallgefüllten Regalen somatisierte, und der lächelte, als er meinen Blick kreuzte, befindet sich heute in Schlafkur.

»Entschuldigen Sie, Monsieur, ich suche ein Ensemble aus Hose, Jacke und Tennisschuhen.«

»Dann gehen Sie doch bitte in die Tennisabteilung, sehen Sie … da, wo die Schläger sind.«

»Ah ja, äh … nein, ich will kein Tennis spielen. Ich will Sport machen.«

»Was für einen Sport machen Sie denn?«

»Keinen im Moment. Aber ich werde Kurse machen, mit Geräten, solche Sachen eben.«

»Sie werden nur Hallensport machen, sicher? Das ist wichtig für die Schuhe.«

»Nein, nicht unbedingt. Ich hätte gerne Schuhe, die man

wenn möglich sowohl draußen als auch drinnen anziehen kann.«

»Was ich meine, ist, dass Sie Schuhe brauchen, die den Aufprall abfedern, wenn Sie Aerobic oder Step-Aerobic machen. Wenn Sie Stretching oder Bauch-Po-Gymnastik machen, brauchen Sie was anderes.«

»Hören Sie, ich möchte einfach nur ein ganz simples, schlichtes Paar Schuhe, die nicht nach Provinz aussehen.«

»Diese hier sind die schlichtesten, die wir haben. Sie kosten fünfundzwanzig Euro, und es gibt sie in schwarz und türkis.«

»Sie sind zwar nicht teuer, aber wirklich hässlich. Was haben Sie sonst noch?«

»Wie viel möchten Sie denn anlegen?«

»Weiß ich nicht. Zeigen Sie mir, was Sie haben, ich werde das später entscheiden. Die für sechzig-noch-was, sind die gut?«

»Ja, wenn Sie Tennis spielen.«

»Gut … Und die daneben für siebzig Euro?«

»Laufschuhe.«

»Und die Weißen da, im zweiten Regal von oben? Die sind doch gut, oder?«

»Ja. Wenn Sie Fußball spielen.«

»Ich hatte die Noppen nicht gesehen. Haben Sie nicht dieselben für Sport in der Halle?«

»Nein.«

»Okay … Da wir schließlich nicht das ganze Jahr damit verbringen wollen, werde ich die Weißen mit den Schnürsenkeln dort rechts neben den Roten in 37 anprobieren.«

»Nur Aerobic.«

»Na, perfekt. Ich werde nichts anderes damit machen. Ich schwöre es Ihnen.«

In der Zeit, während ich mich hinsetze, mich bücke, um sie anzuziehen, und aufstehe, um mich im Spiegel zu betrachten, ist der Verkäufer verschwunden. Ich verdächtige ihn, sich im Lager versteckt zu haben. Mein Paar Sportschuhe »speziell für Aerobic, die sich selbst zerstören, sollte ich einen Zeh damit nach draußen setzen« an den Füßen, musste ich nur noch etwas finden, um den Rest zu bedecken. Nachdem ich Stunden vor jedem Regal damit verbracht hatte, Marken, Schnitte und Stoffe zu vergleichen, warf ich ein Auge auf verschiedene Ensembles, die ich mich beeilt habe anzuprobieren. Nichts passte. Aus heller Verzweiflung, da das Geschäft zumachte, habe ich das teuerste Ensemble genommen, wobei ich mal wieder an meine Mutter dachte, die sich folgende Maxime zu eigen gemacht hat: »Je teurer, desto besser.« Es handelt sich um eine Kapuzenjacke mit Reißverschluss und eine gerade geschnittene Hose in derselben Farbe, die mir nicht allzu schlecht stehen, und die den Vorzug haben, perfekt zu meinen neuen Schuhen zu passen. Alles ist in fleckenlosem Weiß. Das wird zwar schnell schmutzig, aber ich bin nicht gerade der Typ, der sich auf dem Boden rollt, und da ich niemals draußen damit Sport treiben werde – der Verkäufer hat es mir ja ausdrücklich verboten –, ist die Angelegenheit im Sack. Ja, und zwar in dem Rucksack, den ich ebenfalls gekauft habe, um meine Ausrüstung der vollendeten Sportlerin zu vervollständigen.

Es ist halb acht, und etwa fünfzehn Personen warten auf den Step-Aerobic-Trainer. Ich habe meine neuen Klamotten an und ein Stirnband in den Haaren, damit der Schweiß mir nicht in die Augen tropft, falls die Anstrengung mich ins Schwitzen bringen sollte. Es kommt also die französische Version von G. I. Jane herein, der ich den Spitznamen Dschi Ei Dschenn verpasst habe. Rasierter Schädel, hervortretende Muskeln, Waschbrettbauch, kurze Shorts und ärmelloses T-Shirt, Piercing in der Nase und in der Augenbraue und, glaube ich, in der Zunge. Ich stehe unter ihrer Fuchtel. Ich kann Ihnen sagen, dass ich klein beigebe und damit rechne, brutal korrigiert zu werden, falls sie bemerken sollte, dass der Bewegungsablauf, den sie mir nachzuahmen befiehlt, nicht perfekt reproduziert wird. Die Musik in voller Lautstärke, schreit Jasmine, das ist ihr richtiger Name, uns in die Ohren und gibt ihre Befehle durch ein Mikrophon, dessen Befestigung durch das Wirken des Heiligen Geistes an ihrem Kopf hält. Ich habe derartige Angst, mir vor allen ein Bein amputieren zu lassen, wenn ich einen falschen Schritt tue, dass ich ultrakonzentriert bin und vollkommen angespannt. In

zwanzig Minuten muss ich ohne zu lügen die Plastikstufe, die sich vor mir befindet, gut tausendmal hinauf- und hinuntergestiegen sein. Man kann mich mit einem kleinen Löffel auflesen. Ich schwitze. Das Stirnband rutscht mir bei jeder Bewegung in die Augen und drückt meine Ponysträhne platt, die ich wieder zurechtschieben muss, wenn ich den Aerobic-Kurs mitmachen will. Auch wenn ich Jasmines Blick ausweiche, um nicht zur Salzsäule zu erstarren, weiß ich, dass sie mich nicht verfehlen wird, wenn sie mich bei irgendwas erwischt. Ich lasse das Stirnband da, wo es sich am wohlsten fühlt, das heißt quer über meiner Nase und meinem Auge, konzentriere mich auf meine Übungen und lege dabei den Kopf nach hinten in dem Versuch, über das elende Stück Frottee hinüberzuschielen.
»Soll ich Ihnen zur Hand gehen wegen Ihrer Frisur? Ich werde Ihnen dieselbe verpassen wie mir, dann haben Sie keine Probleme mehr mit Ihrem Pony.«
Das war keine Frage. Ich habe daher nicht geantwortet. Ich habe die Nase voll und bin ausgelaugt. Ich stelle mir vor, dass man mir das ansehen muss, denn meine beiden Nachbarinnen, die ebenso große Angsthasen sind wie ich, schauen mitleidig drein, nach dem Motto: »Wir wissen, wie das ist, wir haben das auch schon mitgemacht. Nur Mut!«
Dschi Ei Dschenn brüllt wie eine Wilde, um den Rhythmus aufrechtzuerhalten. Natürlich macht sie das nicht,

um uns anzuschreien (obwohl …), sondern damit ihre Stimme so weit wie möglich getragen wird. Und doch ist es beeindruckend für mich, der es schwer fällt, mich daran zu gewöhnen, den Befehlen einer glatzköpfigen Frau Folge zu leisten, die mich skalpieren will.

»Los, entspannen wir uns mal! Wir sind doch da, um Spaß zu haben! Und eins … und zwei … und drei … Wir steigen von der Stufe herunter und drehen uns nach rechts, das Ganze immer zur Musik. Ich habe gesagt, nach rechts, für das Fräulein da hinten ganz in Weiß!«

Ups …

»Und noch mal, einen Schritt in die Mitte, dann drehen wir uns nach rechts und hopp, springen auf die linke Seite. Wir steigen herunter, gehen einmal drum herum, stellen den linken Fuß auf die Stufe und hören dabei immer auf die Musik, bitte. Und die Arme? Ihre Arme sind doch nicht gelähmt, oder irre ich mich? Bewegen sich die Arme auch, ja? Wollen Sie, dass ich komme und es Ihnen zeige?«

Sie ist sauer auf mich. Oh nein … sie ist von ihrem Podium heruntergestiegen. Sollte Jasmine sich mir nähern, ich schwöre Ihnen, dann mache ich mir in die Hose …

35

Ich habe heute einen Anruf von Luc erhalten. Obwohl wir uns sehr gut verstehen und wahre Freunde sind, kommt es recht selten vor, dass er mich anruft, ohne dass Marine in der Nähe ist, und sie war es nicht. Fabio war der Grund seines Anrufs.

Anscheinend hat er nach unserem vollkommen schiefgelaufenen Zusammentreffen einige Fragen bezüglich meiner Wenigkeit gestellt. Wer ich sei, wo ich wohne, ob es in meinem Leben jemanden gebe, ob ich viel ausgehe, ob es mir oft passiere, dass ich meine Liebhaber nicht wiedererkenne, etc.

Schließlich hat er Luc um meine Nummer gebeten, der zunächst Marine um Rat gefragt hatte, bevor er mir die Frage direkt stellte.

»Hör mal, ehrlich gesagt interessiert er mich nicht. Er ist überhaupt nicht mein Typ. Außerdem mag ich keine Männer mit Grübchen im Kinn. So ist zumindest alles geklärt. Es tut mir leid, Luc, dein Kumpel ist bestimmt sehr nett, aber du kannst ihm ja sagen, ich sei nicht verfügbar, ich sei mit Edgar zusammen.«

»Ich habe ihm bereits gesagt, dass du Single bist.«

»Dann sagst du ihm halt, dass du dich geirrt hast.«

»Ich wollte dich nur mal daran erinnern, dass *du* ihn angesprochen hast, weil du dachtest, er sei der Typ, den du dir zehn oder vierzehn Tage vorher genehmigt hast! Also, meiner Meinung nach, was das mit der treuen Verlobten betrifft …«

»Ich weiß, was du vorhast. Gib mir einfach seine Nummer. Los, ich höre.«

»06 22 66 …«

»Und sag ihm, dass ich ihn anrufe. Ist das okay für dich?«

»Wirst du es machen?«

»Natürlich nicht, aber so haben wir zumindest unsere Ruhe.«

Da ich Luc nicht in Verlegenheit bringen und noch weniger belügen wollte, habe ich tatsächlich Fabios Nummer in mein Handy-Telefonbuch eingespeichert, obwohl ich ganz genau wusste, dass ich sie niemals anwählen würde.

Immer noch keine Neuigkeiten aus Cebu seit nun fast zweieinhalb Monaten. Ich habe Sylvie, seit kurzem meine neue Bürofreundin, bestochen, damit sie in Edgars Firma anruft, als sei nichts.

»Guten Tag, ich hätte gerne mit Edgar Colin gesprochen, bitte.«

»Es tut mir leid, er ist nicht anwesend. Kann ich ihm vielleicht etwas ausrichten?«

»Wissen Sie, um wie viel Uhr ich ihn erreichen kann?«

»Er ist bis zum 4. Mai auf Geschäftsreise im Ausland. Warten Sie, ich schaue mal nach … Ja, genau, er ist nächsten Dienstag wieder im Büro.«

»Sollte er nicht früher wieder zurück sein?«

»Monsieur Colin ist in der Tat am 7. zurückgekommen, aber das war nicht geplant. Er musste wieder hin. Und Sie sind Madame …?«

Ich riss Sylvie das Telefon aus der Hand, um direkt zu Wort zu kommen.

»Ist er lange in Paris geblieben?«

»Sie sind Madame …?«

»Wie lange ist er geblieben?«

»Dürfte ich bitte Ihren Namen haben?«

»Nein, darfst du eben nicht! Also, antwortest du nun, ja oder Scheiße?«

»Scheiße.«

Man sieht schon, dass sie mit Edgar zusammen arbeitet. Edgar war zurück in Paris und hatte nicht einmal die Güte besessen, mich anzurufen! Ich denke, wenn er die Scherben hätte kitten wollen, dann hätte er zwischen dem Datum seiner Rückkehr und dem seiner erneuten Abreise die Zeit gefunden, um zumindest einmal kurz anzurufen. Nichts. Nicht einmal eine E-Mail. Andererseits ist er vielleicht überstürzt zurückgeflogen, weil sein Visum nicht mehr gültig war. Vielleicht wollte er mich anrufen, hat es aber nicht mehr geschafft. Vielleicht ist er direkt ins Lot gefahren, um seine Großmutter zu beerdigen, wer weiß? Vielleicht bin ich gerade dabei, nach Ausreden für ihn zu suchen, um mir nicht eingestehen zu müssen, dass das mit ihm und mir ein für alle Mal vorbei ist. Arthur hat die Sensibilität einer Frau und gibt oft kluge Ratschläge. Ich bin zu aufgeregt, um das für mich zu behalten, und mit Sylvie bin ich noch nicht eng genug befreundet, um ihr mein Leben und seine Schicksalsschläge zu erzählen.

»Arthur? Ich bin's noch mal. Du wirst nie erraten, was ich gerade erfahren habe.«

»Was gibt's denn?«

»Du wirst es nicht glauben!«

»Bist du schwanger? Macht die Agentur Adélie pleite? Ist deine Mutter auf Heroin umgestiegen?«

»Schlimmer. Edgar ist seit dem 7. in Paris!«

»Woher weißt du das?«

»Eigentlich ist er am 7. zurückgekommen und am nächsten oder übernächsten Tag wieder hingeflogen, ich weiß es nicht genau. Glaubst du nicht auch, er hätte sich mal melden können, bevor er wieder abgehauen ist?«

»Ich habe dich gefragt, woher du das weißt.«

»Das Mädel bei ihm im Büro hat uns gesagt, er sei am 4. Mai da. Warum willst du das wissen?«

Arthur hat mir mitgeteilt, dass Anne-Catherine, die Schwester von Fanfan, seinem neuen Lover, eine Freundin hatte, Casey, die Aglaé kannte und glaubte, sie vor acht oder zehn Tagen in einer Boutique auf der Rue Saint-Honoré gesehen zu haben. Was bestätigen würde, was die Telefonistin uns erzählt hat: Auch wenn er wieder hingeflogen ist, so ist Edgar sehr wohl zwischenzeitlich zurückgekommen. Und wenn er wieder hingeflogen ist, dann ohne seine Gefährtin. Arthur hatte nicht mit mir darüber sprechen wollen, damit ich nicht anfange, mir umsonst einen Kopf zu machen, falls Anne-Catherines Freundin vielleicht falsch gesehen haben sollte. Ich hatte viel Arbeit und viele andere Dinge, auf die ich mich konzentrieren musste, ich habe daher meinem tiefen Kummer keinen freien Lauf lassen können. Ich war trotzdem am Boden zerstört.

Am selben Abend habe ich Martin zu Hilfe gerufen, um mich an einer freundlichen Schulter ausweinen zu können. Nachdem er gegangen war, stürzte ich mich aufs Telefon, um mitten in der Nacht zu überprüfen, ob Aglaé in Paris war. Es war sehr wohl sie, die vollkommen verschlafen abgenommen hat. Mit einem Taschentuch auf dem Hörer, um meine Stimme zu fälschen, hatte ich ihr zwei, drei Grobheiten ins Gesicht geschleudert (wie bei den Telefonscherzen, die ich als Zwölfjährige gemacht hatte), bevor ich einfach den Hörer auf die Gabel knallte. Das ist zwar total kindisch, tut aber gut.

Ich bin unglücklich. Wenn Sie wüssten, wie sehr Edgar mir fehlt! Ich habe die starke Frau gespielt, die alles auf sich nimmt und ein aufregendes Leben mit Ausgehen, Bettgeschichten und Besäufnissen führt, aber ich habe lediglich versucht, eine riesige Leere zu füllen. Ich habe angefangen, Sport zu treiben, eine Diät zu machen, ich bin hübsch und braungebrannt, ich schminke mich jeden Abend ab, wie Caroline es mir gezeigt hat, ich trage jeden

Tag Creme auf, ich habe meine Gewohnheiten geändert, habe Leute kennen gelernt etc. Das alles habe ich gern getan. Für mich. Und für Edgar. Da war nicht ein Tag seit über zwei Monaten, an dem ich nicht an ihn gedacht habe, an dem ich mir nicht sein Leben da drüben vorgestellt habe, an dem ich nicht von seinen Küssen, seinen Zärtlichkeiten und unserem Wiedersehen geträumt habe. Abwechselnd haben Martin und Cyrus mein eiskaltes Bett gewärmt und mich die Sanftheit und die Wärme von Edgars Armen vergessen lassen. Sie kümmern sich um mich, jeder auf seine Weise, indem sie mir die Liebe und die Zärtlichkeit geben, die mir seit dem Break fehlen. Ich habe nicht gelogen, beide wissen, dass ich auf Edgar warte und es mir unmöglich ist, mich gefühlsmäßig einzubringen. Diese Regelung passt Cyrus perfekt, der sich mit ein paar Sexnächten mal hier mal da, zwischen dem Parkhaus und meinem Bett, zufrieden gibt, und der, da bin ich mir sicher, ein auf allen Ebenen ausgefülltes Leben hat. Martin hingegen hat es erwischt. Und er verheimlicht es nicht …

»Da wo ich dich das erste Mal gesehen hab, hab ich mich verliebt. Da kann ich nix für. Und weiße, was mir sehr freuen würde?«

»Nein.«

»Ich würd gern ein Morgen mit dir aufwachen, anstelle von mitten in die Nacht gehen.«

Daran denken, ihm sämtliche französischen Grammatik-Bücher zu schenken, die in der ersten bis zur sechsten Klasse verwendet werden.

Martin hat Recht, er hat noch nie eine ganz Nacht bei mir zu Hause geschlafen. Er gehört wie Cyrus zu denjenigen, denen ich nie meine heilige Frage am Morgen stellen werde: »Tee oder Kaffee?«

»Wirklich, Garance, ich würd' gern eine richtige Nacht mit dir verbringen.«

»Das verstehe ich gut, aber ... wie soll ich dir das sagen, ohne dich zu verletzen ... das wird nicht möglich sein, verstehst du?«

»Warum? Ich will nur wissen, warum du nich' willß.«

»Warum ... Weil ... Weil es nicht geht.«

»Sach's mir, warum.«

»Weil ... Zunächst einmal, weil es nicht ›sach's mir‹, sondern ›sag es mir‹ heißt, und dann ... weil ... ich gerne ruhig frühstücke, allein, nicht im Bett, und nicht mit jemandem neben mir, der alles voll krümelt.«

»Aber ich bin nich' jemand. Ich bin doch mehr als das, oder?«

»Äh ... ja ...«

»Zählt das nich' für dich, die Momente, die wo ich zu dir komm'?«

»Doch, doch, doch.«

»Und?«

»Und die Antwort ist nein.«

Er ist ja nett, aber ein bisschen beschränkt.

36

Marine erwartet ein Kind! Wenn Sie wüssten, wie glücklich ich bin! Sie ist fast im dritten Monat schwanger. Sie hatte ganz schön Mut, ich hätte ein solches Geheimnis niemals so lange für mich behalten können. Sie versucht es nun schon seit so vielen Jahren, und da die Behandlungen, Analysen und Medikamente nichts ergeben haben, hat sie diesmal beschlossen, einen kürzeren Weg einzuschlagen, den die Schulmedizin mit lautem Geschrei verdammen würde, wenn sie davon Wind bekäme. Seit sechs Monaten begibt sich Marine bei jedem Zyklusbeginn zu einem Marabu im tiefsten 20. Arrondissement, der ihr merkwürdige Tränke zu trinken gibt, sie massiert, ein Pendel über ihrem Bauch kreisen lässt und in Rauchspiralen liest, was es dort anscheinend zu lesen gibt, damit sie schwanger wird. Am selben Abend sowie an allen darauffolgenden Abenden musste Luc einen sehr bitteren Sud trinken und zu einer bestimmten Uhrzeit in einer besonderen Stellung mit ihr schlafen.

So unglaublich es sich auch anhören mag: Es hat geklappt. Marine hat alle Tests gemacht. Es ist okay. Selbst ihre Frauenärztin, die uns alle fünf seit der Pubertät betreut, konnte es kaum glauben.

»Das grenzt an ein Wunder nach so vielen Jahren! Machen Sie sich keine Sorgen, die Eizelle sitzt gut fest. Das

Kind wird im November auf die Welt kommen. Das wird ein hübsches Skorpion- oder Schütze-Baby!«

Alizée, Laetitia, Julie und ich sind alle vier Patin. Marine wollte sich nicht entscheiden und nur eine von denen auswählen müssen, die sie am meisten liebt auf dieser Welt. Wir fanden, das sei eine phantastische Idee, die wir beschlossen haben nachzuahmen, sobald auch wir Mütter würden. Bliebe nur noch, am Tag der Taufe den Priester von der Rechtmäßigkeit unserer Initiative zu überzeugen. Aber alles zu seiner Zeit.

Ich bin mit den Mädels, Luc und Arthur essen gegangen, um das Ereignis zu feiern, und wir sind auf Aglaé gestoßen, die in demselben Restaurant mit einem Typen am Tisch saß, der so hässlich war wie die Nacht. Wir saßen bereits, als sie kam, um uns zu begrüßen – im Übrigen mehr aus Prinzip als aus irgendeinem anderen Grund. Nachdem sie ihre kleine PR-Nummer abgezogen und eine Runde um den Tisch gedreht hatte, pflanzte sie sich vor mir auf.

»Na, wie geht's denn so? Ich habe durchs Hörensagen erfahren, dass du einen Job hast. Das tut dir doch bestimmt gut, dich wieder in die Arbeit zu stürzen, oder?«

»Wer hat es dir erzählt?«

»Cyril. Er hat mir gesagt, er hätte dich auf dem Hausboot getroffen. Auf jeden Fall scheint es dir besser zu gehen. Das sieht man mit Freuden. Und du hast abgenommen, oder?«

»Ja.«
»Es stimmt schon, dass du dich gegen Ende ein wenig hast gehen lassen. Wie viel bist du losgeworden? Drei, vier?«
»Gegen welches Ende?«
»Und dein Job, gefällt er dir?«
»Es ist alles in bester Ordnung, danke.«
»Ich bin auf jeden Fall kaputt! Es fiel mir verdammt schwer, mich von dem Jetlag zu erholen, aber diese Reise war der reinste Wahnsinn. Seit dem 7. komme ich überhaupt nicht zur Ruhe. Ich höre nicht auf zu arbeiten wie eine Verrückte und habe keine Minute für mich. Ach, übrigens … Weißt du's schon?«
»Was?«
»Weißt du, dass Edgars Großmutter gestorben ist?«
»Camille?«
Ups, ups und noch mal ups … Ich erinnere mich daran, Ihnen gesagt zu haben: »Vielleicht ist er direkt ins Lot gefahren, um seine Großmutter zu beerdigen, wer weiß?« Ich hoffe, dass dazwischen keine Ursache-Wirkung-Beziehung besteht und ich nicht mit einer Macht ausgestattet bin, bei der es genügt, dass ich zum Spaß an den Tod von Leuten denke, damit dieser sie hinwegrafft.
»Ja, deswegen ist er zur gleichen Zeit wie ich zurückgekommen.«
»Wie ist sie gestorben?«
»Im Schlaf. Kanntest du sie?«
»Nein.«

»Ach ja, stimmt! Du bist ja nie in ihrem Haus gewesen.«

»Ich habe nicht dieselben Privilegien wie du, das müsstest du doch langsam wissen.«

»Du kannst dir nicht vorstellen, wie sehr mich das schmerzt, Edgar so zu sehen.«

»Doch, doch, mach dir keine Sorgen, kann ich.«

»Er ist einmal hin und zurück für die Beerdigung. Ich dachte, er hätte dich angerufen, um es dir zu sagen.«

»Na, dann hast du dich eben geirrt.«

»Jetzt verstehe ich besser, warum seine Mutter sauer auf dich war, weil du nicht angerufen hast, um ihr herzliches Beileid zu wünschen. Ich glaube, sie weiß nicht, dass es aus ist zwischen euch.«

»Wir machen einen Break, das ist alles. Bestellen wir nun oder nicht? Habt ihr gewählt, Mädels?«

»Man bedenke, dass er aber auch nicht viel Zeit hatte, um dich anzurufen, er ist zwei Tage geblieben und sofort wieder zurückgeflogen.«

»Es ist nett, dass du vorbeigekommen bist, aber wir werden jetzt essen. Danke für die Neuigkeiten und bis …«

»Auf jeden Fall ist er superzufrieden mit dem Ergebnis, was Cebu anbelangt. Weißt du, dass man ihm vielleicht das gesamte Gebiet Asien anvertrauen wird?«

»Nein, und das weißt du ganz genau. Nehmen wir Wein oder bleiben wir bei Champagner?«

»Ich will ja keinen Bock schießen, aber ich habe den Eindruck, du weißt nicht Bescheid.«

»Bescheid über was?«
»Darüber, dass Edgar in Paris ist.«
»Er ist zurück? Wir haben doch noch gar nicht den 4.!«
»Er hat seinen Rückflug vorgezogen, es war letztendlich nicht nötig, dass er seinen Aufenthalt verlängert. Er ist seit fünf Tagen in Paris. Er sollte dich anrufen, also dachte ich, dass du es wüsstest.«
»Ich denke, du solltest jetzt gehen. Dein Freund wartet auf dich.«
Ich habe die Neuigkeit tatsächlich wie eine Ohrfeige aufgenommen, aber ich wollte nicht, dass die andere mich weinen sieht. Ich habe mehr schlecht als recht meine Schluchzer zurückgehalten und machte mir dabei Vorwürfe, Marines Abend mit meinen Herzensproblemen zu verderben, die mir auf einmal unlösbar erschienen. Wir saßen noch bei Tisch, als Aglaé das Restaurant verließ. Bevor sie zur Tür hinaustrat, drehte sie sich mit einem strahlenden Lächeln zu mir um, und von weitem las ich auf ihren Lippen ein »Bis bald«, das sich an mich richtete. Ihr Blick war triumphierend. Der Blick jener, die gerade den Gnadenstoß versetzt hat und innerlich jubelt. Als ich nach Hause kam, habe ich natürlich sofort Edgar angerufen. Um mal zu sehen. Um 2 Uhr morgens war er nicht zu Hause. Ich habe meine schönste Stewardessenstimme angenommen und eine erste Nachricht auf seinem Anrufbeantworter hinterlassen.
»Edgar, hier ist Garance. Ich hoffe, es geht dir gut. Das mit

deiner Großmutter tut mir leid, aber es freut mich, dass du zurück bist. Ich habe Aglaé getroffen und wollte mit dir darüber sprechen. Ich habe viel nachgedacht und habe dir einiges zu sagen. Ich drücke dich ganz fest. Ruf mich an, sobald du heute Abend nach Hause kommst. Egal um wie viel Uhr. Ich werde nicht im Bett sein.«

Die dritte Nachricht fiel bereits weniger schmachtend aus.

»Hier ist noch mal Garance, ich fange langsam an zu glauben, dass du nicht mit mir sprechen willst. Es ist 3 Uhr, ruf mich zurück.«

Die neunte Nachricht, um 8 Uhr morgens, war regelrecht unangenehm.

»Verdammt, wo steckst du denn? Du kotzt mich echt an. Das ist die ich-weiß-nicht-wie-vielte Nachricht, die ich dir hinterlasse. Ich warne dich, du solltest besser schnellstens zu deinem Telefon greifen und mich anrufen, ansonsten kannst du was erleben.«

37

Ich hinterlasse nun schon seit Tagen ein, zwei oder drei tägliche Nachrichten bei ihm, ohne die achttausend Mal mitzuzählen, bei denen ich auflege, sobald ich höre, dass sich der Anrufbeantworter einschaltet. Ich habe gestern sogar im Büro angerufen, am Tag der Arbeit.

Ein Samstag noch dazu, wie verblödet kann man nur sein! Es war natürlich keine Menschenseele da, aber ich habe es trotz allem zweihundertmal am Tag versucht in der Hoffnung, dass doch noch jemand abheben würde. Ich werde verrückt. Stellen Sie sich vor, dass ich vor fünf Tagen sogar in seinem Büro aufgetaucht bin. Ich muss zugeben, ich war ein wenig betrunken. Zu betrunken, um normal aufrecht stehen zu können, aber ich brauchte den Alkohol, um mir Mut zu machen. Betrunken und verkleidet. Ja, verkleidet. Fragen Sie mich nicht, warum. Mit einer blondgelockten, langhaarigen Perücke. Einem Rock mit Volants, den Netzstrümpfen, hochhackigen Schuhen und dem Nerz, den ich an dem *Crillon*-Abend getragen hatte, dazu eine Paillettentasche, um das Ganze zu vervollkommnen. Am Empfang saß die neue *aficionada* des »Scheiße«. Jene, die sofort auflegt, sobald ich anrufe.

»Guten Tag. Kann ich Ihnen helfen?«

»Ich bin mit Monsieur Colin verabredet. Können Sie ihm Bescheid geben, dass Roxane auf ihn wartet? Ich bin eine Freundin seiner Schwester.«

Ich blieb aufrecht stehen dank der Einwirkung des Heiligen Geistes, eine Hand an den Schreibtisch geklebt, um mein quasi nicht vorhandenes Gleichgewicht nicht zu verlieren, und konzentrierte mich auf die Telefonistin, die ich in doppelter Ausführung sah.

»Worum geht es denn?«

»Also, nun sind Sie so nett und rufen ihn an … und zwar JETZT! Habe ich mich verständlich genug ausgedrückt?«
Während ich meine Perücke zurechtrückte, wischte sie sich mit angeekelter Miene die Wange ab, auf dem ein enormer Tropfen Spucke thronte.
»Monsieur Colin ist augenblicklich nicht in Paris. Er wird wieder da sein am …«
»Mein kleiner Finger sagt mir, dass er zurück ist. Du wirst also nun aufhören mit deinem Geschwätz und schnellstens seine Nummer wählen und ihm sagen, dass ich da bin. Ansonsten …«
»Ansonsten …?«
»Ansonsten bleibe ich bis Mitternacht hier stehen, wenn es sein muss, und werde sämtliche Büros absuchen, bis ich besagten Spinner gefunden habe!«
»Wenn Sie nicht sofort das Gebäude verlassen, werde ich mich gezwungen sehen, den Sicherheitsdienst zu rufen.«
»Und ich werde dir die Visage mit meiner Paillettentasche einschlagen, du Schlampe!«
Sie musterte mich, als erwartete sie, dass ich ihr an den Hals springe, um sie zu beißen, aber sie hat ihr Versprechen gehalten. Die Sicherheitsbeamten waren gekommen, und getragen in zwei Metern Höhe wurde ich aus dem Gebäude geworfen. Meine Perücke in einer Hand und meinen Pass in der anderen, den ich dem Drachen und den Wächtern für eine gewöhnliche Identitätskontrolle hatte vorzeigen müssen.

»Aber die kenne ich doch, das ist die verrückte Alkoholikerin, die mich hundertmal am Tag am Telefon belästigt! Das ist die Ex von einem unserer Verantwortlichen. Wenn man sich ihr Verhalten so ansieht, verstehe ich, warum Monsieur Colin sie abserviert hat!«

Ein »Hast du dir mal *deine* Fresse angeschaut?« hat gereicht, damit ich mich auf den Bürgersteig katapultiert wiederfand. Mit dem ausdrücklichen und definitiven Verbot, noch einmal den Fuß in das Viertel zu setzen.

Meine Nachrichten werden immer giftiger, und ich bin dabei, alle gegen mich aufzubringen. In der Agentur verliert Sylvie langsam die Geduld und ist es leid, die Grundgebühr ihres Handys dafür auszugeben, Edgar auf seinem anzurufen. Er nimmt auch nicht ab, obwohl sie als »unbekannter Teilnehmer« anruft. Vielleicht ist er misstrauisch. Ich glaube nicht, dass ich mich besonders geschickt dabei anstelle, ihm die Lust zu vermitteln, mich wiederzusehen oder mit mir zu sprechen, das gebe ich zu, aber ich kann nicht anders. Ich finde seine Haltung dermaßen feige und unreif, dass ich mich in der Lage fühle, ihn zu belästigen, bis er klein beigibt. In acht Tagen ohne Neuigkeiten ist alles, die ganze Arbeit, die ich mir in über zwei Monaten gemacht hatte, die ganze Energie und die gute Laune, die ich angesammelt hatte, die ganze Hoffnung, die ich in seine Rückkehr gesetzt hatte, zusammengebrochen wegen eines Anrufs, der nicht kommen will. Die Mädels muntern mich auf, wie sie können, auch wenn sie sich

Edgars Verhalten nicht erklären können. Marine ist zu rein, um sich vorzustellen, dass Edgar mir wissentlich wehtun könnte, indem er mich aus Verderbtheit oder Gemeinheit so lange warten lässt. Laetitia denkt, dass er vielleicht ganz einfach nicht in Paris ist und sein Handy bei sich zu Hause vergessen hat. Die Tatsache, dass er nirgendwo zu erreichen ist, bleibt ein Rätsel, aber man sollte keine voreiligen Schlüsse ziehen. Alizée denkt, dass Marines und Laetitias Erklärungen Blödsinn seien, und sie ist in der richtigen Position, um zu wissen, dass ein Mann, wenn er eine Frau wirklich erreichen will, immer Mittel und Wege findet, um mit ihr in Kontakt zu treten. Julie denkt, dass wir noch so sehr nach Erklärungen suchen und zehn Millionen Lösungen vorschlagen können, es wird immer noch eine geben, an die keine von uns gedacht haben wird und welche die richtige sein wird. Zum Abschluss rät Julie zur Vorsicht und sagt mir, ich steigere mich zu Unrecht in etwas hinein, ohne zu wissen, ob es einen Sinn hat.

»Ich bin davon überzeugt, dass er sich noch meldet und eine gute Ausrede hat. Ich kann mir nicht eine Sekunde vorstellen, dass er sich tot stellt, nur um nicht mit dir reden zu müssen, auch wenn es zwischen euch aus ist. Und du weißt ja, was ich von ihm halte.«

»Ich erinnere dich daran, dass er mir seine Reise auf die Philippinen angekündigt hat, als er im Lot war, und nicht von Angesicht zu Angesicht. Also, mir wäre es ja sehr lieb, wenn er keine Memme ist, aber da muss er sich inzwischen ganz schön anstrengen, um mit einer Erklärung anzukommen, die Hand und Fuß hat.«

Cyrus denkt, dass der Typ feige ist. Das ist in seinen Augen der einzige Grund, weshalb er mich nicht anruft. Er wartet darauf, dass ich es von selbst leid werde, ihm nachzulaufen. Er liebt mich nicht mehr, es ist ihm daher vollkommen schnuppe zu wissen, was ich fühle. Aus Respekt für unsere gemeinsame Zeit will ich, dass er mir klar verkündet, dass es aus ist. Das ist das Mindeste an Höflichkeit.

Cyrus zufolge ist Edgars Haltung ein klassisches männliches Verhalten. Er hat wahrscheinlich eine andere kennen gelernt und will es mir gegenüber nicht zugeben. Also verbirgt er sich, steckt den Kopf in den Sand und wartet.

»Aber auf was wartet er denn?«

»Darauf, dass auch du zu etwas anderem übergehst. Vertrau mir, ich bin wie er. Unfähig, Schluss zu machen. Ich verschwinde von der Bildfläche und gebe kein Lebenszeichen mehr von mir, bis die Frau mir beleidigende Nachrichten hinterlässt und mich abserviert.«

»Die Methode ist ja fies.«

»Aber wirksam.«

»Vielleicht, aber es ist trotzdem fies.«

»Du bist ein ordentliches Mädel, Garance. Zerbrich dir nicht den Kopf wegen dieses Typen. Vergiss ihn, oder aber regele deine Beziehung zu ihm so, wie du unsere regelst.«

»Du weißt sehr gut, dass das unmöglich ist. Ihn liebe ich. Dich begehre ich, das ist alles. Das ist etwas ganz anderes.«

»Du kannst mir nicht glauben machen, dass du ihn liebst. Du redest es dir ein, das ja.«

Es ist alles verworren, und dadurch, dass ich um Rat frage, bin ich unfähig, mir eine genaue Meinung zu bilden. Ich weiß aber, dass Edgar nicht bei sich schläft. Entweder er ist nicht in Paris, und Laetitia hat Recht. Oder aber er hat eine Tussi, und Cyrus ist Wahrsager. Ich habe Léon als Aufklärerspion losgeschickt. Er liegt jeden Abend unten vor seinem Haus auf der Lauer. Wenn eine bestimmte, recht späte Uhrzeit verstrichen ist, wird Léon aus seinem Dienst entlassen und verlässt seinen Posten. Wenn er nicht zur Berichterstattung zu mir nach Hause kommt, ruft er an. Es hat nicht lange gedauert, bis mir meine Schuldgefühle egal waren und ich von der Hingabe des armen Léon profitierte, um ihn auszunutzen. Ich habe zu seinem eigenen Wohl versucht, ihn dazu zu bringen, aus meinem Leben zu verschwinden, aber er hat abgelehnt. Er ist schließlich alt genug, um zu wissen, was gut für ihn ist. Ich habe ihn davon in Kenntnis gesetzt, dass nie etwas zwischen uns laufen wird. Wenn er glaubt, die Macht zu besitzen, meine Meinung ändern zu können, dann muss *er* die Konsequenzen tragen. Heute ist er bereit, mir alle Dienste dieser Welt zu erweisen. Und wenn einer von ihnen dazu beiträgt, dass ich Edgar wiederbekomme, dann ist er damit einverstanden. Er will einfach nur, dass ich glücklich bin, und dagegen habe ich nichts einzuwenden. Léon ist momentan ein wichtiger Verbündeter, auch wenn er in Ihren Augen vielleicht nur eine manipulierte Marionette ist. Ich weiß, dass Edgar auch nicht bei Aglaé schläft, denn Martin wiederum spioniert bei ihr vorm Haus. Meine Mutter hat mir immer gesagt, ich solle nicht alle Eier in einen Korb legen, und genau das habe ich getan. Niemals hätte ich gedacht, dass ein Mann dazu fähig wäre, sich derart zu erniedrigen, um die Frau, die er liebt, zufrieden zu stellen. Zwei Männer noch weniger. Ich habe an mir ungeahnte manipulatorische Talente entdeckt, und die Macht zu haben missfällt mir nicht gerade. Ich bewundere Martins und Léons Haltung sicherlich nicht, und sie macht sie in meinen Augen noch viel schwächer, als sie mir zuvor erschienen, aber da der Zweck die Mittel heiligt, sind sie wider Willen ein wenig zu dem Mittel geworden, mit dem ich den Zweck erreiche. Ich denke lieber nicht zu viel darüber nach, als dass ich mir eingestehe, dass ich ungeheuerlich bin. Das erleichtert vorübergehend mein Gewissen. Ich habe daher bei jedem einen Spion platziert. Ich hatte eine gute Intuition, denn Aglaé ist vorgestern mit einem Mann nach Hause gekommen …

»Der Typ, der wo da war, das war nich Edgar, sach ich dir. Ich hab ihn gesehen, wie ich dich seh.«

»Bist du sicher? Ganz sicher? Hast du dir das Foto auch

genau angeschaut, das ich dir von ihm gegeben habe? Denk scharf nach, es ist wichtig.«

»Ich bin doch nich' blöd, wenn ich dir was sach! Das, wo ich gesehen hab, hab ich gesehen.«

Aber ja, aber ja, ich glaub's dich ja …

Léon soll nachher vorbeikommen. Er war sehr nervös am Telefon und stotterte wie ein Wahnsinniger. Er hat mir eine Neuigkeit von höchster Wichtigkeit zu verkünden, und das kann nicht bis mo-mo, mo-mo, morgen warten.

38

Léon war in weniger als einer halben Stunde da. Da er ziemlich angespannt und sehr ängstlich war, habe ich ihm vorgeschlagen, dass ich ihm zur Beruhigung eine Massage verpasse und er sich einen Joint dreht. Beim Rauchen entspannte er sich, erzählte mir, was er entdeckt und was ihn in einen derartigen Zustand versetzt hatte. Ich hatte Léon die Schlüssel zu Edgars Wohnung gegeben und ihn angefleht, seine Abwesenheit zu nutzen, um dort einzusteigen, aber er bestand darauf, sich zu weigern, den galanten Einbrecher zu spielen.

»G-g-geh do-do-doch s-selber!«

»Du weißt sehr genau, dass das unmöglich ist. Stell dir vor, er käme gerade in dem Moment! Was mache ich denn dann? Was sage ich ihm denn dann? Wenn du es bist, dann kannst du immer noch sagen, du hättest dich in der Etage geirrt, oder irgendeinen Schwindel erfinden.«

»Ich ha-ha … Ich habe es dir schon gesagt, ich werde nicht …«

»Wie du willst, du hast ganz und gar das Recht, dich zu weigern, mir einen Dienst zu erweisen.«

»D-d-das k-kannst du doch s-so ni-ni-nicht sagen!«

»Lass, es ist nicht schlimm. Auch egal.«

Er gab sich damit zufrieden, hinter einem Baum versteckt einfach nur das Kommen und Gehen im Gebäude zu überwachen. Ich musste meine Verführungskraft missbrauchen und ihn ein wenig erpressen, damit er sich meinem Willen beugte …

»Wenn du hingehst, dann verspreche ich dir, dass wir eine traumhafte Nacht miteinander verbringen.«

»Eine Nacht mit d-d-dir?«

Ich hatte ihn überzeugt. Er würde am darauffolgenden Tag hingehen. Gestern Abend also …

Der Joint tat seine kleine Wirkung, Léons Zunge löste sich, und seine Aussprache wurde sonnenklar. Je mehr er sich von der Last befreite, die ihm auf dem Herzen lag, umso besser drückte er sich aus. Und umso mehr krümmte ich den Rücken unter der Last seiner Worte. Deswegen habe ich heute Morgen beschlossen, meinem Leben ein Ende zu bereiten. Léon hatte die Vorstellung, bei Edgar überrascht zu werden, derart in Schrecken versetzt, dass er an allen Gliedern zitterte, als er an seiner Türschwelle ankam. Vollkommen gestresst, hatte mein Dummkopf vom Dienst nichts Besseres zu tun, als seine Taschenlampe fallen zu lassen und dabei einen Höllenlärm zu machen. Nicht ein-, nicht zwei-, sondern dreimal hintereinander! Der Nachbar, leider mit gutem Gehör, hat schließlich die Tür einen Spaltbreit geöffnet, um ihn zu fragen, was er denn da zu suchen hätte, ich zitiere, »zu dieser unmöglichen Uhrzeit«, ganz in Schwarz gekleidet mit einer Strumpfmaske und Fausthandschuhen aus Wolle. Indem er ihn bedrohte, die Polizei rufen, wenn er nicht sofort abhaue, schrie er los, um den Rest des Gebäudes zusammenzutrommeln. Léon hat sich aus dem Staub gemacht und hat Reißaus genommen wie ein Kaninchen. In der Hitze des Gefechts hat der Blödmann den Schlüsselbund das Treppenhaus hinunterfallen lassen und hat die Flucht ergriffen, ohne ihn wiederzuholen.

»Aber das ist noch nicht alles. Da ist noch was … Du wirst sauer sein, das ist sicher.«

»Aber nein, wo denkst du hin! Wie kommst du denn nur darauf?«

Vater unser im Himmel … Führe mich nicht in Versuchung, ihn aus dem Fenster zu werfen, bevor er nicht seine Geschichte beendet hat.

Als Léon wie der Blitz die Stufen hinuntereilte, hat er nicht gesehen, dass jemand aus der entgegengesetzten Richtung sehr schnell hinaufstieg, wahrscheinlich alarmiert von dem Nachbarn, der weiterhin über das Treppengeländer gebeugt schrie wie am Spieß. Um nicht hinzufallen, konzentrierte Léon sich auf seine Füße und übersprang wie ein verschrecktes Reh vier Stufen auf einmal. Da seine Strumpfmaske ihn beim – seinen Worten zufolge – »weiträumigen« Sehen störte, hatte er den glänzenden Einfall, sich ihrer in genau dem Moment zu entledigen, als die andere Person auf seiner Höhe ankam. Drei Sekunden geblendet, und es kam, wie es kommen musste: Er und der Eindringling sind mit voller Wucht zusammengestoßen, und er hat ihn in seinem Fall mitgerissen. Sie sind beide jeweils in den Armen des anderen eine Etage hinuntergestürzt, und die verwaiste Strumpfmaske fand sich verlassen auf einer Stufe wieder. Unnötig zu betonen, dass sämtliche Mieter nun auf ihren Treppenabsätzen standen. Léon hat sich aufgerichtet und ist bis zur Tür gerannt, hat den Hof und das Portal bei tausend Stundenkilometern durchquert und dabei den armen, vor den Kopf geschlagenen Typen auf dem Boden liegen lassen.

»Aber das ist noch nicht alles … Das Schlimmste kommt noch. Ich hatte doch gesagt, dass du sauer sein würdest.«

»Ach, es wird noch schlimmer? Und ich fand das ja schon grandios …«

Léon kam hinter dem Baum, wo er gewöhnlich auf der Lauer liegt, wieder zu Atem und hat seinen schwarzen Blouson und seine Fausthandschuhe ausgezogen. Er hat das Ganze zwischen zwei Autos versteckt und wartete darauf, sie wiederzuholen und nach Hause gehen zu können. In weniger als zehn Minuten waren die Feuerwehr und die Polizei da. Léon kam näher und mischte sich unter die Gaffer, als sei er gerade erst gekommen, um zu fragen, was denn los sei.

»Jemand ist bei einem Einbruchversuch verletzt worden. Der Dieb ist entkommen, aber die Person, die ihn versucht hat aufzuhalten, hat ein gebrochenes Bein.«

»Ein g-g-gebrochenes B-Bein?«

»Ja, anscheinend. Die Concierge sagt, sie hat gesehen, wie der Typ getürmt ist, und dass sie ihn bereits in der Gegend hat herumlungern sehen. Das ist ein Strolch aus dem Viertel, da ist sie sich sicher.«

»Ach ja? A-Aber hat sie sa-sa sein Gesicht gesehen?«

»Na, das müssen Sie sie schon selber fragen, mein guter Herr, da hab ich keine Ahnung!«

»Gehen Sie weiter, es gibt hier nichts zu sehen! Lassen Sie bitte die Tragbahre durch, und lassen Sie den Verletzten atmen. Ist das jemand aus Ihrer Familie? Kennen Sie sie? Ja? Nein? Nein … Also, dann machen Sie bitte den Weg frei.«

Während die Polizisten die Zeugen der Szene befragten, um ein Fahndungsporträt zu erstellen und die Personalbeschreibung des Bösewichts zu verbreiten, bevor er das Land verlassen könnte, nutzte Léon die Gelegenheit, um sich seine Verkleidung wiederzuholen und die Ecke zu verlassen. Dann ist er zu guter Letzt bei mir zu Hause gelandet.

»Und hast du gesehen, wer es war?«

»Nicht gut.«

»Wie, nicht gut? War es Edgar oder nicht, der Typ, den du auf der Treppe umgerannt hast?«

»Ich weiß es nicht ... Vielleicht.«

»Wie, vielleicht? Sag mir nicht, du hattest nicht die Geistesgegenwart, dich hinunterzubeugen und nachzuschauen?«

»Ich hab's versucht.«

»Ja, und? Was hast du gesehen?«

»Seine Haare waren dunkelbraun. Ansonsten nichts.«

»Nichts?«

»Da war eine Frau, die mich behindert hat.«

»Ich glaub's ja nicht! Machst du das extra, oder bist du einfach nur extrem blöd, um mir derart auf die Nerven zu gehen? Und die Schlüssel, hast du sie?«

»Nein, sie sind dort unten geblieben.«

»Zieh dich wieder an, wir werden sie sofort suchen. Los, beweg dich! Auf der Stelle! Beeil dich! Und du hast ein Interesse daran, sie wiederzufinden, ansonsten garantiere ich dir, dass du von mir hören wirst.«

Léon zog sich wieder an, und in dem Moment, als wir uns anschickten zu gehen, klingelte mein Handy. Das konnte nur Martin sein, der nun wiederum Bericht erstatten wollte. Vertrauensvoll nahm ich ab.

»Und? Gibt's was Neues?«

»Ich stehe unten vor deiner Tür. Ich komme rauf.«

Oh, Scheiße …

Ich denke, dass irgendwo irgendjemand böse auf mich ist. Mit null Glück im Leben und einem »Wahrscheinlichkeit-dass-es-mich-trifft«-Faktor bei ebenfalls fast gleich null, bekam ich den Bumerang, der sich mit Lichtgeschwindigkeit fortbewegte, mitten ins Gesicht. Warum so viel Hass? Warum jetzt? Warum ich? Warum Léon? Warum Krieg? Warum kommen Miniröcke wieder in Mode? Warum überleben Kakerlaken bei 60 Grad in der Maschine? Warum?

Darum.

39

Ich habe dem geantwortet, von dem ich glaubte, er sei Martin, und es war Edgar, der sich vor meiner Tür wiederfand zu einer Uhrzeit, zu der es sich nicht gehört, ohne Vorwarnung bei Leuten vorbeizuschneien. Ich wollte ihn im Übrigen darauf aufmerksam machen, denn Angriff ist schließlich die beste Verteidigung, aber dazu hatte ich keine Zeit. Nach Tagen der Nachforschung und einer Mannschaft voll im Einsatz, die der Fernsehsendung *Aus den Augen verloren* würdig gewesen wäre, stand nun der heißersehnte Dauerabwesende vor mir. Er kochte vor Wut. Er sah aus wie Hulk, wenn ihm irgendetwas nicht passt. Mein Herz klopfte mir bis zum Hals. Mir wich das Blut aus dem Kopf und auf einmal fiel ich ganz unerwartet in Ohnmacht, genau wie im Freizeitpark. Mit der Hand auf der Stirn und den kleinen Schrei einer Maus ausstoßend, die in die Falle getappt ist. »Quiek.«

Ich hätte es gerne gehabt, wenn ich hundert Jahre später wieder aufgewacht wäre und Edgar den Grund seiner Anwesenheit hier vergessen hätte, aber nein. Edgar saß rittlings auf mir und versuchte mich mit Ohrfeigen zu reanimieren, wobei er meinen Namen brüllte. Ich hielt es für unangebracht, ihn daran zu erinnern, dass ich erstens nicht taub, sondern nur in Ohnmacht gefallen war, und zweitens, dass er, falls er mich weiter ohrfeigte, sich letzten Endes auch eine einfangen würde. Ich zögerte den Moment des Aufwachens hinaus, der dem unvermeidlichen Augenblick entsprach, in dem ich ihm die Stirn bieten müsste. Ich hatte den Mund willentlich halboffen gelassen in der Hoffnung auf eine rettende Mund-zu-Mund-Beatmung, wie sie alle Ersthelfer praktizieren, wenn ein Leben in Gefahr ist. Meines war es anscheinend nicht, denn ich warte immer noch! Ich hörte ihn auch den armen Léon anschreien, der sich wahrhaftig nie am richtigen Ort im richtigen Moment mit den richtigen Personen befand.

»Jetzt beweg dich doch, in Gottes Namen! Hol das Auto, was weiß ich, aber tu irgendwas, anstatt mich anzuschauen, als hättest du einen Geist gesehen!«

Edgar war sich nicht bewusst, wie sehr er Recht hatte.

»Da-da ...«

»Was, Dada? Dir wird doch nicht etwa auch schlecht werden? Mein Auto steht an der Ecke. Hier, fang die Schlüssel. Bist du behindert oder was? Sie sind hinter das Sofa gefallen. Nein ... Auf die andere Seite. Stell dich vor den Hauseingang, ich werde sie nach unten tragen. Los! Geh schon! Beweg dich!«

Ich hörte die Tür zufallen, und das war der Moment, in dem ich beschloss, wieder aufzuwachen.

»Wo bin ich? Was ist passiert?«

»Wie fühlst du dich?«

»Furchtbar schlecht. Edgar? Bist du's? Aber was machst du denn hier? Bist du zurück?«

»Du bist in Ohnmacht gefallen und hast dir dabei den Kopf aufgeschlagen. Du musst ins Krankenhaus, die Wunde ist tief.«

»Aber nein, es geht schon. Mir geht es gut. Schau, ich habe nichts.«

Ich habe den Zustand meiner Verletzung überprüft, indem ich mir mit der Hand über den Schädel fuhr. Als ich entdeckte, dass sie mit frischem Blut befleckt war, hätte ich fast genauso plötzlich wieder die Augen verdreht, was mir einen erneuten Schub an Ohrfeigen einbrachte.

»Hey, ho! Ich bin verletzt, wollte ich dir nur mal sagen! Hast du sie nicht mehr alle, oder was?«

»Wir werden dich ins Bichat-Krankenhaus bringen. Dein Freund ist das Auto holen gegangen.«

»Welcher Freund? Welches Auto?«

»Verarsch mich nicht, Garance. Wenn ich an deiner Stelle wäre, würde ich das vermeiden. Man kann nicht gerade sagen, dass ich heute Abend in der Stimmung bin.«

»Oh … mein Kopf, ich habe solche Schmerzen, wenn du wüsstest. Es macht dir doch nichts aus, wenn ich mich hinlege? Ich fühle mich wohler auf dem Boden.«

»Fühl dich wie zu Hause. Also?«

»Was, also?«

»Kannst du mir das erklären?«

»Was dir erklären?«

»Willst du etwa alles wiederholen, was ich sage?«

»Vielleicht habe bei meinem Fall das Gedächtnis verloren. So was kommt vor, weißt du. Du kannst ganz beruhigt sein, ich weiß sehr gut, wer du bist, aber ich verstehe nicht, was du willst.«

»Du hast also beschlossen, mich für dumm zu verkaufen?«

»Überhaupt nicht.«

»Okay, wunderbar. Also werde ich dich aufklären. Aglaé hat es satt, seit Tagen von demselben Typen ausspioniert zu werden, der sich unten vor ihrem Haus versteckt und wartet, bis sie nach Hause kommt. Kommt dir das nicht bekannt vor?«

»Hast du etwa auch einen Schlag auf den Kopf bekommen?«

»Und die anonymen Anrufe, die sie mitten in der Nacht erhält, das sagt dir auch nichts?«

»Ehrlich gesagt, es beleidigt mich, dass du auch nur eine Minute glauben kannst, ich wäre zu so etwas fähig. Ich schwöre dir, das verblüfft mich. Ich dachte, du würdest mich besser kennen, aber ich habe mich geirrt. Ist nicht schlimm.«

»Wenn du bitte mit deinem Theater aufhören könntest. Und die Hysterikerin, die als Nutte verkleidet und sturzbetrunken in meinem Büro aufgetaucht ist, das warst du auch nicht, ja?«

»Von dem Augenblick an, wo ich ein reines Gewissen habe, ist alles andere … Ach, glaub doch, was du willst, mir ist es schnuppe.«

»Und dein Freund Léon, der jeden Abend vor meinem Haus herumlungert, seitdem du eine knappe Woche nach meiner Rückkehr aus Cebu Aglaé im Restaurant über den Weg gelaufen bist, ist der etwa auch nur eine Halluzination?«

»Léon? Kenn ich nicht. Und woher weißt du überhaupt, dass er Léon heißt?«

»Weil dieser Idiot seine Strumpfmaske auf meiner Treppe verstreut hat und, da er offensichtlich keine Halbheiten macht, er in Klamotten herumrennt, in die sein Name eingetragen ist! Wie alt ist er denn, dein Léon? Acht?«

»Ich weiß nicht, von wem du sprichst, ich weiß nicht, wovon du sprichst, und falls du es vergessen haben solltest: Ich blute aus. Also, wenn es dir nichts ausmacht, würde ich gerne die Gerichtsverhandlung auf später vertagen. Zuerst das Lazarett.«

»Ich warne dich, das wird dir noch leid tun. Nimm deine Tasche, der andere wartet unten.«

Unsere Fahrt bis zum Bichat-Krankenhaus vollzog sich in bleierner Stille, einer Stimmung wie bei einem Begräbnis-Konvoi, mit Léon in der Rolle des Totengräbers. Er tat keinen Mucks und starrte Edgar an.

Als ich die Ausdrücke auf seinem Gesicht studierte, die mir vertraut geworden sind, verstand ich, dass er soeben erst begriffen hatte, dass der Typ auf dem Foto, den er seit Tagen beschattete, ohne ihn je getroffen zu haben, sich wie durch Zauberei in diesem Range Rover materialisiert hatte, und er nur zwanzig Zentimeter von ihm entfernt saß.

Ich wurde mir daraufhin der Größe des Abstandes bewusst, der bei ihm zwischen Sehen, Deuten und Verstehen bestand. Da tat sich ein Abgrund auf. Und wenn er Angst hatte wie in diesem Moment, verschlimmerte sich sein Zustand außerordentlich. Die Botschaften und Informationen, die von seinen Augen an sein Gehirn geschickt wurden, brauchten dreimal so lange wie sonst, um ihre Strecke zurückzulegen. Ich hatte Mitleid mit ihm, und obwohl ich wusste, dass ich mich durch seine Befreiung allein mit meinem Henker wiederfinden würde, habe ich seinem Leidensweg ein Ende bereitet.

»Wir werden dich bei einem Taxi absetzen, Maxime.«

»Max-max-maxi…«

»… Ich weiß, dass du weißt, wie du heißt, wir werden das jetzt nicht wiederholen, das ist nicht nötig. Wir müssen nicht mit dreißigtausend im Krankenhaus ankommen. Edgar, macht es dir was aus anzuhalten, sobald du eines siehst? … Bitte.«

Léon stieg stillschweigend aus und schlüpfte in das Taxi, als hinge sein Leben davon ab.

»Bleibst du hinten oder kommst du nach vorn?«

Ich kam nach vorn. Edgar ließ die Straße nicht aus den Augen und schimpfte, wobei er mit den Fingern aufs Lenkrad trommelte, sobald die Ampel auf Rot sprang oder das Auto vor ihm nicht schnell genug fuhr.

»Du wirst noch Löcher in dein Lenkrad hauen, wenn du so weitermachst.«

»Schnauze.«

»Das ist ja mal was anderes als Scheiße.«

Wenn man ihn so hört, könnte man meinen, sämtliche Autofahrer hätten sich verabredet, um Staus zu bilden mit dem einzigen Ziel: ihn in schlechte Laune zu versetzen und ihn am Vorbeifahren zu hindern. Niemals hätte ich geahnt, dass in ihm so viel Gewalt sein könnte.

»Bist du sicher, dass der Finger, den du dem armen Typen da gezeigt hast, unvermeidbar war?«

»Schnauze.«
»Hast du auf den Philippinen keine anderen Wörter gelernt?«
»Schnauze.«
»Die Antwort ist also nein.«
»Ich schwöre dir, Garance, provozier mich nicht. Meine Geduld hat Grenzen, kann ich dir versichern. Ich warte, bis man dich genäht hat, bevor ich eine Erklärung verlange, aber fang nicht an zu sticheln, das ist alles, worum ich dich im Augenblick bitte.«
»Wenn du mich nur ins Krankenhaus begleitest, um während der ganzen Fahrt zu schmollen und mir ins Ohr zu schreien, dann kann ich auch sehr gut allein gehen.«
»Steig aus, ich hindere dich nicht dran.«
»Bist du empfindlich geworden, oder träume ich? Kann ich noch eine letzte Sache sagen? Danach höre ich auf, versprochen.«
»Nein. Außer du hast dich dazu entschlossen, es mir zu erklären.«
»Ich weiß nicht, ob das von dem Klima da drüben kommt oder von deiner Ernährung, aber ich finde, du hast dich ganz schön verändert. So, das ist alles, ich hör auf.«
Entweder ich würde ihn weiterhin für dumm verkaufen und die Amnesiekranke spielen. Oder ich blieb bei der Kunst zu sticheln, bis er sich wirklich aufregen würde. Oder ich gab vor zu schlafen, um meine Ruhe zu haben. Oder aber ich sprang aus dem fahrenden Auto, ganz ein-

fach, weil das die meisten Leute in den Krimiserien tun, wenn sie gefangen gehalten werden. Von den vier Möglichkeiten wählte ich die, die mir am vernünftigsten erschien. Ich habe ihm den Rücken zugedreht und geschlummert. Wir haben bis zum Krankenhaus kein Wort mehr miteinander gewechselt, und am Empfang der Notaufnahme sah die Krankenschwester zwei Rasende hereinschneien, die sich so gut vertrugen wie Bin Laden und George W. Bush …

40

Ich wünsche es meinem schlimmsten Feind nicht, die Notaufnahme eines Krankenhauses kennen zu lernen. Außer Aglaé. Nach etwa zwanzig Minuten Wartezeit, die mir unendlich erschienen, kam uns eine Krankenschwester holen, um uns in einen winzigen Raum zu führen, in dem sich ein Mann mit grünem Kittel zu schaffen machte, der eher einem Gärtner als einem Arzt ähnelte. Ich hatte nichts dagegen, dem Panoptikum zu entkommen, und kam mir mit meinem lächerlichen Wehwehchen inmitten all der Schwerverletzten, die litten, bluteten, weinten, schrien und flehten, vor wie eine Magersüchtige bei einem *Weight-Watchers*-Treffen. Unpassend. Fehl am Platz. Der Arzt, Nicolas irgendwas, ein recht gutaussehender, freundlicher Mann um die fünfzig, hat mich liebenswürdig empfangen, und auf das traditionelle »Wie ist das denn passiert?« antwortete ich, ich sei beim Öffnen der Tür blöde ausgerutscht.

»Wenn Sie wüssten, wie viele ältere Leute jeden Tag hinfallen und sich schwer verletzen, da würden Sie staunen! Damit meine ich natürlich nicht, dass Sie älter wären.«

»Natürlich nicht.«

»Und wie sind Sie ausgerutscht?«

»Lassen Sie's gut sein, Doktor, sie hat seit ihrem Sturz ihr Gedächtnis verloren. Wenn man sie so hört, bin ich mir noch nicht einmal sicher, ob sie weiß, wer ich bin.«

»Ach ja, stimmt, wer bist du eigentlich?«

»Schnauze, Garance.«

»Sind Sie ihr Mann?«

»Nein.«

»Erinnern Sie sich wirklich nicht mehr daran, was passiert ist, Mademoiselle?«

»Los, antworte schon!«

»Macht es Ihnen etwas aus, Monsieur, wenn Sie rausgehen, während ich Ihre Freundin untersuche?«

Oh ja, das machte Edgar etwas aus. Er hatte auf keinen Fall die Absicht, meine Nummer zu verpassen. Aber er verstand, dass er keine Wahl hatte. Das war ein Befehl. Er verließ den Raum und warf mir dabei einen rabenschwarzen Blick zu. Ich blieb allein mit meinem Fünfziger und seinen schönen blauen Augen.

»Hat Ihr Freund Sie geschlagen?«

»Das hätte er gern, aber dazu hatte er keine Zeit, ich bin vorher in Ohnmacht gefallen. Aber ich kann Ihnen versichern, dass er mich mit einem guten Dutzend Ohrfeigen wieder aufgeweckt hat.«

»Lassen Sie mich Ihre Verletzung näher ansehen. Sie werden diese Tablette hier schlucken, um sich zu entspannen.«

»Was ist das?«

»Tranxilium.«

Die Wunde war nur oberflächlich, und er hat es nicht für nötig gehalten, sie zu nähen. Er desinfizierte gewissenhaft, trug Creme auf und riet mir, eine gute Woche lang meine Haare nicht zu waschen, bis die Wunde vernarbt wäre. Ich hatte zwar keine Kopfschmerzen, aber ich erlitt innerlich ein Martyrium. Edgar wartete draußen und war wahrscheinlich gerade dabei auf und ab zu gehen, sich aufzuregen und zu versuchen zu verstehen, wie ich nur so tief fallen und mich in eine alkoholkranke Furie voller mieser Tricks verwandeln konnte. Und ich saß da auf einem runden Hocker, dachte nach und fürchtete den Moment, in dem ich würde gehen müssen. Ich musste in der Tat eine Lösung finden, um mich zu rechtfertigen und das Kriegsbeil zu begraben. Oder nicht. Was für eine Idee, alles komplett zu leugnen! Zu meiner Entlastung muss gesagt werden, dass ich, als ich ihn derart aufgeregt auf meiner Türschwelle gesehen habe, gerade eine Sekunde

hatte, um einen Angriffsplan vorzubereiten. Superplan. Alles im grünen Bereich.
Kann mir jemand erklären, warum überall, wo ich vorbeikomme, kein Gras mehr nachwächst? Ich habe es satt, ich zu sein, geboren worden zu sein, verrückt zu sein, verantwortungslos, unreif, unüberlegt zu sein, zu trinken und jedes Mal in die Luft zu gehen, wenn ich verstimmt bin oder die Ereignisse sich nicht so aneinander reihen, wie ich es gerne hätte. Ich habe eine Wunde am Kopf. Das ist normal. Ich bin selbst eine riesige Wunde. Eine wandelnde Wunde. Eine klaffende Wunde. Wenn ich einen Typen hätte, der so wäre wie ich, dann würde ich ihn nicht wollen, warum also sollte ein Typ mich wollen? Mein Leben ist ein Desaster, und das ist berechtigt. Ich kann nur mir selbst die Schuld geben oder mir ein neues Gehirn einpflanzen lassen. Leider hat der Doktor weder Salbe noch Medikamente, die das Innere von Köpfen heilen. Meiner hätte ein ausgezeichnetes Thema für die Doktorarbeit eines Assistenzarztes abgegeben, der auf der Suche nach einem psychiatrischen Fall ist.
»Geht es Ihnen gut? Ich sehe, Sie sind in Gedanken versunken. Haben Sie Schmerzen?«
»Nicht am Kopf, nein. Schmerzen im Herzen, Schmerzen im Bauch, Schmerzen im Gehirn, Schmerzen überall.«
Die Sprechstunde ist zum Monolog geworden. Tranxilium ist ganz schön stark. Und es bringt zum Reden. Zum Delirieren sogar …

»Ich weiß, dass ich mit ihm leben kann, fast sieben Monate lang haben wir unter demselben Dach gewohnt, ich weiß allerdings nicht, ob ich ohne ihn leben kann. Andererseits mache ich das ganz gut seit zwei Monaten und bin nicht daran gestorben. Wenn man das Ergebnis sieht, dann sagt man sich, ich hätte vielleicht lieber.«

»Lieber was?«

»Sterben sollen. Ich weiß nicht, ich habe irgendwie die Vorahnung, dass meine kleine Geschichte nicht so einfach wieder in Ordnung kommt. Warten Sie! Ich leugne nicht, dass ich Fehler gemacht habe; wenn ich es Ihnen erzählen würde, würden Sie Ihren Ohren nicht trauen, aber darum geht es nicht. Ich dachte, ich würde genug Mut, Energie, Intelligenz, Kraft und Geduld besitzen, um mich an Aglaés Anwesenheit zu gewöhnen – das ist Edgars beste Freundin –, mich zu fügen oder ihn dazu zu bringen, sich zu ändern. Aber ich habe nicht alles in der Hand, und auch wenn es mir gelingt, den Tod seiner Großmutter zu bewirken, einfach nur, indem ich dran denke, so habe ich jedoch keinen Trick gefunden, um die andere blöde Kuh sterben zu lassen. Wissen Sie, was er mir geschenkt hat, bevor er auf die Philippinen geflogen ist?«

»Wer?«

»Na, der Papst! Einen Break! Ist das nicht schön! Er hat mir einen Break geschenkt!«

»Einen Kombi?«

»Und das, während ich mir am Tag vor seiner Abreise eine

Suite im *Crillon* spendiert habe, um mich tiefgekühlt in einer Badewanne wiederzufinden. Er ist Vulkanologe, habe ich Ihnen das schon gesagt? Nein? Das kommt immer gut in Gesprächen, aber nun ja … Ätna hier und Ätna da. Alle Welt scheißt auf den Ätna. Haben Sie nicht noch eine Tablette? Nicht mal eine halbe?«

»Sie werden sich ein wenig ausruhen, bevor Sie gehen.«

»Ich weiß wohl, dass ich mich damit abfinden und einen Strich unter Edgar ziehen muss. Ist er immer noch im Flur? Macht es Ihnen was aus nachzusehen? Danke, Sie sind nett. Ich warte hier, ich rühre mich nicht von der Stelle. In Anbetracht meines Zustands käme ich sowieso nicht weit. Das Problem – denn es ist ein Problem, verstehen Sie – ist, dass es aus ist zwischen Edgar und mir. Aber wie meine Mutter mir sagt, lieber in schlechter Gesellschaft und sich fragen, warum er, als allein und sich fragen, warum ich. Nun bin ich auf einmal nicht mehr einverstanden mit Edgars Entscheidung, mich zu verlassen, und mache ihm das Leben zur Hölle; und er kann keinen Schritt mehr tun, ohne dass ich ihm an den Fersen klebe. Zwangsläufig hat er genug von mir. Ich habe mich derart unmöglich verhalten, dass ich mich an seiner Stelle auch verlassen hätte. Sie werden mir sagen: ›Wie man sich bettet, so liegt man.‹ Sie haben Recht. Seit Wochen bette ich mich irgendwie. Daher ist es sehr unangenehm, wenn ich mich hinlege … Sie sind zurück? Also, ist er immer noch im Flur?«

»Führen Sie Selbstgespräche?«
»Ist er da oder nicht?«
»Nein, er ist gegangen. Ich werde Sie noch eine halbe Stunde lang dabehalten. Zur Beobachtung. Die Wirkung der Tablette müsste schnell verfliegen.«
Er hat mich auf einer Tragbahre untergebracht und mich im Flur gelassen, wobei er mir versprach, er würde noch einmal vorbeischauen, bevor ich abhaue. Ich habe eine Dreiviertelstunde gepennt und dabei geschnarcht wie ein Wal.

41

Der Warteraum ist leer. In dem Raum mit dem Kaffeeautomaten ist keine Menschenseele. Edgar hatte nicht gewartet. Nicolas hatte mich anscheinend vorgewarnt, aber ich erinnere mich nicht daran. Ich hatte mich geirrt in Edgars Fähigkeit, Schuldgefühle zu empfinden, falls mir etwas passieren sollte. Seine Geduld hatte in der Tat ihre Grenzen, und er ist gegangen. Schade. Gerade jetzt hätte ich ihn gebraucht. Eine Nachtschwester hatte ein Taxi gerufen, das mich vor dem Haupteingang der Notaufnahme abholen kam. Automatisch suchte ich mit meinem Blick nach Edgars Auto in der Hoffnung, er wäre vielleicht darin eingeschlafen. Es wurde bereits Tag, und die Luft war sehr mild. Die schöne Jahreszeit stellte sich ein, aber der Parkplatz war leer. Leer wie mein Leben. Leer wie meine Zukunft. Ich habe sämtliche Tränen meines Körpers ausgeweint. Der indiskrete Taxifahrer versuchte zu erfahren, ob ich wegen einer Verletzung oder jemandes Tod schluchzte, da ich ja aus einem Krankenhaus kam. Er hörte nicht auf, in den Rückspiegel zu schauen, seine Augenbrauen zusammengezogen in vorgetäuschtem Mitgefühl. Der Arme versuchte vergeblich, das Gespräch wieder in Gang zu bringen. Ich wehrte jedes Mal mit einem Handzeichen ab. Ich bin in einem Zustand fortgeschrittenen Verfalls zu Hause angekommen und trug dabei einen schrecklichen Weltschmerz und eine vollkommene Traurigkeit in mir. Ich habe mich ohne große Hoffnung darauf, die Augen schließen zu können, hingelegt, aber ich muss schließlich eingenickt sein, benebelt von der Schnelligkeit, mit der mir meine Gedanken zuflossen, und bestimmt auch unterstützt durch einen leichten Rückstand des Beruhigungsmittels, das der Doc mich hatte schlucken lassen. Der Wecker holte mich um 8 Uhr brutal aus meiner Betäubung. Unfähig aufzustehen, habe ich eine Stunde später im Büro angerufen und mich von Sylvie krankmelden lassen.

Nun bin ich also heute Morgen »im Urlaub« für einen Tag. Und zwar unter der Bettdecke. Dort war ich auch an dem Tag, an dem ich vor ein paar Monaten meine Erzählung begann, aber damals war ich überglücklich, wenn ich mich recht erinnere. Überglücklich und verliebt. Die Zeiten ändern sich. An diesem 10. Mai bin ich ausgelaugt, verwirrt, durcheinander und bettlägerig. Meine Gedanken sind schwarz, und ich bin unfähig, klar die Gründe meines Leidens zu identifizieren. Noch weniger, wo sich die Grenze zwischen Liebe, der Idee von Liebe, der Lust auf Liebe und der Sehnsucht nach Liebe befindet. Gibt es diese Grenze überhaupt?

Ich denke wieder daran, was meine Mutter oft zu meinem Vater sagte, als sie jünger waren und sie ihn bedrängte, um zu wissen, ob er sie liebte. Wenn sie ihn fragte: »Liebst du mich?«, antwortete er ihr: »Ich habe dich sehr gern«, »Ich habe dich wahnsinnig gern«. Das brachte sie auf die Palme. Denn nur »Ich liebe dich« zählt. Ein einfaches »Ich liebe dich«. Edgar hat mir nie gesagt, dass er mich gern, und erst recht nicht, dass er mich wahnsinnig gern habe, aber fand es »süß von mir, dass ich ihn liebe«, was bei weitem schlimmer ist. Ich muss eine Entscheidung fällen. Es ist bereits halb fünf, und es ist undenkbar, dass ich mich heute Abend ins Bett lege, ohne auch nur einen Zentimeter vorangekommen zu sein. Edgar ist bestimmt im Büro. Ich schulde ihm keine Entschuldigung – eher krepiere ich –, aber doch zumindest eine angemessene Erklärung. Ich habe keine große Lust, mich daran zu machen, aber ich werde mich nicht mein ganzes Leben lang bei mir vergraben und vor meiner Verantwortung flüchten können. Ich werde damit beginnen, ein bisschen

Naturluft zu schnuppern. Ich werde mich austoben, schreien und rennen. Vielleicht werde ich mit einer felsenfesten Erklärung, die mir zurzeit noch fehlt, um Edgar anzurufen, nach Hause kommen. Die seltenen Male, in denen ich hinausgegangen bin, um im Bois de Boulogne frische Luft zu schnappen, fand ich immer, dass die Natur ein ausgezeichnetes Mittel war, um neue Kraft zu tanken, und dass sie oft dabei hilft, einen besseren Durchblick zu bekommen. Die Sonne scheint, und es ist warm. Paare gehen Hand in Hand spazieren, sprechen von Liebe und bringen die Welt wieder in Ordnung. Zumindest stelle ich mir das vor. Ich habe meine Hände in den Taschen, denn ich habe niemanden, der sie halten könnte. Da stehe ich nun auf dem Spazierweg, im Jogginganzug, draußen mit meinen Turnschuhen »für drinnen«. Der Verkäufer wird einen Anfall bekommen, aber das ist die geringste meiner Sorgen. Meine Uniform ist so weiß, dass man im Umkreis von Kilometern nur mich sieht und ich das Gefühl habe, Werbung für ein Waschmittel zu machen. Ich habe fettige, vom Blut verklebte Haare, die oben auf meinem Kopf plattgedrückt sind, als hätte ich mit einer Strumpfmaske geschlafen. Ich bin widerlich. Ich irre wie eine Seele in Not um den See, käue meine Probleme wieder und suche nach Lösungen. Ich habe nicht viele zur Hand. Ich muss mein Herz in beide Hände nehmen, tief durchatmen und ihn anrufen. Seine Nummer … Wie ist denn seine Nummer? Ich bin unfähig, mich an sie zu erinnern! Ich kenne seine Festnetznummer auswendig, aber er wird nicht zu Hause sein. Ich kenne seine Büronummer auswendig, da ich sie zwölf Milliarden Mal angewählt habe, aber es kommt nicht in Frage, dass ich dort anrufe wegen der Telefonistin, die mich auf dem Kieker hat. Seine Handynummer aber habe ich vollkommen vergessen. Weggezappt. Meine Therapeutin, wenn ich denn eine hätte, würde sagen, das sei eine Fehlleistung. Atme tief durch, Garance, atme tief durch. Sei nicht kindisch. Schau in deinem Handy-Telefonbuch unter dem Buchstaben »E« nach, Edgar ist da. Drück sofort auf die Wähltaste, ansonsten wirst du es nie tun, und stürz dich ins kalte Wasser. Die Versuchung ist groß, der See ist so nah …

»Ich bin's.«

»Wer ist ich?«

»Garance, wer soll es sonst sein?«

»Garance? Na so was …«

»Ich weiß, es tut mir leid wegen gestern, aber sag nichts und hör mir bitte zu, ohne mich zu unterbrechen, ansonsten werde ich nie die Nerven haben, es durchzuziehen. Also gut … Als du nach Cebu geflogen bist, hast du nie von Schlussmachen gesprochen. Du hast mir …«

»Moment, Moment …«

»Lass mich ausreden, es ist schon schwer genug für mich, dir das alles zu sagen. Wenn du dich recht erinnerst, als ich dich gefragt habe, ob du mich verlässt, warst du es, der auf den Break bestanden und mir gesagt hat, du bräuchtest Zeit, um nachzudenken, und wir würden bei deiner Rückkehr sehen, woran wir seien. Bevor du geflogen bist, hast du mir gesagt, dass du findest, ich habe mich verändert, dass du dich mit mir langweilst, dass keine Lust mehr hast, mit mir zu schlafen. Seitdem habe ich ziemlich viel nachgedacht, aber zu dem Zeitpunkt ging es mir superschlecht. Ich hatte keinen Job, schlechte Laune, und ich …«

»Kann ich …«

»Ich erkläre es dir zuerst, danach höre ich dir zu. Aber das muss jetzt erst mal raus, also ich bitte dich, hör auf, mich zu unterbrechen. Damals war ich deprimiert, weil ich sehr wohl spürte, dass du dich entferntest, und je mehr du dich entferntest, umso deprimierter wurde ich. Ich befand mich in einem furchtbaren Teufelskreis, und meine Probleme schienen mir wirklich über den Kopf zu wachsen. Ich habe sogar gedacht, du hättest eine andere, und dass es Aglaé sei und dass …«

»Aglaé?«

»Ja, ich weiß, es ist bescheuert, aber ich weigerte mich zu glauben, dass du gingst, weil du mich nicht mehr liebtest. Als ich wieder angefangen habe zu arbeiten, bin ich auch wieder ausgegangen, habe Leute getroffen und gefeiert. Wenn ich das gemacht habe, dann für dich. Damit du mich wieder so vorfindest, wie du mich kennen gelernt hast. Ich bin sogar nach Martinique geflogen, habe acht

Kilo abgenommen und darauf gewartet, dass du zurückkommst und mir sagst, du findest, ich habe mich verändert, und vor allem, dass du stolz auf mich seiest. Ich hatte nach über zwei Monaten immer noch nichts von dir gehört, und das hat mich genervt. Als ich dann durch Aglaé erfahren habe, dass du in Paris warst, habe ich auf einmal geglaubt, ich würde durchdrehen, und habe nicht aufgehört, dich anzurufen und dir Nachrichten zu hinterlassen. Selbst dann hast du mich nicht zurückgerufen. Ich wollte einfach nur hören, wie du mir ins Gesicht sagst, dass es vorbei ist. Ich glaube, das ist doch das Mindeste, das ich verdient habe. Oder?«

»Garance, ich glaube …«

»Du brauchst dich nicht zu rechtfertigen, ich bitte dich um nichts mehr, es ist zu spät. Deswegen sollst du auch alles bis zum Ende wissen. Es stimmt, dass ich Léon gebeten habe …«

»Léon?«

»Ja, das ist der Typ, den du gestern zu Hause gesehen hast. Er heißt Léon, nicht Maxime. Ich habe ihn gebeten, zu dir zu gehen, weil ich überprüfen wollte, ob du auch wirklich zurück warst, denn ich habe deine Freundin Aglaé nie riechen können. Du solltest es trotzdem wissen: Ich hasse sie und war überzeugt davon, dass sie mir Märchen aufgetischt hat. Also gut, ja, okay, ich habe dich überwachen lassen, aber versetze dich in meine Lage, ich hatte wirklich die Nase voll. Du warst endlich in Paris, und ich hörte nichts von dir! Irgendwann hört's dann mal auf!«

Das »Irgendwann hört's dann mal auf« markiert den Beginn des Tonwechsels, und ich fange an, mich ernsthaft zu ereifern. Ich weiß nicht, was mit mir los war, aber auf einmal geht das Spiel in eine neue Runde. Zum ersten Mal seit einer halben Ewigkeit jubele ich innerlich.

42

Ich spreche laut, mit hoher Stimme, ich bin zynisch, verletzend in Hülle und Fülle, ich schreie, ich kritisiere und ich liebe es. Ich mache große Gesten, um meiner Rede mehr Substanz zu verleihen. Von weitem könnte man glauben, ich kämpfe gegen einen Schwarm wild gewordener Hornissen. Ich greife Edgar an und gebe ihm keine Gelegenheit, auch nur ein Wort einzuwerfen. Sobald er sich mit einem »Aber wer …?«, »Aber was …?«, »Aber wovon …?«, »Aber wie…?« vorwagt, fahre ich ihm sofort über den Mund. Das ist MEIN Augenblick. Je mehr ich darüber sage, umso mehr habe ich darüber zu sagen. Die Erinnerungen stürmen auf mich ein, und ich schleudere sie ihm direkt ins Ohr in der Form eines Vorwurfs oder einer gewöhnlichen Feststellung. Vernunft, Überzeugung, Zugeständnis, Traurigkeit, Resignation, Realität,

Motivation, Kompromiss, Priorität, Zeit, Wahrheit, Stolz, Gewissen, Wahl, Rechtfertigung, Verfügbarkeit ... Ich bin im Theater und auf der Bühne. Was für ein Spaß! Ich habe jahrelang den Mund nicht aufgemacht, da ich es nicht gewagt habe, mich zu behaupten oder in Konflikt zu treten, aus Angst, dem anderen wehzutun oder mit irgendjemandem ein gespanntes Verhältnis zu haben. Dieser ganze Frust, diese Wut, diese Rachegefühle brechen mit einem Mal hervor. Der arme Typ bekommt eine fünfunddreißig Jahre alte Briefmarkensammlung um die Ohren und muckt nicht auf. Ich beziehe mich auf Ereignisse, die schon so lange her sind, dass er mit seinem Latein am Ende sein muss.

Ich tausche die Rollen. Ich bin nicht länger Opfer, sondern Henker. Ich erkläre ihm lang, breit und quer, dass ich dem Himmel sei Dank soeben begriffen habe, dass das, was ich an ihm geliebt habe, in der Tat die Idee von Liebe war und nicht er selbst. *Er* hatte damit überhaupt nichts zu tun, denn er war, nach reifer Überlegung, kein liebenswerter Mensch im eigentlichen Sinne des Wortes. Ich erkläre ihm, dass ich begriffen habe, dass er mich nicht respektierte, er mich nicht aufbaute, dass er sich nur für sich und seine kleinen bescheuerten Vulkan-Probleme interessierte und nicht weiter sah, als die Nase reicht. Ich erkläre ihm, dass er egoistisch, ichbezogen, egozentrisch, gebieterisch, karrieristisch und arrogant sei und gar nicht witzig, nein, aber auch überhaupt nicht witzig. Ich erkläre ihm, dass, wenn er ein guter Typ wäre, er niemals mitten in der Nacht bei mir aufgetaucht und mir eine dumme Szene gemacht hätte. Nein, er wäre gekommen, um mich zu trösten und zu versuchen zu verstehen, warum es mit mir so weit gekommen war. Eifersucht ist ein Leiden, das noch schlimmer ist für den, der sie trägt wie eine zweite Haut, als für den, deren Objekt sie ist. Kein einziges Mal hat Edgar wirklich versucht sich einzumischen. Er ist sprachlos, und das ist gut so. Ich bin nun derart gut in Fahrt, dass ich auf diese Art weitermache. Ich werde von einer neuen Energie getragen, als es mir auf einmal so vorkommt, als würde ich, während ich an dem Getränkestand am Seeufer vorbeikomme, dort eine mir bekannte Person erkennen. Die Silhouette ist mir vertraut, aber ich bin zu weit entfernt, um das Gesicht erkennen zu können. Während ich weiterhin Edgar ausschimpfe, nähere ich mich entschlossenen Schrittes dem Stand.

Kneifmich und Kneifmich sitzen zusammen im Boot. Kneifmich fällt ins Wasser, wer bleibt übrig? Kneifmich. Ja, kneifen Sie mich, denn die Szene, die sich vor meinen Augen abspielt, grenzt an einen Alptraum. Ich spreche mit Edgar am Telefon, und, welch Wunder der Technologie, er steht vor mir, hat kein Telefon in der Hand und wendet sich lächelnd einer anderen Frau zu. Etwa hundert Meter von mir entfernt steht er mit aufgestütztem Ellbogen an der Theke. Er hat einen Arm um die Taille besagter Frau gelegt. Sie hat ein Gipsbein und Krücken.

Jesus, kehr zurück, Je-e-sus, kehr zurück, Jesus, kehr zurück zu den Deinen! Ich muss sofort das Dringendste zuerst regeln. Abgesehen von der Tatsache, dass Edgar mit einer einbeinigen Thekenschlampe turtelt, ist meine größte Sorge im Augenblick, zu wissen, wer am Telefon ist und mir seit zwanzig Minuten zuhört, ohne etwas zu sagen. Sie müssen zugeben, dass ich vom Schicksal verfolgt werde; und falls ich hin und wieder geglaubt habe, dass Gott manchmal über das Schicksal der Menschen durch Würfeln entscheidet, müssen meine Würfel gefälscht sein. Ich zittere wie Espenlaub und verfluche mich. Ich setze mich zu Fuße eines Baumstammes, der mich vor Blicken schützt, und nehme meinen Kopf zwischen die Hände, der nur verlangt, sich zu lösen und durchs Moos zu rollen. Ich glaube nicht, dass Edgar mich gesehen hat, oder aber er ist ein guter Schauspieler. Mit ihm werde ich später abrechnen. Im Moment habe ich, obwohl am Boden zerstört, wichtigere Dinge zu tun. Alles zu seiner Zeit. Zuerst das Telefon.

Ich bin wie hypnotisiert von diesem Gerät, das ich nicht aus den Augen lassen kann, und bei dem Gedanken, »Hallo?« sagen zu müssen, bekomme ich Herzklopfen. Ich habe soeben vor jemandem – und ich weiß nicht, vor wem – ohne jede Scheu meine schmutzige Wäsche gewaschen. Auf in die Flucht! Das passt mir wunderbar. Ich halte den Atem an, um kein Geräusch zu machen, und beschließe, dass es am vernünftigsten ist, ganz einfach aufzulegen. Sehr vorsichtig, als könnte mein Gesprächspartner aus dem Lautsprecher hervorkriechen wie ein Teufelchen aus seiner Kiste, berühre ich leicht die »no«-Taste. Nicht gerade verwegen. Ich fühle mich schrecklich allein auf der Welt, während ich mein Handy tief in meiner Hosentasche vergrabe. Von meinem Versteck aus drehe ich mich daraufhin um und beobachte heimlich in aller Ruhe den Stand und unsere beiden Turteltauben. Da ist niemand mehr. Wie eine Anfängerin habe ich ihn entwischen lassen, aber es ist mir auch lieber so, mit meiner Ausrüstung einer Klassenersten und meiner Visage einer Epileptikerin kurz vor einem Anfall. Schlurfend mache ich kehrt. Edgar betrügt mich. Der Schuft hat sich ja wirklich nichts anmerken lassen. Und das Wochenende im Lot? Und die Überstunden im Büro? Und die Geschäftsessen? Und die Reise auf die Philippinen? Und die Unterhose in Größe 42 in seinem Bett? Was war ich doch naiv! Was war ich doch blöd, ja! Und wie lange geht sie nun schon, diese kleine Affäre? Ich tue genau das, was man in solchen Fällen gerade nicht tun sollte: an die Vergangenheit denken und an all die Momente, in denen ich Zweifel hatte. Und Aglaé … Die muss sich ja ganz schön ins Fäustchen gelacht haben. Edgars Mätresse ist dunkelhaarig und hat ein Gipsbein. Vielleicht ist es ja sogar die Frau, die Léon auf der Treppe über den Haufen gerannt hat. Wie die Idioten haben wir uns auf einen Mann konzentriert. Nun verstehe ich besser, warum er mich nicht zurückgerufen hat. Ich denke zu viel, ich habe Migräne …

Ich brüte über Edgar und seine Liaison. Ich brüte auch über dieses Telefon, und solange ich nicht weiß, wem ich mein Leben erzählt habe, werde ich keinen inneren Frieden finden.

Die Mädels würden mir bestimmt raten, es gut sein zu lassen und nicht auch noch den Finger in die offene Wunde zu legen. Aber ich kenne mich, ich werde nicht durchhalten. Ich muss es wissen. Eine junge Frau und ein Kind im Jogginganzug laufen unmittelbar neben mir vorbei. Noch haben sie mich nicht gesehen, aber sobald der Junge mich bemerkt, fängt er an zu brüllen und rennt, mit seiner Mutter auf den Fersen, als würde ich jeden Moment hervorspringen, um sie beide zu verschlingen. Den Finger auf der »yes«-Taste meines Handys, drücke ich die Daumen und warte ungeduldig darauf zu erfahren, wer am anderen Ende der Leitung ist, sobald ich um den automatischen Rückruf der zuletzt angewählten Nummer gebeten habe. Ich bin eine lebende Tote und jage Kindern Angst ein. Es kann mir nichts Schlimmeres mehr passieren …

43

Als ich nach Hause kam, hatte ich eine Nachricht von Marine auf dem Anrufbeantworter, die das Mädels-Essen von heute Abend bestätigen wollte. Obwohl ich genau wusste, dass sie nicht da sein würde, habe ich wiederum eine Nachricht bei ihr hinterlassen und gab Überstunden im Job vor. Ich habe auch Sylvie angerufen, um sie wegen meiner Kopfverletzung um einen weiteren Urlaubstag zu bitten. Sie wird sich morgen früh um meine Kunden kümmern. Das ist nett von ihr. Ich habe mich im Jogginganzug und mit meinen Turnschuhen hingelegt, ohne mir die Mühe zu geben, mich abzuschminken oder mir die Zähne zu putzen. Eine neue Nacht ist vergangen, bevölkert von Alpträumen und markiert von Schlafstörungen.

Ich bin bei mir. Was zu viel ist, ist zu viel. Mein Fass ist voll. Es läuft über. Ich möchte, dass in meinen Grabstein aus weder zu auffälligem noch zu unscheinbarem Marmor in kleinen Buchstaben folgende Inschrift gemeißelt wird:

»Hier ruht Garance Kléberg. Ich bin dahingeschieden, wie ich gelebt habe: anspruchslos, geräuschlos und mutterseelenallein wie ein Stück Scheiße. Nun werde ich die Ewigkeit vor mir haben, um den Löwenzahn von unten zu fressen, ohne dass jemand kommt und meine ewige Ruhe stört. Falls der Gedanke Ihnen zusagt, können Sie sich zu

mir gesellen, ich erwarte Sie an dieser Adresse. Nehmen Sie sich Zeit, ich denke nicht, dass ich so bald umziehe. Treten Sie nicht auf die Blumen, denn es wird keine anderen geben, und wenn Sie sie gießen, dann eher mit Wodka Tonic. Das stärkt den Löwenzahn, und falls ich ein Tröpfchen davon auffangen kann, dann wird mir das nichts mehr anhaben. Danke. Gezeichnet: Ich.«

Das ist kurz und präzise. Das erscheint mir gut. Damit mein Selbstmord schnell und wirksam ist, habe ich flüssiges Rohrfrei, drei Aspirintabletten, die sich im Duell bekämpfen, und Wodka nach Wunsch. Sterben – ja, leiden – nein. Das Aspirin wird den Schmerz lindern. Der Wodka den sauren Geschmack des Rohrfrei. Die »yes«-Taste, auf die ich mich schließlich entschlossen habe zu drücken, hat mich direkt zu einem jungen Mann mit Namen Fabio geführt. Der Freund von Luc. Der, von dem ich geglaubt hatte, ich hätte mit ihm geschlafen. Der, den ich nie anrufen wollte. Der, wenn man es genau betrachtet, nicht im Geringsten versucht hat, sich zu erkennen zu geben, als er sah, dass ich mich im Gesprächspartner geirrt hatte. Der, der sich jetzt kaputtlachen muss. Ja, genau der Fabio. Ich habe auf »yes« gedrückt, ich habe seinen Namen auf dem Display erscheinen sehen und mit roten Wangen sofort aufgelegt. Dann habe ich in meinem Handy-Telefonbuch nachgesehen und meinen Irrtum begriffen. Wenn ich einen Edmond oder Fabien als Freund gehabt hätte, dann wäre dies nicht passiert. Dann hätte ich Edmond oder Fabien ordentlich etwas erzählt. Aber nein, es musste natürlich Fabios Name direkt unter Edgars eingespeichert sein. Ich verlasse diese Erde lieber, anstatt mich mit einer zu schwer zu tragenden Gegenwart konfrontieren zu müssen. Die Mädels wissen, welche meine letzten Wünsche sind. Wir haben bereits nur so in informeller Form darüber diskutiert: in der Kirche ein paar weiße Rosenkränze und Musik von Michel Berger, *Le Paradis blanc.* Das Einzige, worüber ich noch nachdenken muss, ist, dass ich noch nicht weiß, ob ich lieber eine klassische Beerdingung will, Stil: Kiste aus Fichtenholz hundert Fuß unter der Erde mit einem kleinen geselligen Cocktail hinterher, oder eine schnelle Einäscherung ohne Kinkerlitzchen. Was mich im ersten Fall zurückhält, ist, dass ich ein wenig Angst habe, mir auf die Dauer den Hintern abzufrieren. Im Sommer geht's ja, aber im Winter? Wie machen wir Toten das, um nicht zu frieren? Im zweiten Fall hätte ich ganz einfach Angst, vor Hitze umzukommen. Außerdem ist das Bezahlen für einen Sarg, den man zwei Minuten später verbrennt, eher herausgeschmissenes Geld, und das ist nicht gut. Es ist finanziell rentabler, sich beerdigen zu lassen. Beschlossene Sache. Kommen wir nun zu der Liste der Gegenstände, die ich gerne mit mir nehmen möchte: ein gutes Buch, einen Schoko-Müsliriegel, falls der große Hunger kommt, mein Handy, ein Fotoalbum, ein Kartenspiel, einen Fotoapparat, ein paar Kondome, einen Bikini, ein Fernglas, eine Auflaufform, sämtliche Videos von *Angélique,* die Best-Of der Bee Gees, Seife. Was noch? Mein Paar Laufschuhe und meinen Anorak, Tempotaschentücher, Toilettenpapier, Sonnenbrille, einen Schraubenzieher, eine Tube Feuchtigkeitscreme ... Das Problem ist, dass ein Sarg wahrscheinlich zu klein ist. Nein, was ich brauche, ist eine Karawane, ansonsten wird nicht alles unterkommen. Man muss nur ein größeres Loch graben. Wer sagt mir aber denn, dass ich das alles brauchen werde da oben? Wenn die Tradition es so will, dass man mit leeren Händen vor Petrus aufkreuzt, und ich mit meinem ganzen Krempel da ankomme, werden mal wieder alle, wie üblich, auf meine Kosten in Gelächter ausbrechen. Kompliziert, das alles ...

Das Telefon zu Hause hört nicht auf zu klingeln, aber ich habe den Anrufbeantworter eingeschaltet, denn ich bin offiziell in meiner Todesstunde und bereite mich inoffiziell auf das Jenseits vor.

Da war zunächst Monsieur Charveys Sekretärin, welche die Akte eines meiner Kunden nicht fand. Als würde mich das interessieren! Danach wollte Arthur wissen, ob das mit dem Abendessen am 15. immer noch okay sei. Ich denke nicht. Ob ich in Begleitung käme? Ja, in Begleitung von Petrus, falls er in Paris ist. Und schließlich, ob ich was von Edgar gehört hätte. Ja, das hatte ich, und ich hatte sogar ein traumhaftes Wiedersehen. Diese ganzen

Anrufe verzögern mein Timing, und ich weiß nicht mehr, woran ich bin.
Es ist superanstrengend zu sterben, wenn man die Sache gut machen will. Ich bin nicht egoistisch genug, um mich nicht um den Schmerz zu kümmern, den meine Lieben verspüren werden, und sie im vollkommenen Zweifel bezüglich der Gründe meines tragischen und plötzlichen Todes zu lassen. Plötzlich fühle ich mich gezwungen, alles vorzubereiten. Das wirft ein gutes Licht auf mich, glaube ich. Wenn ich auf Reisen gehe, bitte ich ja auch nicht die anderen darum, meine Koffer an meiner Stelle zu packen. Diesmal droht die Reise etwas länger zu dauern als gewöhnlich, aber das Prinzip ist dasselbe. Ich bin schon weit vorangekommen, aber bevor ich ins Gras beiße, möchte ich einfach noch mal alles durchgehen. Rekapitulieren wir. Die Briefe sind okay, das ist erledigt. Ich habe einen Wisch an jede der Mädels, Arthur, Tara und Lilas und schließlich an meinen Banker geschrieben, damit er mein Geld unter meinen Nichten aufteilt. Ich hätte auch nur einen Brief schreiben und ihn fotokopieren können, aber da ich die Mädels kenne, weiß ich genau, dass sie sie sich gegenseitig werden austauschen wollen, um zu sehen, ob ich allen dasselbe schreibe. Das Gleiche gilt für meine Schwestern und meine Mutter. Grob gesagt erzähle ich ihnen, dass ich sie liebe, dass ich sie vermissen würde, dass sie sich nichts draus machen sollen, dass es mir gut gehe, der Beweis: ich sei tot, wenn sie jene Zeilen lesen würden,

und dass alles Edgars Schuld sei. Wenn jemand zu tadeln sei, dann er. Wenn ich wirklich alles tipptopp haben wollte, dann würde ich jetzt meine Wohnung aufräumen, aber ich bringe es nicht übers Herz und habe auch keine Lust dazu. Ich werde der Putzfrau eine Notiz hinterlassen, damit sie die Kleider nimmt und sie zusammen mit den Essensreserven in den Schränken den Armen gibt. Sie kann sich ruhig darum kümmern, und das auch noch mit einem Lächeln, denn ich habe sie bereits Ende April für den ganzen Monat Mai bezahlt. Sie heißt Rosetta, und ich habe sie vor drei Wochen eingestellt. Ich habe nichts von dem verstanden, was sie mir erklärt hat, als ich sie das erste Mal empfangen habe, aber ich glaube, sie »brraucht dieße Geld bei jede Anfang von Monat, weil ihrr Mann isst in Esspanien im Krrankenhaus«. Ich habe sie daher im Voraus bezahlt. Sie ist es, die mich morgen finden wird und die Polizei anrufen muss. Das ist schon das ganze Geld wert, das sie mir für den Haushalt schuldet. Möbel, CDs, Haushaltsgeräte, Fernseher, Stereoanlage, Geschirr, Küchenutensilien, Bilder, DVD-Player, Nippsachen, Fotos und Bücher kommen meiner Familie zu. Gut. Wir kommen der Sache schon näher …

44

Ich bin fast so weit. Ich liege ausgestreckt auf meinem Bett in meinen Sonntagskleidern: eine Jeans, ein weißes T-Shirt mit kurzen Ärmeln, weiße Socken und marineblaue Turnschuhe. Das ist alles. Meine Mutter wird mein Outfit lieben. Ich habe alle Gegenstände, die ich weiter oben aufgelistet habe, zusammengetragen und um mich herum verteilt. Das wird den anderen ersparen, sie suchen zu müssen. Ich habe die Fensterläden geschlossen und an den halb geöffneten Fenstern bunte luftige, zarte, fast transparente Tücher aufgehängt, die flattern und sich ineinander verwirren, wenn sich eine leichte Brise erhebt. Ich hätte das schon früher machen sollen, es ist sehr schön. Ich habe die Lichter ausgemacht und mehr oder weniger überall Kerzen verteilt. Die Farben vermischen sich. Die Flammen tanzen auf den kurzen Dochten und werden in der Form von Sternen, eines Mondes oder einer Sonne auf den weißen Wänden zurückgeworfen, die innerhalb von ein paar Sekunden zur Bühne eines sehr sinnlichen Spiels zwischen Licht und Schatten werden, das zu heißer Erotik verführt. Es ist wundervoll. Fast mystisch. Ich spüre Hitzewallungen in mir aufsteigen, die ich nur schwer kontrollieren kann, die ich aber auch nicht wirklich zu unterdrücken versuche. Meine Gebete richten sich nicht an Gott, sondern an einen seiner Mitarbeiter, Beauftragter in Sachen Sex. Ich bereue es, keinen Liebhaber zur

Hand zu haben, um zu zweit den Himmel in einer etwas spielerischeren Form zu begreifen. Wenn es schon einmal dort hoch geht, dann doch bitte gleich in den siebten. Auf jeden Fall denke ich an viele Dinge, die weder etwas mit Tod noch mit Verzweiflung zu tun haben. Noch weniger mit einem Ende.

Ich habe den Kopf voller Phantasien, die so wirklich erscheinen, dass sie für mich fast greifbar sind, und ich habe nur eine einzige Sache im Sinn: es treiben, als würde mein Leben davon abhängen. Das ist vielleicht auch der Fall. Und wenn man oft sagt, das Leben hänge nur an einem seidenen Faden, so ist bisher nirgendwo genauer erklärt worden, um welchen Faden es sich handeln muss. Es ist bisher nichts erfunden worden, was besser, gesünder, genussvoller wäre als Sex. Ich könnte Martin darum bitten zu kommen. Ich weiß, dass ich auf ihn zählen kann und er in Rekordzeit da sein würde. Der Dekor, die Kerzen, das Licht, der Geruch von Weihrauch, den ich in kleinen Minisuppentellern in der Größe von Puppengeschirr verbrenne, würden ihn wahnsinnig machen, so gut kenne ich ihn. Im Übrigen würde ich wetten, dass keiner dieses Zimmer betritt, ohne den ununterdrückbaren Wunsch zu verspüren, Sex zu haben. Unmittelbar. Unwiderstehlich.

Mit diesen brennend heißen Bildern im Kopf erscheint mir der Tod plötzlich sehr weit weg. Auf gut Glück werfe ich einen Blick auf die Gebrauchsanweisung des Rohrfrei. Ich weiß, dass es ein giftiges Mittel ist, das gewöhnlich dazu dient, verstopfte Toiletten und Abflüsse freizubekommen, aber ich frage mich, welche Schäden es in einem menschlichen Magen anstellen würde. »Gefahr. Ätzend. Enthält wasserfreie Natronlauge. Ruft starke Verbrennungen hervor, unter Verschluss und außerhalb der Reichweite von Kindern aufbewahren.« Ein wenig weiter unten steht, dass ich »geeignete Schutzkleidung, geeignete Handschuhe und ein Schutzgerät für Augen und Gesicht« tragen muss. Genau gesagt braucht man einen Taucher, um dieses Mittel gefahrlos benutzen zu können, und darüber hinaus ist es verboten, es zu schlucken. Im Grunde habe ich eigentlich gar keine Lust mehr zu sterben. Auf jeden Fall nicht mit diesem Zeug da, das dafür sorgen wird, dass ich unter furchtbaren Schmerzen auf Raten krepiere. Welcher anderer Mittel könnte ich mich noch bedienen, ohne das Risiko einzugehen, leiden zu müssen? Ich habe kein Beruhigungsmittel. Ich habe keine Schlaftabletten. Der Wodka allein wird nichts bringen, und ich würde bereits vollkommen in den Seilen hängen, bevor ich überhaupt in ein wenig wahrscheinliches Alkoholkoma falle, bei dem ich eine Chance von eins zu zweitausend habe, nicht mehr aufzuwachen. Wenn ich es recht überlege, weiß ich, dass ich irgendwo noch eine Packung Zäpfchen gegen Husten und Lutschpastillen für den Hals haben muss. Mit meinem Zäpfchen-Selbstmord werde ich auf jeden Fall die allgemeine Heiterkeit der

Sanitäter hervorrufen. Alles in allem betrachtet ist es Edgar vielleicht nicht wert, dass ich seinetwegen sterbe.

»Garance, ich weiß, dass du da bist, geh dran, hier ist Edgar … Hallo? Antworte schon …«

Na so was! Wen man vom Teufel spricht …

»Ich habe bei dir im Büro angerufen und da hatte ich eine Sylvie am Apparat, die mir gesagt hat, du seiest bei dir. Geh bitte dran, ich muss mit dir reden, es ist wichtig. Ich bin nicht weit weg von dir. Ich werde in zehn Minuten …«

»Was willst du?«

»Bist du das?«

»Nein, die Putzfrau. Was willst du?«

»Ich wollte mit dir darüber sprechen, was du gestern im Park gesehen hast.«

»Und was habe ich gesehen?«

»Ich wollte nicht, dass du es auf diese Weise erfährst.«

»Wie sollte ich es denn erfahren? Durch das Radio, die Zeitungen? Durch Aglaé? Ja, sie hätte sich bestimmt einen Spaß daraus gemacht, es mir höchst persönlich zu verkünden. Ich denke mir mal, ganz Paris weiß Bescheid außer mir?«

»Ich wollte es dir selbst sagen, als ich zurückgekommen bin, aber ich war wahnsinnig wütend auf dich.«

»Und?«

»Ich dachte, du hättest verstanden, dass das mit dir und mir Schnee von gestern ist. Aber du hast mir so viele

Nachrichten hinterlassen, dass ich begriffen habe, dass ich mich vielleicht nicht klar genug ausgedrückt hatte. Deswegen bin ich bei dir vorbeigekommen.«

»Mitten in der Nacht?«

»Ich bin unten an meinem Haus angekommen in dem Moment, als die Bullen aufgetaucht sind. Ich habe den Nachbarn zwei, drei Fragen gestellt und erfahren, was passiert war. Ich bin direkt danach hergekommen.«

»Und was hast du erfahren?«

»Dass ein Typ, der bereits seit ein paar Tagen in der Gegend herumlungerte, versucht hatte, die Tür zu meiner Wohnung aufzubrechen.«

»So was nennt man auch einen Einbrecher.«

»Nein, nicht, wenn der Typ die Schlüssel hat. Ich habe sie im Treppenhaus gefunden.«

»Nun ja, du hast eben das Glück des Gehörnten, was soll ich dir dazu sagen?«

»Ich erinnere dich daran, dass eine Frau deinetwegen verletzt wurde. Wenn dich das zum Lachen bringt, dann ist das ja das Wichtigste.«

»Bitte fass dich kurz.«

»Ich kam zu dir in der festen Absicht, ein für alle Mal Klarheit zu schaffen, aber du hast mich dermaßen genervt mit deinem Amnesiegetue, ich glaube, ich hätte dich umbringen können.«

»Ich nutze die Gelegenheit, um dir dafür zu danken, dass du im Krankenhaus auf mich gewartet hast.«

»Warum hätte ich denn warten sollen? Hättest du mir alles erklärt?«

»Eben, ja. Wer ist die Frau?«

»Ich habe sie im Flugzeug kennen gelernt, als ich zu Camilles Beerdigung zurückkam. Wir haben uns wiedergesehen und – nun ja.«

»War sie es, die Léon auf deiner Treppe umgerannt hat?«

»Nein, das ist die Frau aus dem zweiten Stock. Sie hat Anzeige erstattet. Die Bullen sind gekommen, um mich zu befragen, ich habe gesagt, ich wüsste von nichts und sei weggewesen, als es passiert sei.«

»Zu freundlich. Und wo warst du während dieser acht Tage? Ich habe dich überall gesucht.«

»Bei ihr.«

»Und warum hast du im Park so getan, als würdest du mich nicht sehen?«

»Erstens weise ich dich darauf hin, dass du am Telefon warst. Zweitens denke ich, dass die Situation für alle peinlich gewesen wäre. Und drittens, wenn du dein lächerliches Verhalten bemerkt hättest, dann würdest du dich bei mir bedanken, dass ich dich nicht vorgestellt habe, denke ich.«

»Du machst Witze! Wir haben sieben Monate gemeinsam verbracht, wir haben unter demselben Dach gelebt; ich entdecke durch den größten aller Zufälle, dass ich gehörnt bin, ich erwische dich mit deiner Tussi beim Turteln an einem Getränkestand, als sei nichts, und du …«

»Beruhige dich, das ist lächer…«

»Du erlaubst? Nun bin ich an der Reihe. Du ignorierst mich total, obwohl du weißt, dass ich dich gesehen habe, du hast dich seit deiner Abreise nach Cebu nicht gemeldet, ich erfahre durch deine Zicke von Freundin, dass du angeblich für die Beerdigung einer Großmutter zurückgekommen bist, von der du mich so weit entfernt gehalten hast, dass ich mich frage, ob sie überhaupt je existiert hat, du stellst dich seit Wochen tot, während ich dir hinterherrenne, und nun soll ich dir auch noch dankbar sein? Du träumst doch!«

»Es tut mir leid, Garance, ich wollte nicht, dass es so kommt. Ich weiß nicht, was ich dir sonst sagen soll.«

»Dann sag halt nichts.«

»Wird es gehen, bist du sicher?«

»Was kann dir das schon ausmachen, ob es mir gut geht oder nicht? Was glaubst du denn? Dass ich mich umbringe, nur weil du feige, verlogen, berechnend und manipulatorisch bist?«

Was denkt der sich denn? Dass ich so zerbrechlich und unausgeglichen bin, dass ich sterbe, nur weil er mich verlassen hat? Ich bin stark. Ich bin am Leben, auch wenn wir knapp einer Katastrophe entronnen sind, und ich komme wieder hoch. Das ist gut. Das Klingeln des Telefons bringt mich auf den Boden der Tatsachen zurück. Ich bin sicher, dass es Edgar ist, der zurückruft und es nicht mochte, dass ich einfach aufgelegt habe …

»Was willst du denn noch? Ich glaube, wir haben uns alles gesagt.«
»Garance? Hier ist Fabio.«
»Fabio …? Ich ruf dich wieder an, ich muss weg und bin schon sehr spät dran.«
Der hatte mir gerade noch gefehlt!

45

Ich bin nicht tot. Gute Nachricht. Nun ja, besonders für mich. Das Leben geht also wieder seinen Gang, und die Zeit geht im Laufschritt. Was ist passiert seit den zwei Wochen, in denen ich geschwiegen habe? Ziemlich viel eigentlich, aber nichts grundlegend Denkwürdiges. Ich habe Alizée viel gesehen, mit der ich mich drei- oder viermal zum Mittagessen getroffen habe. Wir haben stundenlang über meine kurz zurückliegende Liebesenttäuschung gesprochen und die Schlüsse, die ich daraus gezogen habe; und wir haben dem Himmel dafür gedankt, dass er mir die Augen geöffnet hat, bevor ich zu alt bin, um den Stier bei den Hörnern zu nehmen. Fünfunddreißig, bald sechsunddreißig, das ist noch jung. Vor allem zu unserer Zeit, wo sich die Lebenserwartung jeden Tag mehr verlängert. Und falls ich auch nur hundert Jahre alt werde, bleiben mir noch vierundsechzig Jahre zu leben.

Fast das Doppelte meines jetzigen Alters. Man kann sagen, ich habe die Zukunft vor mir.

Ach, das habe ich ja ganz vergessen! Vor mindestens einer Woche bin ich Auge in Auge mit Fabio zusammengestoßen. Ich war mit Arthur, seinem Liebhaber Fanfan, Luc, Eric, den ich seit Ewigkeiten nicht mehr gesehen hatte, und den Mädels zum Essen in einem neuen Restaurant. Dort ist er uns über den Weg gelaufen. Selbstverständlich hatte ich ihn seit seinem letzten Anruf nicht zurückgerufen. Wir standen alle neun quatschend am Ausgang, bereit, das Lokal zu verlassen, und es wäre in Anbetracht der Größe des Vestibüls schwierig gewesen, so zu tun, als sähe ich ihn nicht. Er kam in Begleitung einer schönen Schnitte herein, die er bei der Hand hielt und uns nicht vorgestellt hat. Als sie ihn bemerkten, blieben Luc und Marine plötzlich stehen und blockierten daher glatt den Ausgang.

»Oh, Verzeihung, Garance. Ich hatte nicht gesehen, dass du direkt hinter mir standst. Fabio, erinnerst du dich an Garance?«

»Sehr gut, ja. Guten Abend, Garance.«

»Guten Abend. Geh zur Seite, Luc, damit ich raus kann, bitte. Ich warte draußen auf euch. Hier drinnen ist es mir zu heiß.«

Ich nutzte Laetitias und Erics Ankunft, um Luc zu umrunden, und bin an Fabio vorbeigegangen, ohne ihn auf die Wange zu küssen, mit niedergeschlagenen Augen, um seinem Blick auszuweichen. Dieser Typ nervt mich. Ich weiß nicht, warum, es ist wie eine allergische Reaktion. Ich bin Laetitia und Eric nachgegangen, davon überzeugt, sie hätten gesehen, dass ich ihnen auf dem Fuß folgte. Beim Hinausgehen hat Eric die Tür hinter sich zufallen lassen.

Da ich meinen Blick nicht von meinen Füßen abwandte aus Angst, über den Fußabtreter zu stolpern, bekam ich die Tür mit voller Wucht ins Gesicht. Aua! Während ich versuchte, wieder zu mir zu kommen, wurde mir bewusst, dass Fabio mich belustigt anstarrte. Ich tat so nach dem Motto »tat ja gar nicht weh«, obwohl ich sicher war, mindestens acht Zähne verloren zu haben, und bin hinausgegangen, als sei nichts gewesen. Zwei Minuten später stieß Luc zu uns.

»Ich weiß von Fabio, dass er dich angerufen hat, aber er wollte mir nicht mehr darüber sagen. Habt ihr euch getroffen?«

»Was hat er dir erzählt?«

»Eben nichts. Ich habe ihn gefragt, ob er von dir gehört hätte, und er hat mir nur geantwortet, ja, er hätte mit dir gesprochen. Das ist alles.«

»Er hat mich tatsächlich angerufen, aber ich habe nicht mit ihm sprechen können.«

»Du warst spät dran und musstest weg, ja, ich weiß.«

»Hör zu, Luc, mein Lieber, ich wiederhole es ein letztes Mal: Ich habe überhaupt keine Lust, mich mit irgendwem zusammenzutun, und noch weniger mit deinem Kumpel.«

»Da hast du Unrecht, er ist wirklich ein netter Typ, und er ist sehr witzig. Du würdest dich mit ihm schieflachen.«

»Ich habe aber eben gerade eine urkomische Geschichte hinter mir, ich werde also meine Lachmuskeln ruhen lassen, und wir sprechen 2009 noch mal darüber, okay? So, ich bin kaputt, ich gehe jetzt. Bussi, ihr alle. Wir telefonieren, um das Wochenende auf dem Land zu organisieren. Kommst du, Julie? Ich setz dich zu Hause ab.«

Ich habe auch viel gearbeitet, und ohne angeben zu wollen: Die Agentur hat dank meiner Ausdauer, meiner Überstunden und der einiger Mitglieder meines Teams ein Riesenbudget eingeholt, auf das ich recht stolz bin. Ein Budget für feine Wäsche. Ich selbst war noch nie besonders kleinlich, was die Auswahl meiner Dessous betrifft. Ich will was Praktisches, Funktionelles, Sanftes, das nicht kratzt und worin sich das, was ich darin verpacken soll, wohl fühlt. Wenn man sich mal anschaut, wie wenig Zeit mein Büstenhalter auf meinem Busen bleibt, wenn ein Mann beschlossen hat, ihn mir auszuziehen, dann finde ich es vollkommen unnötig, ein Vermögen für überkandidelte Körbchen auszugeben. Körbchen, die ich an der Deckenleuchte hängend oder am Fuß des Bettes wiederfinde, bevor der Herr auch nur die Zeit hatte, die Ware würdigen zu können. Ich habe schon einmal versucht, was Teures und Schönes zu kaufen. Edgar hat mir meinen

Tanga mit den Zähnen zerrissen, einen ganz neuen Tanga, ganz aus Spitze, wunderschön und passend zu einem prächtigen BH. In weniger als zwei Sekunden besaß ich nur noch einen alten Stofffetzen, und ich musste mich von meiner Zweihundert-Euro-Garnitur verabschieden. Aus Zorn – daran kann ich mich erinnern – habe ich ihm sein Hemd zerfetzt. Danach habe ich mich schließlich überzeugen lassen: bei Männern ist das Interesse begrenzt auf den Inhalt und nicht das Drumherum. *Ex-und-hopp-*Verpackung. Nun bleibe ich meiner hautfreundlichen Wäsche aus 100 Prozent Baumwolle treu, die sich bei 90 Grad in der Maschine waschen lässt und, das stimmt leider, nach drei Wäschen schmutzig grau wieder herauskommt. Vorletzte gute Nachricht: Ich habe ein Dienstauto. Monsieur Charvey hatte es mir versprochen, falls wir das Budget bekommen sollten, und er hat Wort gehalten. Es ist prächtig. Klein, praktisch zu parken, schnell und mit einer perfekten Fahrdynamik. Ich habe eine Anzeige auf mein altes Auto geklebt, um es zu verkaufen, aber im Moment werde ich nicht gerade von Anrufen überhäuft. Ich sollte vielleicht ins Auge fassen, es einen Tag pro Woche vom Parkplatz zu bewegen, wenn ich eine Chance haben will, dass die Anzeige auch gelesen wird. Die letzte gute Nachricht, und danach höre ich auf mit meinem »Es-ist-alles-in-Ordnung«-Gequatsche, ist, dass ich mit der Stilistin jener Wäschemarke gut harmoniert habe und sie mir gesagt hat, dass sie mir zu Weihnachten die gesamte neue Kollektion in meiner Größe schicken würde. Mein kommender Schatzi wird also das Privileg haben, meine Garnituren zu zerschneiden, wenn es ihm denn Spaß macht, mir ist das schnuppe, ich habe sie ja nicht bezahlt!

Was Edgar betrifft, so habe ich weder versucht ihn zu sehen noch über eine Mittelsperson zu erfahren, wie es ihm geht. Ich denke nicht mehr daran. Ich habe sogar seine sämtlichen Nummern aus all meinen Telefonbüchern gelöscht, um nicht in Versuchung zu kommen, sollte ich eines Abends mal den Blues haben. Ich weiß, dass er vorbeigekommen ist, um seine Sachen abzuholen. Ich weiß es ganz einfach, weil nichts mehr von ihm in meiner Wohnung ist. Gar nichts mehr. Er hat die Schauplätze meines Lebens fast alle gleichzeitig verlassen.

46

Ich habe die letzten Details geregelt, welche der definitiven Entfaltung meines neuen Ichs schädigen, und habe mich endlich dazu entschlossen, zu Hause ein kleines Abendessen zu organisieren, zuerst mit Léon, dann mit Martin. Es war an der Zeit, diesen beiden einseitigen Beziehungen, die mir nichts brachten und ihnen mehr weh- als gut tat, ein Ende zu bereiten. Denn wenn ich

schon in meinem Gefühlsleben aufräume, dann auch bis zum Ende, ohne mich mit alten verbitterten Gespenstern herumzuschlagen, die mich später heimsuchen werden. Das bin ich ihnen schon schuldig, denn auch wenn sie nicht direkt an meiner Wiedergeburt beteiligt waren, so haben sie mir doch zu einem größeren Durchblick verholfen. Zu meiner großen Überraschung hat Léon es sehr gut aufgenommen. Er war zwar bekifft, aber er hat mir erklärt, dass er sich nie wirklich Hoffnungen gemacht hatte, und wenn er eine so niederträchtige Aufgabe wie das Ausspionieren akzeptiert hatte, dann für mich. Aus Liebe, ja, aber er wusste ganz genau, woran er war, und warf mir nichts vor. Fast hätte ich es bereut, nicht mit ihm geschlafen zu haben! Wir haben uns ohne Groll und Bitterkeit getrennt, und letztendlich ist er ja auch ein guter, rechtschaffener, großzügiger und lieber Mensch. Ich habe nur Zeit und einige Ereignisse gebraucht, um mir dessen bewusst zu werden. Um ihn wirklich wahrzunehmen und ihn auch zu akzeptieren. Ich weiß, dass ich ihn nicht komplett aus den Augen verlieren werde. Ich weiß, dass er mich wieder anrufen wird, und ich bin sehr froh darüber, denn er ist in der Lage, zu etwas anderem überzugehen.
Mit Martin war es etwas mühsamer. Ich habe mich dabei abgerackert, alles aufzubieten, da ich mir gedacht habe, dass ein Abschiedsessen ein bisschen etwas Besonderes sein sollte, und er? Er hat nichts angerührt! Und was das Weinen betrifft – also, geweint hat er! Er hat mich hun-

dertmal gefragt, warum ich ihn denn nicht liebe, er hat den lieben Gott, die Heilige Jungfrau und alle ihre Schergen angefleht, damit ich meine Meinung ändere, dass ich ihn nicht einfach so ohne Grund in die Wüste schicken könne, »und warum ich und njanjanja und patati und patata, seufz ächz stöhn, ich bin sehr traurig, das kannst du mir nicht antun, aber ich liebe dich doch, ich mach alles, wasse willss, snief-snief-snief«. Was für ein Tölpel! Ich hatte nur einen Wunsch: ihn rauszuschmeißen, um mir nicht mehr sein Gejammer anhören zu müssen. Ich bin nicht sehr fair play, ich weiß. Ich habe mehr schlecht als recht versucht, ihn zu trösten und ihm begreiflich zu machen, dass ich ihn nicht verließ, sondern dabei war, *mich* wieder zu finden. Dass ich ihm nichts vorwerfe, dass er so perfekt sei, wie er sei, dass ich ihm alles Glück der Welt wünsche, weil er es verdiene, aber dass ich allein sein müsse. Und allein bedeute ohne ihn. Ich könnte Ihnen nicht bescheinigen, dass er alles geistig verarbeitet hat, aber er ist schließlich abgehauen und zwar nicht durchs Fenster. Ich habe Ihnen nichts von Cyrus gesagt, der – das weiß ich – keinerlei Fragen stellen und sich meiner Entscheidung anpassen wird, ohne auch nur die Gründe herausfinden zu wollen. Ich habe vor meiner Tür gekehrt und mir dabei versprochen, mich nie wieder wie zuvor manipulieren zu lassen, indem ich es meinen Gefühlen erlaube, die Oberhand über meinen Verstand zu gewinnen. Ich gehe das Risiko ein, auf einen Mann zu warten, der vielleicht nie kommen wird. Ich gehe das Risiko ein, umsonst zu warten, eine alte Jungfer ohne Kind zu sein und niemals meine eigene Familie zu haben. Ich stehe zu diesem Risiko. Ich bin bereit zu warten.

Wir fahren nachher mit dem Auto los, um das Pfingstwochenende in der Normandie zu verbringen; ein Wochenende, das schon seit einer Weile geplant ist, und wir haben beschlossen, in mehreren Autos dorthin zu fahren. Das Haus ist etwa eine Stunde von Paris entfernt, und es wäre ideal, gegen vier Uhr vor Ort zu sein, um noch den Swimmingpool und die letzten Sonnenstrahlen nutzen zu können. Marine und Luc wollen lieber bei sich übernachten und morgen Vormittag zum Grillen wieder herkommen. Laetitia und Eric kommen nur für den Nachmittag und den Abend, da sie am Sonntag ein Familienessen haben. Es ist der Geburtstag einer Nichte von Eric, und da er der Pate ist, hat er sich der Einladung nicht entziehen können. Ich nehme Alizée, Julie und Arthur in meinem neuen Dienstwagen mit. Die drei wissen noch nicht, ob sie vor Ort schlafen werden oder nicht, sie werden es sich überlegen, wenn es so weit ist. Wenn es gut ist, bleiben sie. Wenn es blöd ist, werden sie schon ein Auto finden, das sie nach Hause bringt. Ich bleibe, das ist ganz klar. Ich habe eine Nomadenseele, es gibt nichts, was ich lieber mag, als in fremden Häusern aufzuwachen, ein Bad in einer Badewanne zu nehmen, die nicht meine ist, und dabei Produkte und Wäsche zu benutzen, deren Gerüche mir nicht vertraut sind, mein Frühstück einzunehmen und dabei eine Landschaft, einen Garten, ein Mobiliar zu entdecken, die nur für die Zeit eines kurzen Aufenthalts zu meiner Welt gehören. Ich mag es, ein Zimmer nach dem anderen zu durchstöbern, ein Interieur zu entdecken, die Stimmung ganz in mich aufzunehmen, Kleider-, Kühl- und Garderobenschränke zu öffnen, in den Büchern der Regale zu blättern, Zeitschriften und CDs durchzugehen. Durch mein Interesse für meine Umgebung, die nicht unbedingt dem entspricht, was ich mag oder was ich bin, habe ich den Eindruck, die Menschen, die zwischen diesen Mauern leben, besser kennen zu lernen.

Auf der Autobahn haben wir Luc verloren, dessen Auto ein wahrer Rennwagen ist. Innerhalb von zwei Minuten hat er uns abgehängt. Wir hatten nur einen hastig fotokopierten Zufahrtsplan, und sobald wir die A13 verlassen und die Mautstelle passiert haben, wird es kompliziert, das Haus zu finden. Wir haben nicht einmal eine Telefonnummer von dem Ort, zu dem wir fahren, und nicht viele Infos über die Herrin des Hauses. Sie heißt Larissa, ist Künstlerin und feiert die Einweihung ihres neuen, riesigen Eigenheims, das sie kurz zuvor gekauft hat, und wo sie sich vor nun zwei Monaten entschlossen hat, sich definitiv zum Malen niederzulassen. Sie hat einige Spiele geplant, damit die Leute leichter aufeinander zugehen und sich untereinander mischen können. Das ist eine gute

Idee. Weiter wissen wir nichts über sie, und auch nicht, durch wen wir eigentlich eingeladen worden sind: Es gab so viele Mittelspersonen, dass es unmöglich ist, die Kette bis zu ihr zurückzuverfolgen. Luc glaubt, dass mindestens fünfzig Personen da sein werden. Ich fühle mich ausgelassen, das trifft sich gut, aber nun müssen wir nur noch diese »Sch…«-Abzweigung finden, bevor ich mir sämtliche Haare ausreiße.

Luc und Marine sind – das hätte man sich denken können – bereits seit einer guten Stunde da, als wir endlich das Portal passieren. Das Haus hat eher die Größe eines kleinen Schlosses als einer Strohhütte. Da sind schon eine ganze Menge Leute, die am Rande des Swimmingpools kleben, im Gras oder auf Liegestühlen liegen oder auch um das Buffet herumstehen, das neben dem *pool house* aufgebaut ist. Das habe ich mir nicht ausgedacht, ich lese nur, was auf dem Schild steht, das über der Tür festgenagelt ist: *Pool House.* Es ist sehr schick hier. Larissa empfängt uns mit offenen Armen, einem wunderbaren Lächeln auf den Lippen, als wartete sie nur noch auf uns zur Vervollständigung ihres Glücks. Sie strahlt über das ganze Gesicht.

»Ah! Da sind Sie ja endlich, wir haben uns schon Sorgen gemacht! Guten Tag und willkommen, ich heiße Larissa.«

»Garance.«

»Alizée.«

»Julie.«
»Ich bin Arthur.«
»Wenn Sie sich umziehen wollen: Dort drüben gibt es Umkleidekabinen, oder in den Zimmern oben. Ganz wie Sie wollen, fühlen Sie sich wie zu Hause. Haben Sie Hunger, Durst?«
»Nein, danke, reizend von Ihnen. Wie schön es hier ist.«
»Ich liebe dieses Haus, es gehörte seit Generationen der Familie meines Mannes, aber da niemand es mehr unterhalten konnte, haben Onkel, Tanten und Kinder beschlossen, es zu verkaufen. Mein Mann hat es zurückgekauft. Er hat seine gesamten Ferien hier verbracht, als er klein war. Es hätte ihm das Herz gebrochen, es zu verkaufen. Gehen Sie sich Badezeug anziehen, wir haben herrliches Wetter, und der Pool ist geheizt.«
»Kommt ihr, Mädels? Gehen wir hoch?«
Ich zog es vor, meinen Bikini in einem der Zimmer anzuziehen. Ich habe bei der Gelegenheit meine kleine Erkundungstour gemacht. Hinter jeder Tür, die ich öffne, versteckt sich ein Schatz an Raffinesse und Geschmack. Alles ist luxuriös. Pharaonische Bäder, Betten mit Baldachin, Teppiche, Skulpturen, Bilder, alte Möbel. Ein Palast aus *Tausendundeiner Nacht.* Die Mädels waren es leid zu warten und kamen, um mich beim Schlafittchen zu packen.
»Du bist dreist, Garance! Dreist und unerträglich. Glaubst du, dass sich das gehört, so immer und überall bei den

Leuten herumzuschnüffeln? Du bist noch keine fünf Minuten da, und ich bin mir sicher, du hast bereits das gesamte Stockwerk durchsiebt. Hast du dir ein Zimmer ausgesucht?«

»Ja, und mein Bad geht direkt in mein Zimmer über, das ist dieses japanische System, weißt du, mit den Paravents, die man aufzieht. Ich liebe diesen Ort!«

Wir sind wieder hinuntergegangen, um eine Runde zu schwimmen. Ich habe noch ein wenig alte Restbräune und bedanke mich ein weiteres Mal bei Tara und Lilas für die Reise nach Martinique. Selbst wenn ich nicht die mit der besten Figur bin, so bin ich doch zumindest nicht die Bleichste. Das Wasser ist sehr angenehm, und während ich ruhig herumplansche und mich dabei mit einem Paar unterhalte, kommt Marine und unterbricht mich: »Rate mal, wer da ist!«

»Meine Mutter?«

»Warum? Ist sie eingeladen?«

»Bei ihr weiß man nie. Also, wer?«

»Fabio! Ich habe gerade erfahren, dass er Larissas Cousin ist.«

»Hast du ihm gesagt, dass ich hier bin?«

»Nicht nötig, er hat dich schon gesehen.«

Und das ganz zu meinem Vorteil, im Bikini …

47

Ich weiß sehr gut, dass er mich gesehen hat. Sobald ich in seine Richtung blicke, ruhen seine Augen auf mir, und er hat immer dasselbe Lächeln. Dieses Lächeln ist ein schrecklicher Spiegel all meiner kurz zurückliegenden unangenehmen Erlebnisse, der mir all das zurückwirft, an das ich keine Lust habe, mich zu erinnern. Jedes Mal wende ich den Kopf ab, verlegen, wenn er mich dabei überrascht, wie ich ihn ausspioniere. Er scheint allein zu sein. Ich suche in der Menge nach der Frau, die ihn an dem Abend begleitete, an dem wir uns im Restaurant begegnet waren. Anscheinend ist sie nicht da. Um Haltung zu bewahren, flattere ich umher und unterhalte mich einmal hier und einmal da, und vor allem halte ich mich von Fabios Umkreis fern. Ich stelle mich nach rechts und nach links vor, und ich glaube, nach zwei Stunden gab es nicht eine einzige Person, die nicht wusste, wie ich heiße und wer die Leute sind, die mich begleiten.

Dann kommt der Moment der Spiele, die Larissa wie ein Chef organisiert hat. Die Teams werden durch den Zufall eines kleinen, zweifach gefalteten Zettels gebildet, auf dem der Name jedes Gastes steht. Durch eine unschuldige Hand aus einem Zylinderhut gezogen, gesellt sich mein Name zum rosa Team. Larissa hat sechs Teams zu etwa acht Personen abgezählt. Ich bin die Partnerin von Samir, Jean-Philippe, Pierre, Guillaume, Prudence, Phung und Laura. Ich werde also neue Freunde gewinnen müssen, denn ich werde mit ihnen den Rest des Tages verbringen.

Wir beginnen mit einer Partie Völkerball, die mein Team und ich selbst unter dem Applaus einer rasenden Menge haushoch gewonnen haben. Arthur ist in Fabios Team, und sie hören nicht auf, sich gemeinsam totzulachen und zu unterhalten. Worüber? Arthur wird es mir später erzählen. Nach dem Ballspiel Minigolf, Schatzsuche, sportliche Prüfungen, Ratespiele, Pantomimen … Larissa hat viel Phantasie unter Beweis gestellt, und ich muss zugeben, dass ich mich amüsiere wie eine Zehnjährige. Alle anderen sind in demselben Erregungszustand, und von allen Seiten bricht Gelächter hervor. Gegen neun Uhr haben wir Freizeit, um baden oder duschen zu gehen. Es ist ein unglaubliches Chaos, aber organisiert. Die Zimmer werden innerhalb von zwei Minuten heimgesucht, und ich habe gerade eben die Zeit, sieben Stufen auf einmal nehmend die Treppe zu erklimmen, bevor sich Fabio, die Hand auf der Klinke MEINER Tür, MEIN Zimmer aneignet.

»Entschuldige, das ist mein Zimmer. Es tut mir leid, aber Larissa hat mich dort untergebracht. Ich möchte nicht, dass es so aussieht, als würde ich …«

»Hallo, Garance. Mach dir keine Sorgen, ich werde das Zimmer nebenan nehmen.«

»Aber ich mache mir doch gar keine Sorgen. Ich muss

duschen. Wir sind in weniger als fünfzig Minuten unten verabredet.«

Ich bin nicht besorgt, sondern scharlachrot.

Ich bin dabei, mich in meinem Bad zu entspannen. Ich drehe die Deckel der auf dem Badewannenrand aufgereihten Flakons auf und atme tief die Düfte ein, die daraus entströmen. Ich liebe Luxus. Ich wäre sehr gerne eine Prinzessin gewesen, hätte in einem Palast gelebt, einen König zum Vater gehabt und über meine Dienerinnen geherrscht. Laetitia holt mich aus meiner Träumerei und brüllt, ich sei »super, mega, giga« zu spät und alle Gäste säßen bereits am Tisch.

»Mach mal hin! Alle sind da, wir warten nur noch auf dich! Larissa soll eine Rede halten, und sie will nicht anfangen, solange noch Nachzügler fehlen.«

»Aber ich bin doch überhaupt nicht fertig! Du solltest mich doch holen, bevor wir runtergehen! Warum bist du denn nicht früher gekommen?«

»Eric und ich waren beim Kuscheln, und ich habe dich vergessen. Du hättest doch auch mal auf die Uhr schauen können, es kann echt nicht wahr sein! Wo ist denn deine Uhr?«

»Im Zimmer, auf dem Nachttisch. Hast du meinen Kopf gesehen? Ich werde niemals in fünf Minuten fertig sein, das ist sicher.«

»Ich föhne dir die Haare, und du schlüpfst währenddessen in eine Hose. Ist das okay?«

»Okay, okay …«

»Los, beeil dich, ich weise dich darauf hin, dass fünfzig Personen deinetwegen warten müssen.«

Ich kam mit rund dreißig Minuten Verspätung unten an und wurde ungnädig empfangen unter Bemerkungen wie »Na endlich!«, »Ja, wo hast du denn gesteckt?«, »Warst du mit jemandem im Bett?«, »Ein Hoch auf Garance, hipp, hipp, hurra!« Ich habe feuerrote Wangen und fühle mich so wohl, als hätte ich Montezumas Rache. Ich bin in meinem ganzen Leben noch nie zu spät gekommen. Außer wissentlich. Die Augen auf meine Schuhe gerichtet, denke ich plötzlich an Edgars Hochzeit, als all die ungläubigen Menschen jene untreue und unzüchtige Braut vulgär mit den Blicken auszogen. Ich habe verstanden, warum sie kein Harakiri begangen hat. Angst lähmt. Es waren zwei gegenüberliegende Plätze übrig. Meiner und wahrscheinlich Laetitias. Ich setze mich, wobei ich mich unterwürfig bei meinen Tischnachbarn für diese unglückliche, von meinem Willen unabhängige Verspätung entschuldige.

»Bist du eingeschlafen?«

Ich werde durch den Gong und Larissas Rede gerettet, die sich in zwei Worten bei uns allen für unser Kommen bedankt und uns zu den Prüfungen am Nachmittag beglückwünscht, die wir meisterhaft abgelegt haben. Wir erheben unser Glas auf ihre Gesundheit, und sie muss ihren Champagner auf ex austrinken, während wir ein

Liedchen auf ihr Wohl anstimmen. Alle singen falsch, es klingt schrecklich, aber wir haben Spaß, und das ist das Wichtigste.

»Du hast mir immer noch nicht geantwortet. Bist du eingeschlafen?«

Was geht den denn das an!

»Warum? Sehe ich verschlafen oder stumpfsinnig aus?«

»Garance ist vieles, aber sie ist bei weitem nicht stumpfsinnig. Guten Abend, ich bin Fabio, Larissas Cousin.«

»Das ist Laetitias Platz. Du hast dich im Tisch geirrt, Fabio.«

»Aber nein, lass ihn, er ist sehr gut da, wo er ist. Deine Freundin wird sich schon woanders hinsetzen. Du bist also Larissas Cousin. Von welcher Seite her?«

Ich bleibe höflich und schlucke mein »Es hat dich niemand nach deiner Meinung gefragt, du Arsch« hinunter, bevor es zu spät ist. Bei Tisch werden wir von einer Reihe prachtvoller junger Männer bedient, die Westen und weiße Handschuhe tragen. Die Weine sind ausgezeichnet, die Gerichte köstlich und das Dessert zum Umfallen. Fabio kann mir gern in nur fünfzig Zentimeter Abstand gegenübersitzen, ich werde zwar höflich bleiben, aber wenig mit ihm sprechen. Ich schaffe es nicht. Um mich zu beschäftigen und mir Mut zu machen, trinke ich. Wodka Tonic in Strömen. Die Mischung Champagner-Wein-Wodka ist nicht sehr glücklich, und ich weiß, dass ich morgen darunter leiden werde. Aber morgen ist ein anderer Tag. Luc hat Recht, Fabio hat einen originellen Humor und eine unerhörte Schlagfertigkeit; und er bringt mich gegen meinen Willen zum Lachen. Sobald ich die Nase von meinem Teller hebe, sind seine Augen in meinen, und er bringt mich zum Erröten. Ich sollte mich vielleicht doch mal ein wenig entspannen. Ganz ruhig, Kleines, ganz ruhig. Atme tief durch. Vorher war vorher. Fabio war zur falschen Zeit am falschen Ort, aber nicht du. Steh dazu. Ich ziehe mir also den Besenstiel aus dem Hintern und fühle mich sehr schnell viel besser, woran die fünf Gläser Wodka Tonic wohl nicht ganz unbeteiligt sind.

Das Abendessen neigt sich dem Ende zu. Die Musik ist top. Die Mädels und Arthur zappeln bereits zu Techno-House-Funk-Pop-und-was-weiß-ich-noch-alles. Ich beobachte Fabio, wie er sich von einem Tisch zum anderen bewegt, und überall, wo er stehen bleibt, lachen die Leute. Im Gegensatz zu mir wächst nach seinem Vorbeikommen wieder Gras nach. Er ist fröhlich und fühlt sich wohl. Er fordert Frauen zum Tanzen auf. Mindestens sieben, darunter Larissa, aber sie ist seine Cousine, also habe ich nichts dagegen zu sagen. Und ich? Fordert er mich denn gar nicht auf? Unsere Blicke kreuzen sich mehrere Male, und auf frischer Tat ertappt, wende ich meinen wieder ab. Jetzt tanzt er mit Nathalie. Er klebt an ihr, und das nervt mich, vor allem, da er dabei mich anlächelt. Arthur ist auf der Jagd und spielt die rollige Katze bei einem kleinen

Typen, der ihn offensichtlich gerne mit Haut und Haaren auf der Tanzfläche vernaschen würde. Fanfan würde hysterisch werden, wenn er hier wäre, aber zu Arthurs Glück hat er nicht kommen können. Beim Anblick seiner Erregung bekomme auch ich Lust zu schäkern. Ich schlendere umher und suche nach einer eventuellen Beute zur Einweihung meines Baldachinbettes. Ich bin total blau. Ich geselle mich zu den Mädels, damit wir uns über das Abendessen und unsere Tischnachbarn austauschen können. Ich mag dieses Haus und die Leute, die sich heute Abend darin befinden. Man fühlt sich gut hier. Die Paare sind schön. Die Singles zu selten, aber ohne den Tag vor dem Abend loben zu wollen – ich wäre überrascht, wenn ich mir für meine Nacht als Schlossherrin nicht einen süßen Fisch angeln könnte. Der hübsche Jacques da drüben käme mir gerade recht. Der Haken an der Sache ist nur, dass ich nicht mehr aus meinem Sessel hochkomme, und es wäre ein wenig unverschämt, ihn herbeizupfeifen. Ich bin außer Betrieb. Es ist immerhin nach drei Uhr. Ich gehe ins Bett, ich habe keine Lust mehr. Ich sehe doppelt. Ich schwanke. Jacques zieht mich nicht in Erwägung, und ich habe keine Zeit mehr, mir ein anderes Betthupferl aufzugabeln. Vor allem keine Kraft mehr. Gut Nacht, Kinder …

48

Die Treppe ist menschenleer, und es ist dunkel. Die Schaltuhr im Flur funktioniert nicht. Umso besser, denn ich steige die Stufen nach Primatenart auf allen vieren empor. Ich amüsiere mich köstlich. Mein Zimmer ist das schönste aller Zimmer, und das riesige Bett gehört für den Zeitraum einer Nacht mir. Ich mache kein Licht an, das ist angenehmer, und außerdem brennen meine Augen. Der Mond ist herrlich. Seine Strahlen erhellen schwach, aber ausreichend den Raum, damit ich mich zurechtfinde, ohne mir etwas zu brechen. Das Licht ist bezaubernd. Ich stelle mich vor den großen Spiegel, der auf der Doppeltür befestigt ist. Sie ist wunderschön, diese Tür. Dick. Aus geschnitztem Holz. Sie fühlt sich weich an. Sie ist sinnlich. Ich habe weder Lust, mich abzuschminken, noch, mich umzuziehen. Und selbst wenn ich Lust dazu hätte – ich finde meine Tasche nicht. Sie ist anscheinend verschwunden. Ich werde morgen danach suchen. Mir ist heiß. Ich bin feucht vor Schweiß und bedaure es, keinem Mann mit Zärtlichkeitsmangel ins Auge gesprungen zu sein, der diesen Moment mit mir hätte teilen können. Ich ziehe Schuhe, Hose und Hemd aus und fixiere dabei mein Bild im Spiegel. Ich befinde mich in *9 1/2 Wochen,* summe *You can leave your hat on* vor mich hin und streichele mir dabei den Bauch. Ich werde es nicht leid, mich im Rhythmus wiegen zu sehen. Wie meine Mutter mir geraten hat, fahre ich mir mit meiner feuchten Zunge über die Lippen. Sie glänzen. Nicht schlecht, sie hat Recht. Ich ziehe Slip und BH aus, die ich über meinem Kopf kreisen lasse. Ich bin nackt. Ich habe hübsche Restbestände für mein Alter.

»Sieh richtig hin, Spiegel, du hast vor dir die Schönste im ganzen Schloss! Schön und braungebrannt. Schön und schlank. Schön und …«

»Sexy.«

In diesem Haus spukt's! Ich brülle vor Angst und versuche, mich unter der Tagesdecke zu verstecken. Leider sitzen ihre Kanten fest unter der Matratze, und ich kann noch so sehr mit aller Kraft daran ziehen, es nützt nichts, ich bin immer noch nackt und erschrocken.

»Willst du Hilfe?«

Ich wage es nicht, mich umzudrehen. Das Gespenst ist immer noch da. Es versucht, mich einzuwickeln, das weiß ich. Um mich danach besser verfolgen zu können. Das habe ich schon hundertmal in Filmen gesehen.

»Lass mich das machen mit der Tagesdecke, Garance.«

Es kennt meinen Namen! Mein Angstmesser schlägt gefährlich aus und ich stürze mich hinter den Vorhang, in den ich mich einrolle, bis nur noch der Kopf herausschaut. Das Versteck ist zwar nicht ideal, aber zumindest wird das Gespenst aufhören, sich an meinem Anblick zu weiden.

»Ich bin's, Fabio, beruhige dich …«

»Mich beruhigen, mich beruhigen! Du erzählst ja Sachen!

Du hast sie ja nicht mehr alle, dass du die Leute derart erschreckst! Hat man dir nie beigebracht anzuklopfen, bevor du jemandes Zimmer betrittst?«

»Doch, aber im Allgemeinen klopfe ich nicht an, wenn ich mein eigenes Zimmer betrete.«

»Wie, dein Zimmer?«

»Du bist in meinem Zimmer, Garance. Deines ist direkt nebenan. Du musst dich geirrt haben, aber das ist nicht weiter wichtig. Wenn du willst, dann bleib da, und ich schlafe nebenan.«

Ich bin am Boden zerstört und immer noch grotesk in den Vorhang eingewickelt. Ich beglückwünsche mich dazu, beim Hereinkommen kein Licht angemacht zu haben. Meine Kehle ist wie zugeschnürt, und ich habe kaum die Kraft, ein »Ja, so machen wir's. Danke« zu murmeln.

»Gute Nacht, Garance.«

»Ja.«

»Schlaf gut.«

Rückwärts geht er wieder hinaus. Er lächelt mich an, und im Gegensatz zu dem, was ich erwartet habe, ist da nichts Spöttisches mehr in diesem Lächeln. Ich sage nichts. Ich warte, bis er die Tür geschlossen hat, um mich aus dem Vorhang zu befreien und mich mit schlenkernden Armen auf die Bettkante zu setzen. Ich glaub's ja nicht! Ich habe mich im Zimmer geirrt! Und ich musste mich natürlich ausgerechnet in seinem wiederfinden. Ich habe nur noch eines zu tun: mich hinlegen und darauf hoffen, dass er es

morgen vergessen hat. Ich habe Glück, ich brauche etwas weniger als zwei Stunden, um einzuschlafen.
Als ich mühsam ein Auge öffne, ist es bereits Tag. Wie viel Uhr ist es? Ich weiß es nicht, und meine Uhr ist in meiner Hose. Habe ich nur geträumt, oder hat da jemand geklopft? Ich habe nicht geträumt, es klopft jemand an meine Tür.
»Kann ich reinkommen?«
»Wer ist da?«
»Ich.«
Fabio trägt ein Riesenfrühstückstablett, das er auf dem Bett abstellt. Es riecht gut. Ich trage nicht mehr am Leib als gestern, aber ich habe mich unter die Daunendecke gekuschelt, die ich mir bis zum Kinn hochgezogen habe. Ich betrachte ihn, während er neben mir Platz nimmt. Er zieht seine Schuhe aus, streckt sich auf dem Bett aus und lehnt sich gegen das zweite Kopfkissen. Ich bin verblüfft, aber er fühlt sich pudelwohl. Er beugt sich zu mir und streicht mir sanft meine Haarsträhne aus der Stirn.
»Guten Morgen! Hast du gut geschlafen?«
»Äh … ja, sehr gut.«
»Du bist schön, Garance. Selbst beim Aufwachen bist du schön.«
Zum ersten Mal sehe ich ihn richtig an, direkt in die Augen. Ich habe einen Knoten im Magen.
»Tee oder Kaffee?«, fragt er mich …

Dank

Ein großes Dankeschön an Gilbert, der als Erster seine Meinung über diese Geschichte abgegeben und mich zum Weitermachen ermutigt hat. An Alessia für ihre Geduld, ihre Anregungen und ihre Unterstützung. An Clarisse für das, was sie getan hat (sie weiß schon, wofür) und was ich ihr nicht vergessen werde. Und an alle »meine Mädels«, die Teil meines Lebens sind und es verschönern.

Tausend Dank schließlich an Anne Carrière, Stephen, Caroline und an Véronique de Bure, die an mich geglaubt haben und ohne die dieses herrliche Abenteuer niemals zustande gekommen wäre.

Laura Levine

Rache mit Sahne?

Kaum hat Jaine ihren Job als Drehbuchautorin für eine Fernsehserie angenommen, steckt sie auch schon in Schwierigkeiten: Statt des erträumten Luxusstudios erwartet sie ein heruntergekommenes Büro, und auch die Serie ist nicht gerade Emmy-verdächtig. Und dann bricht auch noch Frauenschwarm Quinn Kirkland beim Verspeisen eines Sahnetörtchens vor laufender Kamera tot zusammen!

Die Polizei hat Jaines beste Freundin zur Hauptverdächtigen auserkoren, und so muss sich Jaine nicht nur mit ihren neurotischen Eltern und den Allüren der Schauspieler herumschlagen, sondern auch den Mörder finden, bevor er ein weiteres Mal zuschlagen kann …

Knaur Taschenbuch Verlag

Kirsten Rick

Schlüsselfertig

»Wie zündet man eigentlich ein Haus an? Vielleicht hätte ich mich vorher informieren sollen. Aber wo? Bei der freiwilligen Feuerwehr? Nun wird es so gehen müssen.« Silke lebt in einer verschlafenen Kleinstadt. Ihr Leben ist so geordnet wie die Unterlagen in der Bank, in der sie hinter dem Schalter steht – und ungefähr genau so aufregend. Als sie zugunsten eines Geldautomaten wegrationalisiert wird, ihre Schwiegereltern in spe mit einem Fertighaus als Hochzeitsgeschenk drohen und Silke ihren Verlobten wenig später mit der Friseuse erwischt, wird ihr eines klar: etwas muss sich ändern. Und zwar gewaltig!

»Die so genannte Frauenliteratur wird von frustrierten Singles auf der Suche nach Mr. Right bevölkert. Wie gut, dass Kirsten Rick das Genre nun gehörig aufmischt: mit einem klugen Roman über Fertighäuser, Dorfbewohner und falsche Männer.«
Spiegel Online

Knaur Taschenbuch Verlag